Heinrich Hansjakob

Erzbauern

Ausgewählte Erzählungen Band 2

Heinrich Hansjakob: Erzbauern. Ausgewählte Erzählungen Band 2

Erstdruck dieser Auswahl: Stuttgart, Bonz, 1898.

Neuausgabe
Herausgegeben von Karl-Maria Guth
Berlin 2017

Umschlaggestaltung von Thomas Schultz-Overhage unter Verwendung
des Bildes: Wilhelm Hasemann, Pfarrer Heinrich Hansjakob.

Gesetzt aus der Minion Pro, 11 pt

Verlag: Henricus - Edition Deutsche Klassik GmbH
Mörchinger Str. 33, 14169 Berlin, info@henricus-verlag.de
Druck: Libri Plureos GmbH, Friedensallee 273, 22763 Hamburg

ISBN 978-3-7437-0691-0

Bibliografische Information der Deutschen Nationalbibliothek

Die Deutsche Nationalbibliothek verzeichnet diese Publikation in der
Deutschen Nationalbibliografie; detaillierte bibliografische Daten sind
im Internet über www.dnb.de abrufbar.

Inhalt

Vorwort

Es gibt nichts Langweiligeres als ein sogenanntes Vorwort, das eben deshalb auch von den allerwenigsten Lesern beachtet wird. Ich für meine Person lese selten ein solches, nie aber eines, das mehr als ein Blatt einnimmt.

Wenn ich bei dieser Anschauung über Vorworte doch bisweilen zu meinen Volkserzählungen ein solches schreibe, so geschieht dies nur zur Erklärung des Titels. So auch diesmal, um das Wort »Erzbauern« zu deuten.

Wie man im Leben von Erzherzogen und Erzbischöfen im guten und von Erzgaunern und Erzschelmen im schlimmen Sinne spricht, in beiden Fällen aber, um eine Steigerung der Würde und der Eigenschaften zu bezeichnen, so rede und erzähle ich im vorliegenden Buch von Erzbauern aus dem Schwarzwald, aber in einem doppelten Sinne.

Ich verstehe unter meinen Erzbauern einmal solche, die dem Grad nach verschieden waren von ihren Standesgenossen, sie an Besitz weit überragten, also Großbauern, und dann solche, welche Erzbauern in dem Sinne genannt werden, in welchem Erz Metall bedeutet, also Bauern, die zugleich Bergbau trieben oder noch treiben.

Ein kleinerer Hofbesitzer, »der Bürle«, hat bei diesen Erzbauern Platz gefunden als Ideal- und Musterbauer.

Damit wäre der Titel des Buches erklärt; mehr will ich im Vorwort nicht sagen.

Freiburg, im Sommer 1898.

Der Verfasser.

Der Vogtsbur

1.

Am 29. April des Jahres 1842 ging es hoch her in meiner Vaterstadt Hasle. Ich zählte an jenem Tage noch nicht fünf Jahre und hab' von seiner Herrlichkeit wohl manches an meinen Kinderaugen vorüberziehen sehen; aber ich erinnere mich nur noch an das, was Vater und Mutter davon erzählten, als ich zehn und mehr Jahre alt war.

In aller Herrgottsfrühe zogen an dem genannten Tage die Stadtmusikanten unter Lambert, dem Schmied, durch die dunklen Gassen von Hasle und posaunten und trommelten »Tagreveille«, wie sie dieselbe nur dreimal im Jahre aufführten: am »lieben Herrgottstag«, am Fest des Kirchenpatrons, des hl. Arbogast, und an des Großherzogs Geburtstag.

Zwischen die schmetternden Märsche hinein öffneten draußen auf dem Viehmarkt die Böller und die »Katzenköpfe« ihre Schlünde und donnerten ins Städtle hinein, in Berg und Tal.

So tapfer hatten die Musikanten von Hasle noch nie geblasen und die Festkanoniere noch nie gefeuert, wie an diesem Morgen. Der Grund ihrer Energie lag in dem Hochgefühl, am heutigen Tage gratis genug essen und trinken zu können bis in die späte Nacht hinein.

Am Herrgottstag, am Arbogast-Fest und am Großherzogstag bekam von den Mannen, die hinter den Posaunen, Trompeten, Klarinetten, Pfeifen und Trommeln marschierten, und von den Feuerwerkern, welche die Geschütze bedienten, jeder nur einen halben Gulden (86 Pfennig) aus der Stadtkasse. Und dieser halbe Gulden war von den lustigen und durstigen Haslachern jener Tage »vertrunken«, ehe sie zum Mittagessen einrückten.

Am 29. April 1842 aber hatten sie »*carte blanche*«, d. h. sie durften »im Kreuz« essen und trinken, so viel und so lange sie wollten. So hatte der Kapellmeister den Musikanten und sein Zunftgenosse, der Schmied Felix Walz *vulgo* Zängle, der Kommandant der Böller- und Katzenkopf-Garde, seinen Feuerwerkern am Vorabend schon verheißen.

Nachdem die Musikanten und Artilleristen so das ganze Städtle aus dem Morgenschlaf geblasen, getrommelt und bombardiert hatten, zogen sie ins Kreuz zur »Morgensupp«, bei der es jedoch keine Suppe, wohl aber Schwartenmagen, Bratwürste und Achter-Wi[1] in schwerer Menge gab.

Von der Morgensupp weg trieb die Musikanten der Generalmarsch, welcher alles, was zum Bürgermilitär zählte, unter die Waffen vor das Haus des Hauptmanns rief.

Mein Vater war eben zum Hauptmann gewählt worden; die Tapferen traten also vor unserem Bäcker-Palais an.

Bauersleute, zufällig über die Kinzig herüber ins Städtle gekommen, staunten nicht wenig, als sie am hellen Werktag die Haslacher Bürger-Garde in Paradeuniform aus allen Gassen und Gäßchen dem Haus des »Becke-Philipp« zueilen sahen.

Der Roserbur aus dem Fischelbach fragte den Grenadier »Fuchsweber«, der in der Vorstadt an ihm vorbeihuschte, während die Trommler noch Generalmarsch schlugen: »Was git's bigott hit z'Hasle. Komme d'Franzose, oder isch der Großherzog im Anzug?«

»Nix a so«, meinte ernst und feierlich und einen Augenblick stehen bleibend der Weber. »Unser Oberleutnant, der Eduard, hiratet hit 's Vogtsbure Katherle us'm Kaltbrunn. Ihr Vater isch der richst Bur im ganze Kinzigtal, un jetz word usg'ruckt und d'Hochzitere abg'holt un in d'Kirch bigleitet, und dann goht's ins Kriz. Worsch z'Mittag au antrete, Roserbur? Oder hesch kei Ladung bikomme?«

»Jo«, entgegnete der Bur, »ihr Haslacher ladet jo kei Bur extra i zum Hofig, wia wir Bure es mache. Aber i kenn de Eduard guat, er heißt mit dem Vornamen wia i, un i hol am Märkt mini Wecke alle bi ihm. Trum komm' i au ins Kriz.«

»I hab' de Schuahmacher uf'm Hof un Leder hole welle: aber z'erst b'schau i jetzt euer Fest, dann trink' i an Schoppe und gratulier' dem Eduard, eh i mi Leder kauf un dann wieder heimgang.«

So wie der Fuchsweber dem Roserbur vermeldet, so war es. Der Bäcker Eduard Hansjakob, Oberleutnant bei der Stadtgarde, sollte heute des Vogtsbure Kätherle heimführen. Und dieser Feierlichkeit galten all die Dinge, von denen wir eben erzählt.

---

1   Wein, von dem der Schoppen acht Kreuzer kostete, damals eine gute Sorte. Es gab noch geringern für sechs und vier und noch teurern zu zehn und zwölf Kreuzer.

Der Eduard, ein bildschöner, schlanker, großer, schwarzer Mann, der Neffe meines Großvaters, des Eselsbecken von Hasle, hatte seit seines Vaters Tod sich als Bäckermeister in der Stammhütte der Hansjakob in der »vordere Gaß« niedergelassen.

Sein Vater hieß Arbogast wie der Stadtpatron. Während dessen Bruder, der Becke-Peter, mein Großvater, Demokrat war, zählte der Arbogast zu den Aristokraten. Er war ein vermöglicher, angesehener Mann und, was solchen Bürgern immer gut ansteht, ein loyaler Untertan. Er hielt die Fürsten für Leute von Gottes Gnaden, und selbst dem mediatisierten Fürsten von Fürstenberg, unter dessen Landeshoheit er geboren war und noch als Bäcker sein Brot gebacken hatte, bewahrte er die ehrerbietigste Gesinnung.

Drum war er auch fürstlich fürstenbergischer Kastenvogt geworden, d. h. er mußte den Fruchtzehnten, so der Fürst von den vielen Feldern um Hasle erhielt, einsammeln und dreschen lassen und die Frucht auf den »Kästen« des Fürsten, großen, steinernen, finstern Zehnthöfen, aufschütten, daselbst überwachen und mit Genehmigung des Rentmeisters an die Bäcker von Hasle verkaufen.

Auch den Weinzehnten zog er ein, und den Herbstwein von des Fürsten eigenen Reben hatte er in den Kellern unter den Zehntkästen zu pflegen.

Sein Sohn Eduard hatte, trotzdem er erst ein Zwanziger war, 1836 nach seines Vaters Tod dieses fürstenbergische Kron-, Wein- und Kornamt übernommen. Und ich erinnere mich noch wohl aus meiner ersten Knabenzeit, daß wir bei der Ernte auf meines Vaters Feldern jede zehnte Garbe liegen lassen mußten für den Kastenvogt.

Ich erinnere mich aber auch noch gar wohl, daß ich einmal, etwa zehnjährig, auf den Äckern hinter dem Kapuzinerkloster meiner Vaterstadt Garben machen half.

Der »Läuferjok«, unser alter Taglöhner, band die Garben, und ich mußte ihm mit unserer Magd, der Luitgard, die Halme zutragen. Als nun der »Wendel«, unser Fuhrmann, kam, um die Garben zu laden, sah ich, daß der Läuferjok, der sie an eine große Gabel spießte und dem Wendel auf den Wagen streckte, von Zeit zu Zeit eine Garbe liegen ließ.

Ich machte ihn darauf aufmerksam, weil ich glaubte, er habe sie übersehen. Da sprach der Jok: »Büable, je die zehnt' Garb' gehört dem

Fürste.« Ich fragte: »Warum?« Der Jok antwortete: »Wil die g'meine Lüt uf der Welt sin, um d'Fürste zu verhalte!«

Mir kam es unrecht vor, daß der Fürst ernten sollte, wo er nicht gesät, und demokratisch, wie ich von Kindsbeinen an war – machte ich dem Läuferjok den Vorschlag, die Garben anzuzünden.

»Büable!« warnte der greise Jok, »des losch du bliewe, wenn du nit ins Loch wit.«

Am Abend, da der Jok bei einem Schnäpsle in unserer Stube ausruhte und aufs Nachtessen wartete, erzählte er dem Vater mein Attentatsversuch auf die fürstlichen Garben.

Mein Vater lächelte und meinte: »Der Kerl ist aller Bosheit voll, aber Kinder und Narren reden bisweilen die Wahrheit.«

Der schöne Eduard also war Bäckermeister, Kastenvogt und Oberleutnant bei der Bürgergarde. Seinem Bäckerhause gegenüber lag das Wirtshaus zum Kreuz, und im Kreuz, dem damals berühmtesten Wirtshaus im Tal, hatte des Vogtsbure Kätherle von Kaltbrunn das Kochen gelernt; denn der Vogtsbur ließ seine Kinder aufs beste ausbilden, weil er der angesehenste Bur war, so weit die Kinzig ihre Bergwasser aufnimmt.

Das Kätherle war ein rotbackiges, schwarzäugiges, lustiges Meidle. Es sah den schönen Eduard und er gefiel ihm, besonders wenn er an Sommer-Sonntagen in der Frühe zum Exerzieren aus- und einrückte in der schmucken Uniform der Garde von Hasle.

Der Vogtsbur hatte elf lebendige Kinder und war drum trotz seines vielen Geldes damit einverstanden, daß sein Kätherle einem Bäcker, dem voraussichtlich das Mehl nie ausgehen würde, die Hand reichte.

In Hasle, wo damals fast eben so wenig reiche Leute wohnten, als es Bären im Haslacher Urwald gab, war es ein Ereignis erstaunlichster Art, da es hieß: »Des Arbogaste Eduard, der Kastenvogt, bekommt des Vogtsbure Kätherle von Kaltbrunn.«

Dieses war heimgegangen, als der Vater das Jawort gegeben, um seine Aussteuer zu richten, und sollte erst am genannten 29. April wieder eintreffen »zum Hosig«. Denn nach schöner, alter Sitte fand dieser da statt, wo die Braut ihre neue Heimat finden sollte, also diesmal in Hasle. – Die Bürgergarde war vor meinem Elternhaus angetreten; mein Vater, der Hauptmann und Vetter des Hochzeiters, trat vor die Front und kommandierte: »Gewehr auf Schulter! Rechts um! Marsch!«

– Die Tambours wirbelten, die Musik begann, und fort ging's zum oberen Tor hinaus, den Brautzug zu erwarten.

Der Garde voraus galoppierten die kleinen Buben, ihr hintennach trabten alle Neugierigen, d. h. alles, was laufen konnte.

Das Kätherle kannten alle Leute in Hasle vom Kreuz her, aber nicht alle den Vogtsbur von Kaltbrunn, obwohl er schon hie und da vor dem Kreuz angefahren; drum war die Menge mehr auf diesen gespannt als, wie sonst üblich, auf die Braut.

Von seinem Reichtume gingen die wundersamsten Sagen im Tal. Zweifellos glaubten alle, daß er ein Millionär sei, ein Begriff, der in jenen Tagen in Hasle mindestens zehnmal so hoch im Kurs stand als heute die fünf Milliarden, welche die Franzosen nach dem letzten Krieg zu bezahlen hatten.

Auch das war bereits bekannt, daß der Vogtsbur sich eben ein eigenes Parade-Militär geschaffen hatte, und die Haslacher und ihre Garde fragten sich deshalb heute ängstlich: »Am End' kommt der Hochzits- vatter mit sim eigene Militär?« Das wäre unter Umständen eine Beschä- mung für die Haslacher Bürgergarde gewesen; denn es hieß allgemein, die Leibgarde des Vogtsburen trage weiße Hosen und rote Fräcke; sie war also schöner montiert als die von Hasle, welche nur blaue Fräcke und weiße Hosen anhatte.

Doch kam der Bauernfürst ohne seine Garde; sie war noch zu neu und im Rekrutenstande, weshalb er sie nicht mitgenommen hatte.

Drum fuhr er selbst auch gegen 9 Uhr jenes Morgens in Hasle in Zivil an, d. h. in seiner alten, echten Bauerntracht: langem, schwarzem Flügelrock mit Stehkragen und rotem Futter, grüner Weste mit silbernen Knöpfen, kurzen, ledernen, mit grüner Seide gestickten Kniehosen, blauen Strümpfen und Rohrstiefeln.

Der Vogtsbur gehörte trotz seines Reichtums und seines Verkehrs mit Fürsten zu jenen alten, vernünftigen Bauern, an denen sich die jungen unserer Tage ein Beispiel nehmen könnten. Er war stolz auf seine Bauerntracht und meinte, ein Bauer müsse überall in seiner Tracht erscheinen und dürfe sich nie seines Standes schämen.

Aber herrenmäßig fuhr der Vogtsbur am Hochzeitstag seines Kätherle doch daher. In Wolfe angekommen, hatte er vom Salmenwirt dessen Chaise geliehen, die zwei schönsten eigenen Rappen in silberplattiertem Geschirr davor gespannt und war so, mit der Braut allein im Wagen sitzend, talabwärts gefahren und Hasle zu.

Hintendrein fuhren in flotten, zweispännigen Bennewägelchen die Stiefmutter der Braut, deren erwachsene Geschwister und zahlreiche ländliche Verwandte des Bauern-Fürsten von Kaltbrunn.

Der Hauptmann der Haslacher Garde kommandierte, als der Major und Fürst von Kaltbrunn am oberen Tore anfuhr: »Achtung! Gewehr auf Schulter! Präsentiert!« Der Fürst grüßte und dankte hocherfreut durch Abnehmen seines schwarzen Filzhutes und durch Kopfnicken; das Kätherle aber lächelte mit allen Zügen und mit seinen lebhaften, kleinen Augen.

Es hatte die malerische Kaltbrunner Tracht abgelegt und trug die nicht weniger vornehme Kleidung der damaligen Bürgersfrauen von Hasle: schön geflochtene Zöpfe, die ein hoher, reichverzierter Schildkrotkamm zusammenhielt, lilaseidenes Kleid mit Buffärmeln, weißen, gestickten Schulterkragen und farbigen Gürtel aus Atlas, den eine große, goldene Schnalle zierte.

Nachdem die Kaltbrunner an der Ehrenkompagnie vorüber gefahren waren, marschierte dieselbe mit der Musik hintendrein.

Es gibt sicher Leute, besonders in unserer servilen Zeit, die es vielleicht lächerlich finden, daß mein Vater, der Becke-Philipp von Hasle, seine Stadtsoldaten präsentieren ließ vor Bauern und »gemeinem Volk«. Ich lobe das, nicht weil der Kommandant mein Vater war, sondern weil mich jede Ehre freut, die dem gemeinen Volk zuteil wird.

Dieses Volk ist in meinen Augen allein wahrhaft von Gottes Gnaden und die einzige vollberechtigte, souveräne Majestät auf Erden. Freilich ist diese Majestät sich ihrer Würde zu wenig bewußt, drum präsentiert sie durch ihre Söhne das Gewehr lieber vor andern Majestäten, sogar vor Wickelkindern, wie die Franzosen vor zwei Jahren vor einem russischen Säugling. Ja, das gute Volk schießt auf anderer Befehl selbst auf seinesgleichen.

Ein alter Volksredner, den ich noch gar wohl kannte, pflegte, wie er mir oft erzählte, wenn er anno 1848 und 49 Reden hielt, die versammelten Bürger stets anzureden mit: »Ich grüße die Majestät des Volkes!« Respekt davor! So sollte nach meiner Ansicht jeder Fürst sein Volk anreden.

Fürwahr! Die Throne würden viel fester stehen, wenn die Fürsten die größten und ersten Demokraten im Lande wären.

Vor dem Kreuzwirtshaus stiegen die Gäste ab. Nur wenige hatten es bemerkt, wie der Vogtsbur dem Kreuzwirt einen kleinen, schweren

Sack übergab, ehe er seine Brauttochter hinüber ins Haus des Bräutigams geleitete.

Der Hochzeitszug ordnete sich zum Kirchgang; der Sakristan läutete mit allen Glocken, die Stadtmusik blies in allen Tönen, die Böller und Katzenköpfe krachten, und die Garde marschierte dem Zug voran und bildete, bei der Kirche angekommen, Spalier, bis derselbe in den heiligen Hallen verschwunden war. Hier gab der kleine, jugendliche Vikar Kuß, den ich als greisen Priester noch kennen lernte, den Eduard und das Kätherle zusammen.

Trauzeugen waren der Vogtsbur selber und der angesehenste unter den »Herren« in Alt-Hasle, der fürstliche Rentmeister Fischer, von dem ich in meiner »Jugendzeit« erzählt habe.

Während des Festessens konzertierte Lambert, der Schmied; und seine Musikanten und die Bürger-Gardisten tranken, so viel sie trinken konnten.

Statt des heute Mode gewordenen Toastes auf die jungen Eheleute erhob sich während des Mahles der Vogtsbur und verschwand mit dem Kreuzwirt. Nach wenigen Augenblicken erscheint er wieder mit dem kleinen, schweren Sack auf dem Arme. Den Sack stellt er vor die Neuvermählten hin und spricht zu Eduard, dem Kastenvogt: »Do hosch die erst Portion vom Heiretsguot, des i meim Kätherle mitgeb.«

Es war, wie mir mein Vater oft erzählte, ein »ganzer Stumpen Kronentaler«, und von diesem Stumpen hörte ich noch zehn Jahre nach dem Hosig unzähligemal sprechen.

An der »Ürde«, d. i. an der Tafel der Hochzeitsleute und ihrer nächsten Verwandten, saßen auch zwei Studenten, ein alter und ein junger. Der alte war der »Karle«, des Hochzeiters, und der junge der »Nepomuk«, der Hochzeiterin Bruder.

Der Karle war ein bemoostes Haupt in der Medizin, ein Studienfreund des Vikars Kuß, der drum hatte kopulieren müssen. Der Nepomuk aber, noch nicht sechzehn Jahre alt, studierte eben in Offenburg auf dem Gymnasium und wollte »ein geistlicher Herr« werden.

Wie es diesen beiden studierenden Hochzeitsgästen im Leben erging, wollen wir später hören.

Wie alles auf Erden, nahm auch das Festessen und der großartige Hosig ein Ende, und einmal, wenn auch noch so spät, mußten die Kombattanten und Nichtkombattanten, d. i. die Musikanten der Garde von Hasle und diese selbst, den Platz räumen, auf dem sie so tapfer getrunken hatten wie noch nie seit dem Bestehen der stolzen Bürgerwehr.

»So sollt jede Woch a Hosig si«, meinte Lambert, der Schmied und Kapellmeister, als er nach Mitternacht mit seinem Nachbar, dem Schuster Xaver Holzer, dem ersten Klarinettisten seiner Kapelle, heimwankte.

Die Gäste aus dem Kaltbrunn waren längst abgefahren, ihnen voran der Vogtsbur mit seiner zweiten Frau, der schönen Gertrud.

Wir wollen ihm nachfahren, dem Bauernfürsten, und noch mehr von ihm hören.

2.

Im oberen Quellengebiet der Kinzig liegt ein einsames, waldiges Hochtal, der Kaltbrunn genannt, so benamset von einem Bächlein gleichen Namens, das einem kühlen Brunnquell im Walde entspringt. Wenige und deshalb reiche Bauern bewohnten seit alten Zeiten dieses etwas über zwei Stunden lange Tal.

Die Tannenbäume, die sie in stattlichen Flößen durch das Laienbächle und den Kaltbrunnerbach der Kinzig zuführten, machten ihren Reichtum aus.

Der reichste von ihnen war zu Anfang des 19. Jahrhunderts der Bur auf dem Vogtshof, unter dem gewaltigen Rufenkopf gelegen. Weil die Besitzer dieses großen Waldhofes ihres Ansehens wegen meist Vögte im Tal waren, hatte der Hof den obigen Namen erhalten.

Anton Harter hieß der Vogtsbur und Vogt von Kaltbrunn, als das 19. Jahrhundert in die Welt trat, ein stattlicher und stolzer Bur, der nur Holländer-Stämme, d. h. Riesentannen in seinen Wäldern schlug und seine Flöße an die Schifferschaft in Wolfe verkaufte.

Mehr denn einmal im Jahr fuhr er von diesem Waldstädtchen heim, den Sitz in seinem Wägele voll von Kronentalern, jenem schönsten und währhaftesten Silbergeld der vergangenen besseren Zeiten.

Der Kronentaler wurden nach und nach so viele, daß die Vögtin, die Mariann', sie nimmer alle in ihrem großen, buntbemalten Trog neben ihren Staatskleidern aufheben konnte.

»Was meinsch, Toni«, sprach sie eines Tages, da der Bur wieder mit seiner großen »Ledergurt« voll der großen, silbernen Dinger heim kam,

»i hon kei Platz mei im Trog, i moin, i well üser Geld in einer Schiede[2] oufhebe un d'Schiede unter üsere Himmelbettlad stelle?«

»Mach, wia du witt, Alti«, gab der Vogt zurück, »aber derno muasch d'Stubekammer gut abschliaße.«

So geschah's, und fortan lagen die Kronentaler in einer großen, weißen Schiede unter dem riesigen Himmelbett der Vogtsleute; die Schiede aber war meist voll.

Nicht weniger als sechs Buben hatten der Vogtstoni und seine Mari-ann' und dazu noch drei Meidle – alle lustig und lebensfroh, wie es auf Bauernhöfen, wo die Kronentaler korbvollweise sich finden, der Fall ist.

Die Buben und die Meidle waren gesucht und darum nicht allzulange ledig. Denn weit und breit in den Tälern an der Kinzig ging die Kunde von der Schiede unter der Himmelbettlade im Vogtshof zu Kaltbrunn.

Und mit den Kronentalern in der Schiede wurde nicht geknausert. Namentlich war die Mutter damit freigebig gegen ihre Kinder. Wollte eines Geld, um zu einem Tanz oder auf den Jahrmarkt zu gehen nach Alpirsbach, Schiltach oder Wolfach, so pflegte sie zu sagen: »Gau in d'Stubekammer und hol in der Schiede, aber mach' ou 's Loch wieder ebe, wenn du g'nomme hosch!«

Einer von den Buben des Vogts, Toni, der jüngere, saß schon seit Jahren als Bur droben auf dem einsamen Roßberg, einem Riesen-Waldhof, einem kleinen Fürstentum für sich. Es ward ihm aber später zu einsam und zu weltfern in diesem Waldmeer, und er verkaufte den Roßberg an einen Schiffer in Alpirsbach, der ihm 100.000 Gulden bar und zwei Höfe drunten im Kaltbrunner Tal dafür gab.

Den Namen des Roßbergs nahm er aber mit hinab ins Tal, und derjenige von den zwei Höfen, auf dem er seine Residenz aufschlug, heißt bis zur Stunde der Roßbergerhof und der Bauer der Roßberger. Unter diesem Namen und als Besitzer des genannten Hofes saß in den achtziger Jahren ein Enkel dieses Bauernfürsten in der zweiten badi-schen Kammer.

Ich hab' ihn allzeit mögen, den heutigen Roßberger, und ihn auch schon aufgesucht auf seinem stattlichen Hof, weil er nie, selbst in der badischen Residenz nicht, seine schöne Volkstracht abgelegt und sich nie geschämt hat, ein Bauer zu sein.

2   Waschkorb.

Ein anderer Sohn der Vogtsleute im Kaltbrunn,[3] der Franz, heiratete auf einen Hof im mittleren Kinzigtal, im Reichstal, unweit Hasle. Sein Hof bekam alsbald von ihm den Namen »der Kaltbrunner Hof« und trägt ihn bis auf diesen Tag. Der Franz hatte aber kein Glück und mußte den Hof verkaufen; seine Söhne wurden Maurer und Zimmerleute. Sie machten die Pläne zum großartigen Rautschhof im Nordracher Tal, von dem ich anderwärts erzählt, und führten sie auch aus. Eines seiner Meidle aber heiratete den Sohn des meinen Lesern längst bekannten Bauernkönigs Breig, dessen Urenkel heute als Dienstmann an der Ecke der Bertold- und Kaiserstraße zu Freiburg steht.

Ein dritter vom Stamme auf dem Vogtshof, der Hans, hatte hinüber geheiratet in den »Heuwich«, den wir vom »Fürsten vom Teufelstein« her kennen. Sein Enkel ist der heutige Bürsten-Marx von Hasle, der dickste Mann im Städtle und von bewährter Biederkeit im Handel mit Bürsten und Glaswaren.

Ein anderer Enkel sitzt gar in Freiburg als wohlhäbiger »Feilträger« und ist wohl der erste seines Standes in der Dreisamstadt.

Weder der Bürsten-Marx, noch sein Bruder, der Romanus, weiß wohl mehr, daß sie fürstlichem Bauernstamme entsprossen und daß ihre Urgroßmutter eine Schiede voll Kronentaler unter dem Himmelbett stehen hatte.

Der Lorenz und der Philipp, zwei weitere Söhne, waren Buren im Schappe, der eine auf dem Kupferberg, der andere im Gaisloch.

Und die Meidle vom Vogtshof waren noch gesuchter als die Buben. Die Monika und die Luitgard wurden junge, schöne Bürinnen, die eine auf dem Meierhof im Schappe, die andere auf dem stolzen Martinshof oberhalb Hasle, wohin ich schon als Knabe kam.

Die dritte aber, das »Tonile« (Antonie) führte gar der Revierjäger von Wittichen heim, und sie wurde die Mutter eines großen, braven Mannes, des – Fürsten vom Teufelstein.

Der jüngste Sprößling und deshalb, wie üblich bei Müttern, der Liebling der Vögtin, war der Andreas, ein frischer, bildschöner Bub, den seine ledernen Kniehosen und der kurze schwarze Kittel noch frischer und lebendiger machten. Auch geistig war er, wie die Kinzigtäler sagen, nicht auf den Kopf gefallen, und der damalige Präzeptor von

3   Die Schwarzwälder sagen bei Ortsnamen, die mit bach, brunnen, wald, tal endigen, stets im, nicht in.

Kaltbrunn, ein Natur-Schulmeister, lehrte, was heutzutage nimmer geübt wird, die Kinder denken, d. h. den gesunden Menschenverstand anwenden. Drum wurde der Andreas lediglich auf sein Studium bei diesem Lehrer-Original hin ein Mann, der auf allen Sätteln reiten und den man überall hinstellen und überall brauchen konnte.

Dieses Original alten Schulmeisterschlages war Balthasar Mäntele, ein Gütler oder Taglöhner aus dem Hirschgrund im Heuwich. Ihn hatten die Buren von Kaltbrunn, weil er gut lesen und rechnen konnte, zum Lehrer erkürt, und fast vierzig Jahre lang hat der »Schul-Balzer«, wie er im Volksmunde hieß, die Kinder von Wittichen und Kaltbrunn unterrichtet. Seine berühmtesten Schüler waren der Fürst vom Teufelstein und Andreas I., der Bauernfürst von Kaltbrunn.

Des Vogts Andres hatte er, weil es noch mehrere Buben in der Schule gab, die Andreas Harter hießen, als Andreas I. bezeichnet.

Und unter welchen Mühsalen hat der brave Balthasar seines Amtes gewaltet! Er mußte in seine Schule täglich zwei Stunden marschieren auf beschwerlichen Wegen über den Kuhberg, und zwar zur Winterszeit, weil im Sommer keine Schule gehalten wurde.

Oft kam der Brave mit der Schneeschaufel auf dem Rücken in die Schule, da er sich den Weg erst hatte bahnen müssen durch die Schneemassen.

Im Sommer war er Holzhauer und Taglöhner und im Winter Volkslehrer. In der letztern Eigenschaft trug er stets einen langen, leinenen Rock, der bis auf die Knöchel reichte, und sah darin so feierlich aus, daß die Kinder, welche ihn zum erstenmal sahen, sich vor ihm fürchteten und vielfach wieder davonliefen.

In der Nähe der Schule, auf dem Roßbergerhof, war eine Wirtschaft, wo der Balzer speiste. Traf er hier über Mittag Bauern, die ihm einen oder den andern Schoppen zahlten, so kam er am Nachmittag etwas hitzig in die Schule. Die Kinder ersahen dies an einer großen Warze, die der Balzer hinter dem linken Ohr trug. War diese gerötet, wenn er vom Essen kam, so hieß es aufgepaßt, da er dann mit dem Stock weit gröber dreinfuhr als sonst.

Er lehrte seine Kinder außer dem Denken auch das Beten. So oft die Stunde schlug auf der Schwarzwälder Holzuhr in der Schulstube, mußten die Kinder ein kurzes »Stundengebet« sprechen. Trotzdem ihm der »aufgeklärte« Pfarrer das viele Betenlassen untersagte, unterließ es der brave Mann doch nicht.

Es ist die einzige nicht edle Tat des späteren Vogts und Bauernfürsten Andreas I., daß er seinen eigenen, alten Lehrer absetzte, als dieser einmal seinem Sohne Johann Nepomuk mit einem Buch gehörig den Kopf »verschlagen« hatte.

Der Vogt pensionierte ihn daraufhin und sorgte für einen »studierten« Lehrer. Der brave Balzer aber kehrte wieder in den Heuwich zurück und blieb Taglöhner und Holzmacher bis an sein Ende.

Doch jeden Sonntag kam er, obwohl in die ihm näher gelegene Pfarrei St. Roman gehörig, über den Berg in das undankbare Kaltbrunn-Wittichen zur Kirche, wo dankbare Schüler ihm einen Schoppen bezahlten und von wo er eine jährliche Pension von 10 Gulden bezog. Er starb hochbetagt erst in den fünfziger Jahren.

Aus der Schule entlassen und herangewachsen, wurde des alten Vogts Andres auch der Liebling anderer weiblicher Wesen als seiner Mutter.

Alle jungen Wibervölker, so weit die Kirchspiele von Wittichen, Schenkenzell, Schapbach, Wolfach und St. Roman reichten, hatten ein Aug' auf des Vogts Andres, wo immer er sich blicken ließ.

Wo eine Hochzeit in diesen Gebieten war, kam des Vogts Jüngster meist angeritten oder angefahren, seltener zu Fuß, und aller Augen richteten sich auf ihn: die der Meidle wegen des schönen, flotten Tänzers, der zudem seine Tänzerinnen fürstlich regalierte, die der Burschen aus Neid und Eifersucht und die der Buren und Bürinnen, weil der Andres immer lustig war und manche Extramaß auf den Tisch stellen ließ und ihnen »zubrachte«.

Ehe er daheim fortging, unterließ er nicht, die Schiede unter dem Himmelbett in Anspruch zu nehmen und zwar jeweils auf originelle Art.

Verließ er den Vogtshof zu Pferd, so sagte er zur Mutter, ehe er aufstieg: »Muatter, i hou no keine Spore;« fuhr er vom Hof weg mit dem Wägele, so hieß es: »Muatter, i hou no keine Rädle;« ging er, weil steile und schlechte Gebirgswege es verlangten, zu Fuß, so sprach er: »Muatter, i hou no keine Steigeise an de Stiefel!«

Die Antwort der Mutter kennen wir: »Hol' in der Schiede, aber mach ou 's Loch wieder ebe!«

Die Burschen ringsum sahen ihn ungern beim Tanz erscheinen, weil er ihnen die schönsten Tänzerinnen wegspannte und mit Vorliebe die Eifersucht wachrief; denn die Meidle ließen die Buben, mit denen sie

Bekanntschaft hatten, im Stich, wenn Andreas I. auf einen Tanzboden trat und sie »engagierte«.

Die Wibervölker sind ja, wie ich schon oft gesagt, in ihren Schwächen überall gleich, in Stadt und Land.

Wenn auf einem »Bürgerball« ein Prinz erscheint und eine »Dame« zum Tanzen auffordert, so wird die Gans nicht bloß alsbald Vater und Mutter, sondern auch ihren Verlobten vergessen, und wenn der Prinz gar den ganzen Abend sich ihr widmet und sie zu einer Flasche Sekt und Eis einlädt, dann kommt sie vor lauter Pläsier in Gefahr, ihr bißchen Verstand zu verlieren und »überzuschnappen«.

Ähnlich ging es den Meidlen in den obengenannten Kirchspielen, wenn Andreas I., der Bauernprinz aus dem Kaltbrunn, kam.

Nie Bauernburschen aber, denen er so mitspielte, verstunden manchmal keinen Spaß. Ein bürgerlicher und halbkultivierter Bräutigam und selbst ein ganz kultivierter, akademischer wird sich geschmeichelt fühlen, wenn ein Prinz mit seiner Dame tanzt und sie bevorzugt. Bildung und Halbbildung machen ja nicht, wie so viele meinen, frei, sondern servil und knechtselig.

Die unkultivierten, dummen Bauern aber lassen sich in der Regel nicht foppen, und ob der Tänzer, der ihre Eifersucht wachruft, ein Bauernprinz oder ein Herr ist, sie zeigen ihm ihre Fäuste und bringen ihre Meidle wieder zur Vernunft durch einige Rippenstöße.

Andreas I. war mehr als einmal in Gefahr, auf dem Heimweg, vorab wenn er zu Fuß und durch den Wald ging, geprügelt zu werden. Aber schlau, wie er war, wußte er sich seiner Gegner, die meist zu zweit waren, der Eifersüchtige und sein Helfer, nicht bloß zu erwehren, sondern verstand es auch, sie selber noch seine Kraft fühlen zu lassen.

Der Don Juan ließ sich, ehe er abzog vom Schauplatz und wenn er eine Ahnung oder Warnung hatte, daß man ihm aufpasse, beim Dorfkrämer ein Pfund Schnupftabak, aber keinen groben, sondern seinen »Lotzbeck« geben, und den verteilte er in die Taschen seines schwarzen Tuchkittels.

An gefährlichen Stellen, wo er seine Feinde im Hinterhalt vermutete, hielt er beide Hände über seinen Schnupftabak. Stürzten dann jene auf ihn los, so salbte er ihnen mit Teufelsgeschwindigkeit die Augen mit dem Tabak ein; während sie sich denselben ausrieben, klopfte er sie und beschleunigte dann seinen Heimweg.

Im Torwald, der das Wolf- vom Kaltbrunnertal trennt, paßten ihm Schapbacher Burschen mehr denn einmal auf, um ihre Eifersucht an ihm zu kühlen, wurden aber statt dessen mit Schnupftabak gesalbt und mit Schlägen traktiert.

Noch edelsinnig, wie er war und blieb, hat Andreas I. sich immer wieder mit seinen größten Gegnern versöhnt und ist gut Freund mit ihnen geworden.

Ähnlich wie Prinzen, die auch nicht lange ledig bleiben dürfen, beugte sich der tanzlustige Don Juan von Kaltbrunn bald unter das Joch der Ehe. Sein Vater, der alte Vogtsbur, ging aufs Leibgeding, blieb aber noch einige Jahre Vogt und starb erst 1823.

Im September des Jahres 1811, in dem der beste Wein wuchs im neunzehnten Jahrhundert, hielt Andreas I. Hochzeit.

War er da einmal beim Tanz gewesen drüben in St. Roman und hatte manch waldigen Hang und manch tiefes Tal überschritten, um dahin zu kommen.

Im Adler zu St. Roman ging's immer lustig her, wenn Tanz war; denn es kamen dorthin die Meidle von all den vielen umliegenden Höhen und Tälern, schmucke, frische Dirnen und Töchter reicher Waldbauern; drum war dem Don Juan aus dem Kaltbrunn der Weg dahin nie zu weit.

Südlich von St. Roman öffnet sich das kleine, enge Tal von Ippichen, durch das in eiligem Lauf das Ippichenbächle der Kinzig zuspringt.

Einst stund hier eine Burg der Edelknechte von Gippichen, welche außer ihrem Burgstall, den sie teils von den Grafen von Fürstenberg, teils von den Herren von Geroldseck zu Lehen hatten, nichts besaßen. Die sieben Bauernhöfe im Tal hatten Buren zu Lehen, aber nicht von ihnen.

In ihrem Wappen trugen die Edelknechte im obern Feld eine Mondsichel, wohl weil sie aus dem engen Tälchen den Mond nie voll sahen. Ihr Lieblingsname war Aulber (Albrecht) und ihre Hauptbeschäftigung Raub. Sie waren treue Diener des »steinernen Mannes« zu Hasle.

Noch 1399 am Magdalenentag versicherte ein Aulber von Gippichen das Heiratsgut »seines lieben, ehlichen Weibes«, Klara von Schnellingen, so in 400 Gulden bestund, mit Zustimmung seiner Lehensherren auf seine Burg.

Heute ist jedes Andenken an die Edelknechte von Gippichen und jede Spur von ihrem Burgstall im Tälchen verschwunden, und der Volksmund weiß weder mehr was von den Aulbern, noch von ihrer Burg.

Aus diesem Tälchen stieg im Sommer 1811 die jüngste Tochter des zweitobersten Buren, des Schillingers, zum ersten Male zum Erntetanz nach St. Roman.

Das Kätherle war noch nicht 18 Jahre alt, und der Pfarrer von Wolfe, wohin die Ippicher kirchlich gehörten, hatte schon oft in der Christenlehre den Meidlen, die noch nicht 18 Sommer zählten, verboten, zum Tanz zu gehen. Drum wanderte das Kätherle nach St. Roman, bei dessen Pfarrer es ja nicht in die Christenlehre ging.

Es hatte schon drei Winter lang von den Mägden ihrer Mutter das Tanzen gelernt und wollte es auch einmal auf dem Paradeplatz probieren.

Hier sah es Andreas I.; er tanzte mit dem netten, lustigen Meidle, und zwei Monate später war das Kätherle Vogtsbüre im Kaltbrunn.

Die Trauung aber war gegen alles Herkommen statt im Kaltbrunn in Wolfe gehalten worden. Das Kätherle, dem der Pfarrer das Tanzen verboten, wollte diesem zeigen, daß es wenigstens alt genug sei zum Heiraten: zugleich schmeichelte es ihm, im »Staedtle« als Hochzeiterin paradieren zu können.

Getraut hat sie mein Großonkel Josef Hansjakob, der Bruder meines Großvaters, des Eselsbecken von Hasle, damals und lange nachher noch Pfarrherr von Wolfe.

Tanz und Festessen waren »im Engel bei der Halbmeil«, an einsamer Talstraße, wo die Buren von Ippichen alle ihre »Hosigen« hielten und noch halten.

Neunzehn Jahre alt war Andreas I., als er Bur ward auf dem Vogtshof.

Gern hätten die Männer von Kaltbrunn den blutjungen Bauernfürsten auch gleich zum Vogt erklärt, nicht bloß, weil diese Würde von altersher auf seinem Hof von Bur zu Bur ging, sondern auch, weil Andreas I. trotz seiner Jugend einen »hellen Kopf« hatte und lesen und schreiben konnte so gut wie ein Studierter.

Vermochte er wegen seines jugendlichen Alters noch nicht Vogt zu werden und damit Hirte der Völker im Kaltbrunn, so blühte ihm doch in jenen Tagen eine andere Würde, die er lediglich seiner Jugend und seinem knabenhaften Aussehen verdankte.

Kommt er da im Spätherbst des Jahres 1811 auf den »Kuchenmärkt« hinab ins Waldstädtle Wolfe. An diesem Markt pflegen die Buren des oberen Kinzigtals ihre Völker, die Knechte, Mägde und Hirtenbuben, zu dingen fürs kommende Jahr.

Er hat seine Völker eben gedungen, der jugendliche Vogtsbur, und will den Markt verlassen, um einen Schoppen zu trinken. Da begegnet ihm der Disemichel, ein Bur aus dem Rankach, einem einsamen Seitentale der Wolf, weit, weit ab von Kaltbrunn, und fragt ihn: »Bist du schau dunge?« »Nei«, entgegnet rasch entschlossen der Junge.

»Du tätst mir g'falle als Hirtebua«, meint weiter der Bur. »I bin der Disemichel ous'm Ranke un gib dir zwanzig Gulde Lohn un 's doppelt Häs.«

»Wieviel Vieh muaß i hüte?« fragte Andreas I.

»Zwei Roß, zehn Stier un zwölf Küh' – fürs Kleinvieh hou i a Meidle«, antwortet der Disemichel und fährt fort: »Un wenn i z' Acker fahr un hinterm Pflug stand, muaßt du 's Vieh treibe.«

»Eiverstande!« ruft der Junge, »aber i will a Kronetaler Haft!«[4]

»A Kronetaler hou i no keim Knecht gä (gegeben), no viel weniger emme Hirtebua«, meint verwundert der Disemichel.

»Ihr hont ou no niamals so a Bua fürs Vieh dinget, Bur«, erwidert der Hirtenknabe. »A Kronetaler isch bei mir 's kleinst Geld. Mei Muatter hot als Büre immer a Schiede voll Kronetaler unterm Himmelbett stau g'ha.«

»I hou schau davon g'höret, daß im Kaltbrunn a Hof sei, wo d'Kronetaler schiedevollweis dohoim seie. Bisch du ouf dem Hof dohoim?« fragte der Disemichel.

»Do bin i dohoim«, antwortete der Junge, »aber i möcht ou amol sehe, wie's ouf ame andere Hof isch, un a Jährle diene.«

Jetzt langt der Disemichel in seine Lederhosen, zieht den Beutel heraus und gibt dem frischen, netten Knechtlein einen Kronentaler mit den Worten: »Do hosch a Kronetaler. I will ou amol a Hirtebua

---

4   Haft nennt man im Kinzigtal das Stück Geld, welches der Bauer dem Dienstboten gibt, um ihn an seine Zusage, bei ihm zu dienen, zu binden. Kommt der oder die Gedungene nicht, weil es sie reut, so müssen sie den Haft verdoppelt zurückgeben.

hou vom a rechte Hof. Sonst stammet d'Hirtebube meist von ledige Meidle un sin bettelarm.«

Der so Angeworbene nimmt seinen Haft, frägt den Bur noch, wohin der Weg gehe in den Ranke und verspricht, an St. Johannstag z' Wînächten mit seinem Bündel einzutreffen.

Sie reichen sich die Hand und scheiden. Der Disemichel freut sich im stillen über seinen netten, reichen Hirtenbuben. Dieser schreitet fröhlich hinter dem Bur drein und sieht, wie er in die Sonne geht, um eins zu trinken.

Beim Sonnenwirt hat auch der junge Vogtsbur seine Pferde eingestellt, und da es ihm ebenfalls um einen Schoppen zu tun ist, betritt er unmittelbar hinter dem Disemichel die Wirtsstube und setzt sich neben ihn an den gleichen Tisch.

»So«, meint der Bur aus dem Ranke, »soll i dir ou no a Schoppe zahle, daß du mir nokummst?«

»Sell nit«, gibt der Gedungene zurück, »aber i hou ou mei Eikehr beim Sonnewirt.«

Dieser kommt eben bei dem Tisch an, erblickt den Vogtsbur, lüpft sein Hauskäppchen und grüßt: »A guten Morgen, Herr Harter, ou z' Märkt?« Und zum Bur aus dem Ranke sich wendend, spricht er: »Ou hiesig heut', Disemichel?«

Der Disemichel macht große Augen, schaut den Sonnenwirt an und fragt: »Seit wenn sin d'Hirtebuabe Herre, Sonnewirt? Den do hou i jo ebe dinget für mei Vieh, und Ihr nennt ihn Herr!«

»Das kann Euch nit ernst sei, Disemichel«, entgegnet der Sonnewirt. »Der jung' Herr do isch un bleibt der Vogtsbur ous'm Kaltbrunn!«

Dieser hatte indes seinen Beutel aus der Tasche gezogen und zwei Kronentaler daraus entnommen. Er schob sie lachend dem Disemichel zu und sprach: »Der Sonnewirt hot recht; i bin der Vogtsbur, aber noch so jung, daß i a Hirtebua mache könnt. Drum hou i zum Spaß mich Euch verdinget, als Ihr mich g'fragt. Den Haft will und muaß i aber verdopple, weil i den Dienst nit antrete ka am St. Johannstag z' Wînächten, denn i hou a Hof un a Weib dohoim.«

Jetzt ging dem Disemichel ein Licht auf. Er schlug auf den Tisch und rief: »Aber die zwei Kronetaler müsse heut noch versoffe werde. I gang nur schnell nochmols ouf de Markt und ding a andere Hirtebua, aber dann bleibet mir zwei sitze und esset und trinket, bis die Kronetaler alle sin.«

Der Vogtsbur war deß zufrieden, und der Disemichel und sein vermeintlicher Hirtenbub saßen bis in die tiefe Nacht hinein in der Sonne z' Wolfe und vertaten das Haftgeld.

Der Kuchenmärkt wird am Montag vor Weihnachten gehalten, und es war eine kalte Nacht, als die zwei Buren über die Kinzigbrücke fuhren, der eine rechts, der andere links ab.

Beim Abschied meinte der Disemichel, die kalte Nachtluft tät einem gut nach so vielen Botellen Zwölfer.

Beide aber konnten nüchtern werden, bis sie heimkamen, denn jeder hatte einen weiten Weg, der Vogtsbur den weitesten.

Der Sonnenwirt erzählte aber allen Buren, die bei ihm einkehrten, daß der Disemichel den Vogtsbur von Kaltbrunn als Hirtenbuben hätte dingen wollen, und der Disemichel ward noch lange gefoppt, weil er so stolz sei, daß der reichste Bur ihm sein Vieh hatte hüten sollen.

Konnten die Buren im Kaltbrunn Andreas I. noch nicht zum Vogt wählen, so übertrugen sie ihm bald eine andere wichtige Vertretung. Er sollte in den Kriegsjahren 1813–1815 die Lieferungen von Heu, Hafer, Stroh und Brot begleiten, welche die Gemeinde den Österreichern und Russen talabwärts bis Offenburg zuzuführen gezwungen wurde.

Es war dies eine schwierige Aufgabe, da es nicht immer gelang, die Fuhren an den rechten Ort zu bringen, weil Marodeure oder andere Truppenteile, die den Buren begegneten, denselben ihre Ware abnahmen, ehe sie damit ans Ziel kamen.

Und selbst wenn sie im Abliefern Glück gehabt, wurden sie oft auf dem Rückweg genötigt, ihre leeren Wagen den Soldaten, die des Wegs daherzogen, zur Verfügung zu stellen und wieder umzukehren.

Andreas I. wußte für solche Fälle, nachdem er sie einigemal miterlebt, bald Rat. Er verschaffte sich einen russischen und einen österreichischen Offiziersmantel und die entsprechenden Mützen, und je nachdem die eine oder die andere Nation um den Weg war, zog er den einen oder den andern Mantel an, tat sich einen falschen Schnurrbart in sein glattrasiertes Gesicht und setzte sich mit der entsprechenden Mütze auf den Wagen. Sein Freund, der Gallenbacher, ein älterer, mutvoller Bur, machte den Kutscher. Und so fuhr Andreas I., wenn Gefahr war, im scharfen Trab und einige Worte murmelnd durch die bauernfeindlichen, militärischen Kolonnen, die ihn für einen Offizier hielten, der die Wagen schon dienstlich mit Beschlag belegt habe.

Während alle Buren, die Kriegsfuhren tun mußten, über Drangsale klagten, kamen der Vogtsbur und der Gallenbacher stets ungeschoren davon, und Andreas I. erlangte dazu noch durch den häufigen Umgang mit fremden Menschen jene Gewandtheit, die ihn später befähigte, selbst mit Fürsten freundschaftlich zu verkehren.

Oft und gern aber hat er in seinen späteren Lebensjahren erzählt von seinen und des Gallenbachers glücklich bestandenen Abenteuern während jener Kriegsjahre, in denen er alle Potentaten und alle berühmten Generale und Staatsmänner jener Tage gesehen haben wollte.

Die Buren von Kaltbrunn bewunderten aber so sehr seine Leistungen während des Krieges und die dabei bewiesene Gewandtheit, daß sie schon im Jahre 1815 Andreas I. trotz seiner Jugend an Stelle seines Vaters zu ihrem Vogt wählten.

Die Bestätigung ward aber versagt, und die Wahl wegen mangelnden Alters des Erwählten als ungesetzlich vom Obervogt in Wolfe verworfen.

Mit Schmerzen warteten die Buren, bis ihr Liebling das gesetzliche Alter von 25 Jahren erreicht hatte und sie ihn 1817 zu ihrem Oberhaupt wählen durften.

Draußen in der Linde im Vortal gastierte am Wahltag der Neugewählte seine Buren, und zwischen dem »Burgfelsen« und dem »Gallusberg« rauschte der Jubel bis nach Mitternacht.

3.

Die Kaltbrunner hatten den rechten Vogt gewählt. Einmal besaß Andreas I. von seinen vielen Vogtsahnen die Herrschertugenden eines Bauern-Hauptes in erblicher Weise, und dann war er von seiner Mutter und deren Kronentaler-Schiede her ausgestattet mit allen Eigenschaften eines freigebigen, stets hilfsbereiten Mannes.

Eines echten Fürsten erste Sorge sollte sein die Freiheit seines Volkes. Leider haben von jeher die meisten Hirten der Völker diese unterdrückt, statt befreit. Drum gibt es auch so wenig wahrhaft große Fürsten, und zu diesen wenigen gehörte im kleinen Andreas I., Bauernfürst und Vogt von Kaltbrunn.

Ein Bur seiner Vogtei hatte seine Tannenbäume an andere Leute verkauft, als an die Schifferschaft zu Wolfe, die, wie wir aus »Theodor, dem Seifensieder«, wissen, von den einstigen Grafen von Fürstenberg das Monopol hatte, in dem fürstenbergischen Kinzigtal allein mit Holz handeln zu dürfen. Drum waren die Bauern seit Jahrhunderten genötigt gewesen, an die Schiffer in Wolfe ihre Waldbäume abzugeben.

Es war dies so Gewohnheit geworden, daß die Zünftler aufmucksten, als ein Bur von Kaltbrunn, das längst badisch geworden war, sein Holz außerhalb der Schifferzunft an den Mann brachte. Sie drohten ihm mit einem Prozeß.

Da trat der junge Vogt auf, kehrte den Stiel um und prozessierte gegen die Schifferschaft und verlangte für alle seine Buren die Freiheit, ihr Holz verkaufen zu dürfen, an wen sie wollten.

Er spannte seine Rappen ein und fuhr in seiner stolzen Bauerntracht hinab nach Rastatt, wohl fünfundzwanzig Stunden weit, und verteidigte seine Buren und ihr Recht bei dem Hofgericht so gewandt und durchschlagend, daß den Schifferherren von Wolfe jeder Eingriff in das Verkaufsrecht der Buren von Kaltbrunn untersagt wurde.

Jetzt war der Vogtsbur der Löwe des Tages im oberen Kinzigtal, weil er der mächtigen Schifferschaft z'Wolfe den Meister gezeigt und die Buren von ihrer Gewaltherrschaft im Holzhandel befreit hatte. »Der setzt alles durch«, so hieß es vom jungen Vogt; »denn wer die reichen Schiffer bezwungen, kann nimmer und nirgends mehr verlieren.«

Wer fortan im Gebiet der oberen Kinzig sich von einem Prozeß bedroht sah, eilte zum Vogt von Kaltbrunn und bat ihn um Rat. Gerne hörte Andreas I. jeden an, und wenn er selbst keinen Rat wußte, so spannte er seine Rappen ein und holte ihn. Und wo?

Seine Rede, die er gegen die Schiffer von Wolfe in Rastatt gehalten, hatte ihm so sehr das Herz eines der Richter gewonnen, daß dieser ihm sagte: »Vogt, wenn Ihr wieder einmal einen Rat braucht für Eure Bauern, so kommt zu mir!«

Drum fuhr Andreas I. flugs nach Rastatt, wenn ein Bauer oder ein Taglöhner oder eine arme Witwe kam und Hilfe suchte und er keine wußte, und trug den Fall seinem Gönner vor.

Mit dessen Bescheid galoppierte er wieder dem Kinzigtal zu und brachte ihn seinem Klienten. Und sein Rat war jedesmal gut, und wenn's zum Prozeß kam, fiel dieser jeweils so aus, wie der Vogt es vorher gesagt hatte.

Fragten seine Schützlinge, was sie schuldig seien für seine Bemühungen und seine weite Reise, so hieß es: »Was fällt euch ein? Der Vogt von Kaltbrunn tut das alles umsonst!«

Dieser Edelmut erhöhte seine Popularität selbstverständlich noch mehr, und es wird selten ein Advokat so gelobt worden sein von den Klienten, wie der noble Vogt von Kaltbrunn.

Als drum mit Beginn des Jahres 1821 sein junges Weib, nachdem es eben dem Kätherle, mit dessen Hochzeit in Hasle wir unsere Erzählung begonnen, das Leben gegeben hatte, dem Tode verfiel, da konnte das Kirchlein von Wittichen all' die Menschen nicht fassen, die vom stillen Kirchhof oben im Tale, wo sie die Herrin vom Vogtshof begraben, herabkamen, um dem Totenopfer anzuwohnen.

Der junge Vogt hatte aller Herzen gewonnen, drum wollten alle auch ihm ihre Teilnahme bezeugen. Hunderte schüttelten ihm nach dem Gottesdienst vor der Kirche die Hand und wünschten ihm »Glück ins Leid«.

Das Landvolk ist in allem sinnvoll, auch im Gebiet des Todes. So sagt es da, wo die sogenannten Gebildeten die kalte Redensart: »Ich kondoliere«, sprechen – »ich wünsche Euch Glück ins Leid.« Was soll das heißen? Es soll heißen: Ich wünsche, daß in Euer Leid Friede, Trost und Seligkeit komme, Trost und Friede für die Lebenden und Seligkeit für die dahingeschiedene Seele.

Das Volk macht von dem Worte Glück überhaupt wenig Gebrauch. Ich kenne im Kinzigtal nur drei Redensarten, die mit Glück beginnen und vom Glück reden. Und diese drei heißen: »Glück in Ehestand!« »Glück ins Leid!« und *sit venia verbo* oder, wie die alten Bauern noch sagen, mit Salveni – »Glück in Stall!«

Das letztere Wort erwartet der Bur im Kinzigtal von jedem Kundigen, der seinen Stall betritt, in welchem ein kostbarer Teil seiner Habe steht. Unglücksfälle im Stall: Seuchen und sonstige Krankheiten – können einen Bauer arm machen; drum wünscht er sich bei seinem Viehstand ebenso Glück, wie zum Heiraten und zum Sterben.

Der alte, sinnige Spruch: »Glück ins Leid!« – schwindet jetzt schon mehr und mehr im Volke, und die liebe Kultur wird bald die Leichenbitter und die »Leichensagerinnen« auch aus dem Kinzigtal vertreiben, und Todesanzeigen und Kondolenzkarten werden sie und den obigen Glückwunsch ersetzen. Der Anfang ist bereits gemacht; gedruckte Todesanzeigen beginnen bereits bei einzelnen »besseren« Bauern zu grassieren.

's ist doch was Schönes um Kultur und Fortschritt, und es ist interessant, zu beobachten, wie beide ihre Totengräberarbeit anfangs selbst auf die einfachsten Sitten und Gebräuche erstrecken!

Die Völker im oberen Kinzigtal, welche an jenem kalten Begräbnistag im Jänner 1821 in Wittichen dem jungen, noch nicht dreißigjährigen Vogt den Wunsch aussprachen: »Glück ins Leid!« – dachten wohl nicht daran, daß ihr Wunsch sich in einer andern Art glänzend erfüllen sollte, in dem Glück nämlich, das er bald darauf im Ehestande fand.

Zu den Tugenden, welche die Frauen vor den Männern voraus haben, gehört auch die größere Stärke ihrer Liebe und Treue. Drum sind junge Witwen nie so heiratssüchtig wie junge Witmänner.

Der Mannsvölker Schmerz ist in der Regel bald geheilt, wenn sie eine Frau zu Grabe getragen haben. Kinder vergessen die Mutter, die ihnen frühe genommen wurde, nie; Männer, die in jungen Jahren ein Weib verloren, trösten sich bald mit einem zweiten und beeilen sich unter allerlei Vorwänden, dieses zweite auch bald zu bekommen.

Der beliebteste Vorwand ist dann der, daß die kleinen Kinder – eine Mutter haben müßten. Ja, ja, die Kinder bekommen eine Stiefmutter, aber der Herr Papa kein Stiefweib. Diejenigen, um derentwillen man angeblich so bald heiraten muß, sind in der Regel die Geprellten und die Gestraften.

Ein italienischer Bildhauer, der deutschen Sprache kaum mächtig, bat mich einmal, einen Grabstein anzusehen, den er gefertigt und den ein Mann für seine verstorbene Frau bestellt hatte.

Ich fragte, warum der reiche Witwer nicht ein besseres Material verlangt hätte, und bekam vom Bildhauer die treffliche Antwort: »Der Schmerz nit so groß, daß sie nehmen Granit oder Marmor.«

Der Italiener sprach mit diesen Worten kurz und gut das gleiche aus, was ich eben behauptet habe in bezug auf die Dauerhaftigkeit der Männerliebe.

Der Vogt von Kaltbrunn machte es gerade so wie die meisten Witwer seines Alters.

Im Januar trug man sein junges Weib zu Grab, und am ersten Mai hielt er schon wieder Hochzeit mit einem andern, nachdem ein drittes Wibervolk ihm einen Korb gegeben.

Was man nicht glauben sollte, der junge, schöne, gescheite und hochangesehene Vogt hatte einen richtigen Korb bekommen, und zwar nicht etwa von einer Amtmannstochter, sondern von einem Buremeidle seiner Vogtei.

Der Gallenbacher, ein reicher Bur draußen an der Mündung des Gallenbächles, ein Freund des Vogts, hatte eine Tochter, Sophie, im Volk die »Gallenbacher Soph« genannt. Auf diese fielen zuerst die Augen des freienden Witwers. Er ging hinaus zum Gallenbacher und redete zuerst, wie üblich, mit ihm als dem Vater. Der sagte ihm sein Meidle gern zu. Aber als die Soph davon hörte, gab sie, was sonst gegen alle Bauernregeln beim Heiraten ist, ihre Zustimmung nicht, obwohl ihr Herz frei war und der Vogt auf fünfzig Stunden Wegs die beste Partie für ein Buremeidle gewesen wäre.

Aber die Sophie war klüger als die meisten Wibervölker, wenn es sich um eine gute Partie handelt. Die meisten springen blindlings in die Grube, und alles Denken hört auf, und alles Mahnen und Warnen hilft nichts. Eine gute Partie und damit Versorgung und Stellung im Leben geht ihnen über alles, selbst über die Religion. Auch diese verkaufen sie, wenn sie vorher noch so fromm und kirchentreu getan haben und gar noch in einem »katholischen Pensionat« gewesen sind.

Ein weißer Rabe unter den vielen hungrigen Heiratseulen war des Gallenbachers Sophie im Kaltbrunn. In ihrer Seele stieg eine Ahnung auf, und dieser Ahnung folgte sie.

Sie kleidete die Absage ihren Eltern gegenüber in die merkwürdigen Worte ein: »I Heirat' unsern Vogt nit, er houset ab.«[5]

Und dabei blieb sie. So ungern er es tat, der Gallenbacher, er mußte dem Freier absagen, weil seine Soph keine Lust habe. Vögtin zu werden. Warum, das verheimlichte er seinem Freunde, der, sicher, eine andere zu bekommen, auch nicht darauf bestand, das kuriose Meidle, welches den angesehensten Mann im Tale verschmähte, heimzuführen.

Die Sophie aber blieb ledig bis zum Jahre 1840, wo sie einen Witwer und Buren heiratete, mit dem sie noch fast dreißig Jahre glücklich und zufrieden hauste, nachdem sie viele Jahre den Fall Andreas I. überlebt hatte.

Der oberste Hof im Kaltbrunn hieß der Franzenhof. Er lag an der Mündung zweier reizenden Waldtälchen, da wo das Laienbächle und der »kalte Brunnen« sich vereinigen. Dorthin lenkte nun der Vogt seine

5   Abhausen – um Hab und Gut kommen.

Freiersfüße. Er hatte nicht weit, denn der Franzenbauer war sein nächster Nachbar.

Aber auch da wollte es nicht gleich klappen. Diesmal wollte der Vater nicht, wohl aber das Meidle, die Gertrud, die jüngste Tochter des Buren. Ihr gefiel der stattliche, frische Mann mit dem glatten Gesicht und dem kurzen Ohrenbart besser als dem Franzenbur, dem der junge Nachbar zu viel auswärts und zu wenig daheim war.

Die Vogtsgeschäfte und die vielen Bescheide, welche der gefällige Mann in Rastatt holte, brachten das mit sich. Der Franzenbur meinte, ein Bur gehöre auf seinen Hof und sonst nirgends hin, außer am Sonntag in die Kirch' und ins Wirtshaus und dreimal im Jahr auf den Jahrmarkt.

Er hatte deshalb in bezug auf seinen Nachbar die gleichen Ahnungen wie die Gallenbacher Soph. Doch sein Weib, die Regine, und seine Jüngste entschieden sich für den Vogtsbur, und der obsiegte, weil kein Familienvater in solchen Dingen seinem Weib und seinen Töchtern auf die Dauer widerstehen kann.

Der Vogt führte die Gertrud nach glänzender Hochzeitsfeier heim und mit ihr eine Steigerung seines irdischen Glücks; denn nach wenig Jahren wurde er durch sie auch Besitzer des Franzenhofes, eines Gutes, das den Vogtshof an Lage und Waldbesitz fast noch übertraf.

Der alte Franzenbur war ein vermöglicher Mann, und wenn seine Regine auch keine Schiede voll Kronentaler unter dem Himmelbett stehen hatte, so konnte er doch seinen Buben und seinen Meidlen ein schön Stück Geld mitgeben, da sie heirateten. Sie waren alle versorgt, als der Vogtsbur die Gertrud holte, und daheim nur noch der Stammhalter, der Egidi. Der aber war ein verzogener Bub und ein Strolch, aller Bosheit voll. Als zukünftiger Erbherr eines Fürstenhofs ließ der Egidi seinem Mutwillen freien Lauf, so daß der alte Franzenbur ihm oft drohte, er bekäme den Hof nicht.

Der Egidi glaubte das um so weniger, als der regierende Herr Vater unter all diesen Drohungen ein neues Leibgedinghaus bauen ließ, ein Umstand, der laut dafür sprach, daß der Alte gesonnen sei, den Hof bald zu übergeben und Leibgedinger zu werden.

Als das Haus fertig war, ging der Franzenbur an einem schönen Sonntag hinaus zum Pfarrer nach Wittichen und bat ihn, dasselbe einzuweihen.

Das war noch in jener guten alten Zeit, wo die Bauern jedes neue Haus vom Dach bis zum Stall herab weihen und segnen ließen, und wo jedes junge Ehepaar, selbst wenn es in ein altes Haus zog, seine »Aussteuer« unter den Segen der Religion stellte.

Diese schöne Sitte ist mehr und mehr abgekommen, und es ist ein Fehler, daß die Geistlichen sie nicht wieder einzuführen suchen. Der Sinn dafür lebt in unserem Landvolk heute noch.

Mich baten, da ich noch Pfarrer am Bodensee war, mehr als einmal Leute, ihr neues Haus einzuweihen, und Brautleute, ihren Hausrat zu segnen. Ich tat es stets mit Freuden.

Da in dem damals gültigen Ritual nichts über derartige Segnungen zu finden war, nahm ich das alte Konstanzer, welches das römische ist, und fand darin die gewünschten Segens- und Gebetsformeln. Ich fand aber auch zu meiner großen Freude, wie enge die Kirche ehedem mit der Volkssitte verwachsen war, und wie sie diese hegte und pflegte durch viele, jetzt leider vergessene und vernachlässigte Segnungen. Ich habe manche Stunde in jenem alten Ritual geblättert und die herrlichen Gebete bewundert, mit denen die Kirche den Bedürfnissen und Wünschen der Volksseele entgegenkommt.

Nur eines hab' ich bedauert, daß gerade jene dem Volke einst so lieben und werten Weihen und Segnungen von Häusern, Geräten, Tieren und Früchten nicht in der Sprache des Volkes gebetet wurden.

Pfarrer in Wittichen-Kalbrunn war zur Zeit, als der Franzenbur sein neues Heim einweihen lassen wollte, der Priester Josef Merz von Vöhrenbach, der 1824 auf eine andere Pfarrei kam und ein Jahr später bei einem Besuch in Wittichen einem Schlaganfall erlag und da starb, wo er zwanzig Jahre gewirkt hatte.

Es war ein schöner Herbst-Nachmittag, als dieser Pfarrer mit dem Sakristan das enge Waldtal von Kaltbrunn hinaufschritt, um das Leibgedinghaus des Franzenburen einzuweihen.

In der Tenne waren die Knechte des Hauses und der Stammhalter mit Dreschen beschäftigt. Während dieser Arbeit studierte der boshafte Egidi darüber nach, wie er die Weihe stören könnte.

Er spähte von Zeit zu Zeit von der Tenne aus auf die Talstraße, ob der Pfarrer nicht bald komme. Als er ihn endlich erblickte, stellte er den jüngsten Drescher – er hieß Andres und war ein braver, stiller Bursche – unter das Tennenloch und sagte ihm, er solle aufpassen, bis der Pfarrer die Weihe beginne, da er, der Egidi, auch zuschauen wolle.

Der Andres streckte den Kopf zum Loch hinaus und lauerte, hinter ihm der Egidi, auch spähend. Der Pfarrer hatte indes das neue Haus betreten und begann zu beten. In dem Augenblick will der Andres den Kopf zurückziehen und Meldung machen. Der Egidi aber schiebt ihm den innern Laden des Tennenlochs bis an den Hals und hält so den Andres fest. Zu gleicher Zeit sticht er ihm mit dem Messer von hinten so ins Fleisch, daß er ganz erbärmlich zu schreien anfing und der gute Pfarrer vor lauter Geschrei seine eigenen Worte nimmer hörte. Er unterbrach seine Segnung, und der Bur und die Büre, welche andächtig angewohnt hatten, liefen davon, um zu schauen, was los sei. Sie glaubten an Mord und Todschlag. Es stellte sich aber bloß ein boshafter Streich des Erbprinzen als Ursache des fürchterlichen Schreiens heraus.

Dieser Streich kostete dem Egidi die Herrschaft über den Franzenhof.

»Der gottlose Mensch wird Euch schön behandeln, wenn er Bur ist und Ihr sein Leibgedinger«, sprach ernst der Pfarrer zum Franzenbur, als er nach der Weihe mit dem Sakristan, wie üblich, bei Schinken und Wein in der Stube saß.

»Wer die Religion verachtet«, fuhr er fort, »der mißachtet auch Vater und Mutter.«

Der Franzenbur stimmte dem geistlichen Herrn zu, und dieser sprach noch weiter: »Wenn Ihr in Euern alten Tagen Ruhe und Frieden haben wollt, so macht den Egidi nicht zum Bur. Der ist und bleibt ein Taugenichts und war schon in der Schule und in der Christenlehre ein gottloser Bub.«

»Aber wem soll ich den Hof geben? Die andern Kinder sind alle versorgt«, antwortete der Franzenbur.

»Ich weiß Euch einen Rat, Franzenbur«, gab der Pfarrer, zurück, während er sich noch einen Schinkenschnitt langte: »gebt den Hof dem nächsten Nachbar, Euerem Schwiegersohn, unserem Vogt. Der ist ein braver Mann, und bei dem habt Ihr und Euer Weib gute Tage.«

»Dem Vogt?« fragte etwas spöttisch der Bur. »Der hat keine Zeit, seinen eigenen Hof umzutreiben, kann also nicht zwei Höfe brauchen.«

»Aber die Gertrud«, fiel der Pfarrer ein, »ist eine tüchtige Büre, und Ihr seid auch noch da; denn ohne zu schaffen könnt Ihr doch nit leben. Und wenn der Vogt auch wenig daheim ist, tut er's seinen Mitmenschen zu lieb. Ihr dürft stolz auf einen solchen Schwiegersohn sein, der angesehen ist bei den Herren wie bei den Buren. Wenn er einmal beide

Höfe beisammen hat, wird sein Ansehen noch wachsen, und er wird der größte Bur im ganzen Kinzigtal; der g'scheit'st ist er jetzt schon.«

So und anderes redete der Pfarrherr von Wittichen und gewann mehr und mehr den Sinn des Buren für seinen Vorschlag. Selbst Regine, die Büre, konnte und wollte heute ihren Liebling, den Egidi, nicht verteidigen: sie war eine gottesfürchtige Frau, und die neueste Tat des Jüngsten hatte sie auch empört. Mit großem, innerem Vergnügen aber hörte sie ihren Tochtermann loben.

Der Pfarrer wollte, da er gerade in der Nähe war, noch einen Kranken besuchen, droben in dem kleinen Waldtälchen, das vom Volk den schönen Namen »Grüßgott« hat, und brach bald auf. Der Bur aber versprach, indes ein Pferd einzuspannen und bei der Rückkehr aus dem Grüßgott den »Herrn« und seinen Diener hinabzuführen nach Wittichen.

Es war »kuhfinster«, wie die Kinzigtaler sagen, da der Franzenbur wieder heimfuhr und unterwegs nochmals über alles nachdachte, was der Pfarrer heute gesagt hatte.

Als er droben am Vogtshof angekommen war, sah er noch Licht in der Stube. Er hielt an und knallte mit der Peitsche.

Ein Schiebfenster öffnete sich und eine Stimme fragte: »Wer ist draußen?« »Ich bin's«, antwortete der Franzenbur.

»So, Ihr seid's, Vater!« sprach jetzt die Büre, denn sie war es. »Ich habe Euch vorbeifahren sehen mit dem Pfarrer. Es ist schon alles im Bett bei uns, ich allein bin noch auf, ich will noch Anken (Schmalz) machen.«

»Ist der Andres daheim?« fragte der Franzenbur.

»Ja, aber er liegt schon. Er war im Wald heut' und hat Holz vermessen und ist müde geworden.«

»Er soll morgen zu mir kommen. Ich hab' was mit ihm zu reden, was Wichtiges. Guat' Nacht, schlaf Wohl!« Mit diesen Worten trieb der Franzenbur sein Rößlein an, während die Tochter ihm nachrief: »Guat' Nacht, Vater, kommet guat heim. A schöne Gruß an d'Muatter, und i loß ihr ou guat Nacht sagen. Den Andres will i morge schicke!«

Der Vogt war kein großer Liebhaber von Besuchen bei seinem »Schwervater«. Er ging diesem gerne aus dem Weg, weil er stets predigte, die Buren müßten bei ihren Höfen bleiben und da den ersten Knecht spielen; Gefälligkeits- und Herrendienste brächten kein Geld ins Haus und hielten keinen Hof im Stand.

Aber sein Weib, die Gertrud, redete ihm zu, ja zeitig zum Vater zu gehen, denn er habe gestern abend in einem so wohlwollenden Tone gesprochen, daß sie glaube, er habe nur Gutes im Sinn gegen ihren Andres.

Wahrscheinlich, so meinte sie weiter, handle es sich um den Egidi; der habe, wie gestern abend noch die Mägde heimgebracht, einen gottlosen Streich ausgeführt, da der Pfarrer das Leibgedinghaus eingeweiht.

So bekam der Andres Mut und ging andern Tags talauf zum Franzenhof.

Zwei Stunden später kam er zurück; freudestrahlend und seiner Gertrud die Hand entgegenstreckend, rief er ihr zu: »Von heut an, Weible, bist du nicht bloß Vögtin im Kaltbrunn, sondern auch die größte Bäuerin im ganzen Kinzigtal. Ich hab' eben dem Vater den Hof abgekauft um ein Schnupftabaksgeld. Der Egidi wird ausgeschlossen, wie er's verdient, der Pfarrer hat's auch g'sagt und mir gut vorg'schafft!«

Es wird nie, weder in Stadt noch Land, ein Wibervolk weinen, wenn ihr Ansehen und ihre Macht mit der des Mannes steigt und Geld genug im Kasten ist. Drum begann auch die Gertrud zu strahlen bei dieser Nachricht; denn sie war stolz auf ihren Andres, weil sie ihn überall beliebt und angesehen wußte, und jetzt voll Freude, daß der Vater ihm auf einmal so wohl wollte und ihm den Hof gab.

»Aber so will's der Vater«, fuhr der Andres fort, »im Frühjahr müssen wir hinaufziehen auf den Franzenhof. Unser Haus ist alt und baufällig; das reiß ich nieder, und da Wald und Feld von beiden Höfen zusammenstoßen, haben wir dann *ein* Gut und *ein* Haus.«

Das war der Gertrud zweimal recht, wieder heim zu kommen und da Herrscherin zu werden, wo sie als Kind gelebt.

Das Frühjahr kam. Als der Schnee geschmolzen war und die ersten Schlüsselblumen auf den Matten blühten, hielten die Vogtsleute fröhlichen Auszug vom Vogtshof und fröhlichen Einzug in den Franzenhof, der ein stattlich Ding war mit gewaltigem Hauptgebäude, neuem Leibgedinghaus und eigener Kapelle.

Die Zimmerleute und Maurer aber rissen den morschen Vogtshof nieder; doch da, wo er stand, heißt's heute noch im Volksmund »beim alte Hous«.

Andreas I. war als Herr zweier großer Waldhöfe nach dem Geldwert unserer Tage wenigstens ein halber Millionär, was für einen Bauer vor siebzig Jahren viel, recht viel besagen wollte.

Es regierte sein Vogtsstab die Gemeinde, sein Ansehen blühte in den Tälern und auf den Bergen weithin, und seine Flöße beherrschten den Kaltbrunner Bach.

Der Egidi oder, wie er nach dem Hof seines Vaters hieß, der Franzegidi, wurde später ein Taglöhner und hatte ein kleines Gütchen am waldigen Eichberg, unweit dem Fürsten vom Teufelstein, während sein Schwager ein großer Bauernfürst geworden war, nachdem auch Egidis Fürstentum ihm zugefallen.

Der Franzegidi kam aber auch um dieses Gütlein und wurde in seinen alten Tagen ein so armer Mann, daß er von der Gemeinde Kinzigtal, in die der Heuwich und der Eichberg gehören, von Hof zu Hof und von Hütte zu Hütte »umgeäzt« werden mußte.

Heutzutage tut man derartige Arme in Kreisanstalten, wo sie fern der Heimat ein kärgliches, wehmutsvolles Leben führen.

Früher war diese Versorgung ortsarmer Menschen eine weit gefühl- und gemütvollere. Sie wurden »im Reihen« verpflegt oder, wie es noch öfter hieß, »umgehalten«, d. h. jeder Bauer und jeder Taglöhner mußte der armen Person je nach der Größe seines Hofes oder Gütchens von einem Tag bis zu einem Monat Kost und Obdach geben.

Der arme Mensch arbeitete den Kostleuten, was er konnte, und wenn es nur das Hüten kleiner Kinder war. Er aß und trank dafür mit ihnen am Tisch und ward in alleweg gehalten wie ein Glied der Familie.

Dabei war er in seiner lieben Heimat und drum ein zufriedener Mensch. Ich habe viele solche Leute gekannt und unter ihnen keinen Unglücklichen.

Der Franzegidi starb als Ortsarmer in den sechziger Jahren bei einem Bauer im Kinzigtal, bei dem er gerade umgehalten wurde, als der Tod kam.

Er mußte seinen Mutwillen und seinen Spott über Religion schwer büßen, wie ich denn schon oft beobachtet habe, daß Leute, die auf dem Land unter einer gläubigen Bevölkerung Ärgernis geben, weit mehr und sichtbarer die Strafe trifft, als in Städten, wo an solchen Patronen weniger Ärgernis genommen wird.

Das Knechtlein aber, welches der Egidi bei jener Hausweihe so fürchterlich schreien machte und von dem wir noch mehr hören werden, lebte, ein hoher Achtziger, bis zum Frühjahr 1898, wo auch er das Zeitliche gesegnet hat.

4.

Die besten Zeiten unseres Jahrhunderts, so hörte ich in meiner Knabenzeit oft die Bauern erzählen, waren die zwanziger Jahre. Da gedieh alles, was der Landmann pflanzte und säte, und Handel und Wandel und der Friede blühten; denn der große Kriegsdämon Napoleon war tot.

Ehe die Nachricht in die Berge des Schwarzwalds drang, der große Kaiser sei gestorben, glaubten die Bauern immer, er käme noch einmal und brächte die Welt in Revolution.

Aus der Volksseele schwinden große Männer, große Helden, blutige Tyrannen und königliche Henkersknechte ebensowenig wie große Spitzbuben und berühmte Räuber.

Wissen wir doch, daß schon das römische Volk glaubte und selbst wünschte, der Kaiser Nero, der schrecklichste Unmensch, den die Welt je gesehen, käme wieder.

In den zwanziger Jahren also freuten sich die Menschen, welche in den ersten zwei Jahrzehnten des Jahrhunderts nur Krieg und Kriegsnot mitgemacht hatten, wieder ihres Lebens und ihrer Arbeit.

Die Bauern im oberen Kinzigtal gingen wieder ans Floßmachen, Der Krieg hatte den Holzhandel darniedergelegt und die Schifferschaften verhindert, mit ihren Riesenflößen den Rhein hinunter zu fahren. Drum waren die Tannen älter geworden als sonst, und die Waldburen »rieften« fast lauter »Holländer« von den Bergen herab. Und schwer mit Kronentalern gefüllt brachten sie ihre ledernen Geldgurten heim aus den Waldstädtchen im Tal drunten, aus Alpirsbach oder aus Wolfach, wo die Schifferherren residierten.

Der Vogt auf dem Franzenhof säumte auch nicht, in seinen Wäldern, die rechts und links die Berge bedeckten, Holz zu schlagen, und lustig klangen im Winter und bis ins Frühjahr hinein die Axthiebe der Knechte und Holzhauer des Waldfürsten ins Kaltbrunner Tal herab.

Auf dem Kaltbrunnerbach zog im Sommer und Herbst jeden Monat wenigstens ein Floß des Vogts der Kinzig zu. Und bei den Zechen, die er nach getaner Arbeit seinen Flößern in Schenkenzell im Ochsen oder in der Sonne gab, geizte der Floßherr nicht mit Essen und Trinken.

Er übernahm jeweils das Präsidium bei seinen Flözerzechen und vergaß dabei nie der Armen, die hungrig und durstig des Wegs daherkamen.

Die guten zwanziger Jahre und die alten Holländerstämme machten den Vogt von Kaltbrunn so geldreich, daß er seiner Gertrud auch eine Schiede voll Kronentaler unter die Himmelbettlade hätte stellen können. Er verwendete dieselben aber besser und praktischer, indem er seine Herrschaft vergrößerte.

In seiner unmittelbaren Nachbarschaft talabwärts wurden zwei große Bauernhöfe feil. Sie waren zusammen fast so groß als sein bisheriges Fürstentum. Es waren dies der Bühlhof und der Mühlehof.

Der Bühlbur, dem beide Höfe gehörten, war ein vernünftiger Mann. Er hatte zahlreiche Kinder und so wertvolle Höfe, daß, wenn er dieselben verkaufte, jedem Kinde so viel traf, um damit ein kleines Gut zu kaufen oder auf einen kleinen Hof heiraten zu können.

Hätte, wie üblich, ein oder das andere Kind die Höfe erhalten als »Kindskauf«, so wären die anderen Kinder viel zu kurz gekommen und der junge Bur hätte trotzdem eine »starke Übernahme« gehabt.

Fürst Andreas I. aber dachte, wie alle großen Fürsten, auf Vergrößerung seines Reiches und ließ die zwei Höfe nicht in andere Hände kommen. Er kaufte sie. Aber seine vielen Kronentaler langten nicht ganz; er brauchte noch vierzigtausend Gulden. Doch lieh er diese nicht etwa von einem der reichen Schifferherren im benachbarten Alpirsbach, der ihn darum angesehen hätte; er holte sie in jener Stadt, die von jeher am meisten Geld hatte am Oberrhein, in Basel, und zahlte den Bühlbur aus.

Jetzt hatte Andreas I. vier Riesenhöfe vereinigt und war trotz der Schuld in Basel nach heutigen Begriffen ein Millionär; sicher neben Simon, dem anderen Erzbauer, den wir spater kennen lernen, der erste und letzte Millionär seines Standes, so lange die Kinzig ihre Wasser dem Rhein schon zugeführt hat und noch zuführen wird.

Daß die heutigen und die zukünftigen Bauern keine Millionäre werden, dafür sorgen die liebe Kultur, die ihre geldfressenden Segnungen bald in jede Bauernhütte trägt, und die Industrie, welche ihre Fabiikschlote in jedem Dorf aufstellt und den Bur schädigt, indem sie ihm seine »Völker«, d. i. die Dienstboten wegnimmt und diese selbst physisch, sozial und moralisch zugrunde richtet.

Mit dem Fürstentum im Kaltbrunn wuchs, wie immer und überall im Leben, wenn die Menschen aufwärts steigen und ihren Besitz oder ihre Titel und Ämter vermehren, das Ansehen des Vogts nach innen und nach außen, d. i. bei den Buren, wie bei den Herren.

Er aber blieb der gleiche, gefällige, allen zu Diensten stehende Mann. Nach wie vor rollte sein Wagen landab nach Rastatt, um Rat zu holen für bedrängte Leute im oberen Kinzigtal.

Ja es war ihm nicht zu viel, wenn nötig, bis nach Karlsruhe zu fahren, um die Anliegen anderer vorzutragen. Überall fand der stattliche Vogt in seiner schmucken Bauerntracht offene Türen und gute Audienz.

Fürstliche und vornehme Züge werden heute noch von ihm erzählt aus dieser Zeit seines angehenden Großfürstentums.

Fuhr er da einmal im Dienste der Gefälligkeit in der Nähe von Rastatt gegen die Vorschrift mit seinen feurigen Rossen zu schnell über eine Dorfbrücke und wurde deshalb vom Polizeidiener angehalten und vor den Ortsvogt, seinen Kollegen, geführt. Dieser legte ihm, ohne, wie es Vorschrift war, ein Protokoll aufzunehmen, als Strafe auf, dem Sicherheitswächter einen halben Gulden zu bezahlen.

Da langt der Fürst von Kaltbrunn in seine Tasche, legt einen Gulden auf den Gerichtstisch für den Polizeidiener, einen zweiten fürs Schreiben des nicht geschriebenen Protokolls und entfernt sich, ehe der Dorfschulze von seinem Staunen sich erholt hat.

Noch fürstlich vornehmer zeigte sich Andreas I. ein andermal. Wenn die Bauernschaft seiner Vogtei flößen wollte, so mußte sie die Stauweiher in den obersten Gründen des Tales füllen, und die aus ihnen losgelassenen Wasser trieben dann die Holzmassen durch den wasserarmen Kaltbrunnerbach der Kinzig zu.

»Auf der Lai« waren die Hauptstauweiher und der wichtigste »Spannplatz« zur Herstellung der Flöße. Der Weg dahin war aber in den zwanziger Jahren ein elender. Bergauf und bergab mußten die Bauern mit ihren Ochsenkarren fahren, wenn sie die Floßwieden zum Einbinden der Tannenbäume auf den Spannplatz bringen wollten. Noch schlimmer war's beim Anfahren des Holzes selbst.

Da rief der Vogt eines Tages seine Buren zusammen ins waldige Tälchen oberhalb seines Residenzhofes und zeigte ihnen, wie man am Laienbächle hin einen bequemen Weg machen könnte. Sie sollten, so meinte er, zusammenstehen und, der Vogt voran, denselben mit ihren Knechten ausführen. Alle waren damit einverstanden, nur der Bernhardsbur nicht. Der räsonierte noch, daß der Vogt immer, was Neues wolle und den Buren Lasten auflege. Der Weg wurde doch gemacht, ohne Hilfe des Bernhardsburen. Der erste aber, der ihn befuhr, war dieser selbst. Der Vogt sieht das von seiner Residenz aus, nimmt sein Gewehr, geht dem Bur nach, stellt sich im Wald auf, als ob er auf der Jagd wäre und wartet, bis der Bernhardsbur den gleichen Weg wieder zurückfährt.

»Ist ein bequemer Weg das, nit wahr, Bernhardsbur?« ruft's aus den Tannen. Der Angerufene schaut auf und sieht den Vogt. Er erschrickt, schämt sich und schweigt, und der Vogt – schweigt auch. Die Verlegenheit des Bernhardsburen gesehen zu haben, war dem Fürsten Andreas Rache genug. Er verschwindet im Wald, und der Beschämte fährt still heim.

Aber nicht bloß in seiner Vogtei schuf er neues, auch auf seinem Riesenhof machte er allerlei Veränderungen und Überraschungen. Er baute eine Ziegelei, eine neue, große Mühle und als Rarität sein berühmtes »Hennen- und Geißenhaus«. Dieses, ein geräumiger, zweistöckiger Bau, beherbergte im unteren Stock 36 Rasse-Ziegen, welche die Milch lieferten zu einer Käserei. Denn Käse aus lauter Ziegenmilch, meinte der Vogt, sei eine Delikatesse, die im Kinzigtal noch niemand kenne.

Im zweiten Stockwerk logierten Hühner aller Art, auch Fasanen und Pfauen, so daß an Sonntagen die Jugend vom ganzen Tal heraufzog zum Franzenhof, um die »neumodischen Vögel« zu betrachten zur Freude des glücklichen Besitzers.

In seinen Ställen standen die schönsten Pferde und schwerwandelndes Rindvieh – Ochsen, Kühe und Kälber – in großer Menge. Mit zwölf Paar Ochsen am Wagen ließ der Vogtsbur oft seine Hollandertannen zur Spannstatt führen, und als ihn einst ein Bauer fragte, ob er alle seine Ochsen am Wagen habe, fuhr er das nächstemal mit vierzehn Paaren; ein fürstlicher Ochsen-Zug, wie noch keiner durchs Tal von Kaltbrunn gewandelt war. Seinem vielen »Geflügel« und seinem großen Viehstand entsprechend hatte Andreas I. auch viele Völker. Aber da der Herr oft fort war und die Gertrud trotz ihrer Energie nicht überall sein konnte, so waren Knechte und Mägde häufig sich selbst überlassen, und es ging viel zugrunde, vorab in den Viehställen. Doch einem reichen Mann tut's nit gleich was.

Trotzdem die Völker nicht die loyalsten Untertanen waren, verkehrte der Bauernfürst mit seinen Knechten und Holzmachern wie mit seinesgleichen. Ganz besonders machte er gerne an Winterabenden ein Spiel mit ihnen.

Wenn sie aus dem Walde heimkamen, wo sie den ganzen Tag über im Schnee Tannen gefällt hatten, legten sie ihre Brotsäcke ab und die Spielkarten ins Ofenröhrle, damit sie recht trocken wurden und so besser »liefen«.

Dann setzten sie sich zum Nachtessen und luden nachher ihren Meister, wenn er daheim war, ein, mit ihnen zu spielen. Der Fürst stimmte meist zu, erhob sich und holte eine Rolle Geld aus der Stubenkammer. Jetzt wurde »gezwickt«, und die Waldleute hörten nicht auf, bis sie ihrem Herrn die ganze Geldrolle abgewonnen hatten.

Es ging manchmal schon gegen Morgen, wenn sie aufhörten, und die Knechte füllten vom Spieltisch weg ihre Brotsäcke und zogen ungeschlafen dem Walde zu.

Sie waren gleichwohl kreuzfidel, weil die Rolle Geld in ihren Taschen war, und der Fürst gönnte sie ihnen; denn die Leute verarbeiteten ihm seine Tannen zu Flößen, und aus den Flößen nahm er schweres Geld ein, so schwer, daß er in den folgenden Jahrzehnten erst recht als Fürst auftrat.

Er schuf sich anfangs der vierziger Jahre unter dem Namen »Bürger-Militär« eine eigene Leibgarde. Auf seinen Fahrten ins Land hinab hatte er in den Städten und Städtchen die Bürger Soldätles spielen sehen und einen solchen Gefallen daran gefunden, daß er beschloß, im Kaltbrunn auch ein solches Spielzeug zu gründen.

Vorher existierte hier schon eine Miliz in Volkstracht. Ihr Kommandant war der alte Mühlebartle, ein Bur. Aber das genügte Andreas I. nicht; er wollte die Sache militärischer und fürstlicher haben.

Jenes Knechtlein Andres, das der Franzegidi bei der Hausweihe so malträtiert hatte, war später Soldat und ein schöner Soldat geworden. Er hatte, wie damals üblich, die Uniform mit heimbekommen und trug sie bisweilen an Sonntagen beim Kirchgang. So sah ihn der Fürst an einem Sonntag als Grenadier paradieren und engagierte ihn als den ersten seiner zukünftigen Leibgarde. Der Andres sollte die anderen, welche der Bauernfürst in kurzem in einer Zahl von achtzig Mann geworben hatte, einexerzieren, wobei er nur die wenigen reichen Buren, die mitmachen wollten, ihre Equipierung anschaffen ließ, die übrigen aber auf eigene Kosten mit Uniform und Waffen ausstattete!

Und was für eine Uniform! Die Gemeinen und Unteroffiziere trugen weiße Hosen, weiße Gamaschen, roten Frack mit Schwalbenschwänzen und blauen Aufschlägen und schwarzen Tschako mit weißen Fangschnüren.

Die Offiziere, zwei Leutnants und ein Hauptmann, hatten die gleiche, nur feinere Uniform mit Epauletten. Der Fürst aber trug mit dem Charakter eines Majors einen Schiffhut mit weißen Federn und war selbstverständlich beritten.

In edelmütiger Art ernannte er den armen Andres, der sonst in Knechtsgestalt einherging, zum Hauptmann. Diese Ernennung machte im Kaltbrunn solchen Eindruck, daß der Andres von Stund an bis zu seinem Tod, fünfundsechzig Jahre lang, ausschließlich genannt ward »der Hauptmann«. Ja selbst seine Söhne bekamen teil an diesem Ehrentitel und heißen heute noch »des Hauptmanns Frieder« und »des Hauptmanns Hans«. Ehe er Hauptmann ward, der Andres, hieß er von seiner Geburtshütte im »Grausenloch«, nordwestlich von Wittichen, der Grausenlocher-Andres.

Als Hauptmann der Leibgarde Andreas I. gelang es ihm, ein Häuschen zu erwerben im »Zundelgraben« in der Nähe seiner Geburtsstätte. Er wurde dann, mitten im Walde wohnend, ein fleißiger und sparsamer Waldarbeiter, den seine Mitbürger, die Kaltbrunner, eingedenk seiner einstigen Hauptmannschaft, später zum Waisenrichter und Gemeinderat machten.

Und im Zundelgraben lebte er noch lange, der brave Mann, bei seinen Söhnen als Leibgedinger und erzählte an Winterabenden von Andreas I. und von der schönen Hauptmannszeit.

Oberleutnant in des Vogtsburen Garde war der Rußtoni, ein Burensohn, und Leutnant abermals ein Knecht des Dürrhofertoni; Feldwebel der Gebertsepple, ein Taglöhner »auf der Güte Gottes«.

Was ist das beste und schönste Militär ohne Musik! Ja, mir ist das liebste am ganzen Militarismus, diesem Moloch, der den Schweiß und das Blut der Völker verzehrt, die Militärmusik. Der zulieb laufe ich in Freiburg an Sonntagen oft »auf die Parade«, um ihr zu lauschen, so wenig auch ein alter Pfarrer unter die Parade-Menschen, die dabei auf- und abwimmeln, paßt.

Soldaten ohne Musik, so dachte der Vogtsbur, sind Kuchen ohne Zucker, Suppen ohne Salz, und darum rief er auch eine Musik ins Leben. Selbstverständlich schaffte er, da Musikanten in der Regel arme

Teufel sind, die Instrumente und die Uniformen ebenfalls aus seiner fürstlichen Handkasse an.

Kapellmeister ward der Lehrer Hirt von Schapbach, später im Kaltbrunn; den Schellenbaüm schüttelte das kleine Schuhmächerle, welches, wie ich in den »Waldleuten« erzähle, oft mit dem Fürsten vom Teufelstein in Weiberkleidern ins Bierhaus ging und später im »Eselswehr« ertrank.

Des Rußbure Dunise, ein Korbmacher, blies den Bombardon, der Schmidsepple schlug die große Trommel, und des Mühlemathisen Remigi bediente die Trompete.

Dann kamen die Klarinettisten, die Flötenbläser, die Trommler – alle Bauernsöhne, Knechte, Holzmacher und Taglöhner.

Fünfundzwanzig Mann stark war das Musikkorps, und es musizierte so, daß es in Berg und Tal widerhallte, wenn der Vogt ausrückte.

Ein Bataillonskommandant, der nicht reiten kann und kein dressiertes Reitpferd hat, macht sich lächerlich vor seinen Soldaten wie in den Augen der Zuschauer.

Das wußte Andreas I.; drum hielt er sich, so lange seine Garde existierte, d. i. bis zur Revolution von 1849, stets militärisch zugerittene Pferde, die er in Karlsruhe von Dragoneroffizieren kaufte. Edelsinnig und freigebig, wie er war, wußte unser Bauernfürst aber auch, daß das Wort Soldat von Sold, herkommt, und daß Soldaten ohne Sold noch weniger sind als ohne Musik. Drum bezahlte er seinen Leuten, die meist Waldarbeiter, Holzmacher und Taglöhner waren, so oft sie Dienst hatten, d. h. exerzieren mußten, eine Löhnung aus.

Machte er aber, und hierin war er zweifellos der nobelste Kriegsherr und Kommandant seit Cyrus, dem Perser, der seine Soldaten bekanntlich köstlich gastieren ließ – machte der Bauernmajor einen Ausflug, um in den Städtchen Schilte, Wolfe, Hasle oder drüben im Schapbachertal seine Garde zu zeigen und die bürgerlichen Friedenssoldaten von nah und fern zu besuchen – so aßen und tranken seine Unteroffiziere und Gemeinen samt den Musikanten auf seine Kosten.

Wie sehr er sich in seiner Rolle als Major gefiel, zeigt das Bild, welches er von einem Stuttgarter Hofmaler machen ließ. In Uniform auf einem Fuchsen sitzend, seine Residenz, den Franzenhof, und einige seiner Soldaten im Hintergrund, gleicht er zweifellos einem englischen General auf einer kriegerischen Expedition im Schwarzwald.

Jedem seiner Offiziere und Unteroffiziere schenkte er eine Kopie dieses Bildes zum Andenken. Es findet sich dasselbe heute noch in ein und dem andern Bauernhaus im Kaltbrunn; aber der Leute, welche dasselbe zu erklären wissen und jene Tage gesehen haben, sind nur wenige mehr in dem waldigen Tale, über das einst Andreas I. sein glänzendes Zepter geführt und in welchem er als Kommandant seinen Säbel geschwungen hat.

Daß die eigene, glänzende Leibgarde das Ansehen und den Respekt vor Andreas I. im Volke vermehrte und seine Krieger überall sein Lob sangen, wohin ihre Übungsmärsche sie führten, ist erklärlich.

Wie viel aber der herablassende Bauernfürst ob seiner Freigebigkeit sich gefallen lassen mußte, das zeigen die Worte eines alten Weibleins aus den Tagen, da er seine Krieger so hochherzig behandelte.

Saß da Andreas I. einmal eines Tages in der Sonne zu Schenkenzell und speiste mit dem Obervogt von Wolfe und andern Beamten, die sich gerne von der Sonne des Bauernfürsten wärmen ließen.

Da kam eine arme Person des Dorfes in das Wirtshaus, um irgend einen Dienst zu verrichten. Ihre Jugend fiel in die Zeit, da die französischen Revolutionssoldaten im Tal lagen. Sie mochte wohl ein oder den andern der welschen Krieger gekannt haben und hieß drum das Franzosen-Wätschele.

Sie war sehr klein von Natur und ließ sich deshalb ein eigenes Stühlchen mit ihrem Namen in die Kirche von Schenkenzell machen, das heute noch in derselben steht, obwohl die Marianne schon 1838 gestorben ist.

Sie wallfahrtete viel für andere Leute zu Fuß nach Einsiedeln und hatte bei ihrem Tod den weiten Weg dahin neunundneunzigmal gemacht.

Oft schon hatte der Fürst dem armen Wibervolk eine Unterstützung zuteil werden lassen, und da er sie an jenem Tage wieder sah, sprach er zum Sonnenwirt, er solle dem Wätschele einen Schoppen Wein mit heimgeben, es könne ihn dann trinken, wie es wolle.

Das Wätschele bekommt seinen Wein, tritt vor zum »Herrentisch«, sagt dem Geber »vielmal Vergeltsgott« und fährt, zum Obervogt sich wendend, fort: »Der Kaltbrunner Vogt isch immer a guat Schoof g'sei!«

Allgemeine Heiterkeit folgte diesen kindlichen Worten, die Andreas I., edelmütig, wie er war, keineswegs übel nahm. Sie illustrieren aber das bekannte Sprichwort, daß allzugroße Herzensgüte oft als Dummheit angesehen wird.

Vogt Andreas, Besitzer von vier großen Waldhöfen, besaß kaum seine Leibgarde, als ihm noch etwas zuteil wurde, was seiner Herrlichkeit erst das rechte Gepräge gab. Er wurde von echten Fürsten anerkannt und in ihre Gesellschaft und an ihre Höfe gezogen.

Damit beginnt die Glanzperiode des Vogts von Kaltbrunn.

5.

In dem jetzt weithin bekannten Schwarzwaldbad Rippoldsau am Fuße des Kniebis ging es in früherer Zeit viel gemütlicher her als heute, wo die Goldkönige aus Amerika und aus Frankfurt sich's dort wohl sein lassen.

Unter dem Namen Sauerbrunnen wurde das Bad damals nur besucht von Leuten aus dem Elsaß, aus dem österreichischen Breisgau und aus der Herrschaft Fürstenberg.

Beamte, Geistliche, Kaufleute und Bauern lebten da wie in einer Familie. Und wer den heute noch bestehenden »Fürstenbau« ansieht, welchen die Fürsten von Fürstenberg als damalige Herren des »Surbrunnens« sich hatten bauen lassen, der kann sich ein Bild machen von der Einfachheit jener Tage.

Der Abbé aus Straßburg, der Kaufmann aus Hasle oder Wolfe, der österreichische Baron und Offizier aus Freiburg, die großen Buren aus dem Seebach und Kaltbrunn und die Hofräte von Donaueschingen verkehrten miteinander wie unter ihresgleichen.

Und wenn der Fürst von Fürstenberg kam, änderte dies nichts an der Gemütlichkeit und an dem freien Verkehr.

Im Donaueschinger Wochenblatt vom 14. Mai 1794 habe ich eine köstliche Einladung gefunden, verfaßt von dem damaligen »Beständer des Rippoldsauer Sauerbrunnens«, Xavier Göringer. Hier heißt es: »Etikettmäßiger Zwang und kleinstädtischer Ton sind bei mir nicht zu Hause; jeder Brunnengast sucht das Vergnügen des andern zu unterhalten, zu vergrößern und durch die ganze Gesellschaft zu verbreiten. Wer sich besser dünkt, als andere sind, wer an Leib und Seele so ganz Krüppel ist, daß er sich mit andern Menschen nicht vertragen kann, dieser Invalide in der Gesellschaft muß sich's selbst zuschreiben, wenn ihn bessere Menschen als einen Störer der Harmonie und Eintracht behandeln.«

Der brave Mann, Xavier Göringer, sagt aber noch mehr: »Jeder rechtschaffene Mann ist mir willkommen; jeder glaubt und handelt nach eigenem Belieben und Gutbefinden. Weder im gesellschaftlichen Umgang, noch bei andern Gelegenheiten hat man von jeher auf Religion Rücksicht genommen. Religionshaß und Intoleranz, diese zwo Furien haben noch nie die Zufriedenheit in diesem ruhigen Tale untergraben; deswegen sind Religionsstreite, die doch kein Sterblicher entscheidet, in Rippoldsau eine unerhörte Sache.«

Viermal in der Woche, so verkündet er weiter, der wackere Xavier, laßt er in Hausach, fünf Stunden vom Sauerbrunnen entfernt, die Post holen für seine Gäste. »Wer Diener bringt und nicht im gleichen Zimmer mit diesen schlafen will, der kann für sie schickliche Zimmer und Betten haben.«

Zum Zeitvertreib können die Fremden Billard spielen, jagen und fischen und »in müßigen Stunden« zusehen, wie der Xavier aus dem Sauerwasser Glaubersalz »gradiert und siedet«.

Man glaubt, wenn man obige Worte des Beständers des Sauerbrunnens, eines einfachen Wirts, liest, die großen Worte der französischen Revolution – Freiheit, Gleichheit und Brüderlichkeit – seien damals schon bis in den Sauerbrunnen von Rippoldsau gedrungen.

Sicher ist, daß, während der Xavier Göringer jene Einladung schrieb, die Revolutionsheere der Franzosen schon in der Pfalz stunden.

Sicher ist aber auch, daß heute, bei allem Respekt vor den Hoteliers unserer Tage, keiner von ihnen eine ebenso vernünftige als ehrlich gemeinte und ungeschminkte Einladung fertig brächte, wie sie dem Xavier Göringer sein gesunder Menschenverstand in die Feder diktierte.

Ich bin überzeugt, daß der Mann auch einen Wein schenkte, der so echt war wie seine offene Sprache. Nur daß er seinen Vornamen französisierte, will mir nicht gefallen.

Auch scheint seine »Gleichheit«, wenigstens nach außen, sich nicht auf die Bauern, die als Gäste kamen, erstreckt zu haben. In der ersten Kurliste, welche er im oben genannten Jahre veröffentlicht, beginnt er mit dem General d'Aspremont von Freiburg und endigt mit dem Lehrer von Friesenheim. Die Bauern nimmt er dann überhaupt mit der Bezeichnung »sechs Gemeine«.

Fünfzig Jahre später aber war die Gleichheit der Stände in Rippoldsau gänzlich durchgedrungen, trotzdem außer dem Fürsten Karl Egon von Fürstenberg als Badgast alljährlich auch der Großherzog Leopold von Baden erschien.

Beide Fürsten verkehrten mit den Bauern wie mit den sogenannten Herren, ja sie bevorzugten einzelne Großbauern und unter diesen vorab Andreas I. aus dem Kaltbrunn, der jeden Sommer einigemal ins Bad kam.

Nachdem er seine eigene Leibgarde eingerichtet, der Vogt von Kaltbrunn, führte er sie jeweils als Ehrenkompagnie hinab nach Wolfe, wenn er erfahren hatte, daß einer der genannten Fürsten dort durchpassiere auf dem Weg zum Sauerbrunnen.

So ward die Bekanntschaft, die in Rippoldsau gemacht worden, zur Freundschaft; denn »similis simili gaudet«, d. h. ein Fürst fand Gefallen am andern, und die Adelsfürsten luden den Bauernfürsten stets ausdrücklich ein, sie im Sauerbrunnen zu besuchen.

Das ließ sich Andreas I. nicht zweimal sagen, und in den vierziger Jahren bis zur Revolutionszeit ging er, sobald die zwei Fürsten in Rippoldsau waren, jeweils auch als ständiger Gast hinüber und ward ihr bevorzugter Begleiter. Er kegelte mit ihnen und begleitete sie auf die Jagden.

Aber sie kamen auch zu ihm, die zwei Fürsten von Geblüt, auf seine Jagden, und er hatte fürstliche Jagden, Andreas I. Nicht nur die eigenen Wälder waren sein Revier, ringsum im ganzen oberen Kinzigtal hatte er noch die Gemeindejagden gepachtet, um für seine fürstlichen Jagdgäste auch ein würdiges Jagdgebiet zu haben.

Die echten Fürsten aßen und tranken nach der Jagd beim Bauernfürsten auf dem Franzenhof, und der joviale, heitere, redegewandte Vogtsbur ward mehr und mehr der Liebling der beiden Kollegen.

Auch wenn die Sauerbrunnenzeit vorüber war, ging die Gnadensonne in Donaueschingen und in Karlsruhe nicht unter. Die Fürsten vergaßen Andreas I. auch in ihren Residenzen nicht, und öfters kamen Einladungen zu Hoffesten nach Kaltbrunn. Und der wackere Vogtsbur forcht sich nit und ging in seiner Bauerntracht herzhaft an die Höfe mitten hinein unter die Hofleute und die vornehmen Mitgäste. Und überall stellte er seinen Mann, in den Prunksälen der Fürsten so gut wie auf dem Rathaus zu Kaltbrunn, an dem Hofgericht zu Rastatt, wie in den Wirtshäusern des Kinzigtals und bei den Ausmärschen seiner Garde.

Als er einmal nach Karlsruhe zu Hof ging und wie gewöhnlich im »roten Haus« sein Absteigequartier nahm, sahen daselbst einige Karlsruher, die den Vogt in seiner Bauerntracht nicht kannten. Sie spöttelten und fragten, ob er ein Schwabe sei und von welcher Sorte, ob ein Knöpfle- oder ein Suppen-Schwab. Da meinte der Vogtsbur ruhig, es gehe scheint's den Karlsruher Herren mit den Schwaben wie ihm mit den Karlsruhern: man lerne die verschiedenen Sorten erst nach längerem Umgang kennen. Er gehöre jedenfalls zu den dummen Schwaben; denn er komme oft nach Karlsruhe und habe erst heute gemerkt, daß es unter den Karlsruher Herren auch Esel und einfältige Kerle gebe.

Auf dem Heimweg von der badischen Residenz fuhr Andreas I. einmal im Postwagen in seinem langen, schwarzen Bauernrock, auf dessen Rückenseite, wie damals üblich, eine Stickerei angebracht war ähnlich einem Kirchturme.

Zwei Kinder Israels machten sich lustig über den Bauersmann und meinten, er müsse ein guter Christ sein, denn er trage die Kirche auf dem Rücken nach. »Ja, das ist«, gab der Vogtsbur zurück, »der Unterschied zwischen Juden und den christlichen Bauern: uns sieht man die Religion am Rock an und euch an der Nas.«

Sprach's, und die Spötter verstummten.

Natürlich machte der bei den Fürsten so gern gesehene und so wohl gelittene Vogt von Kaltbrunn bei seinen Hofbesuchen auch neue Bekanntschaften. Alle waren entzückt von dem geistreichen und unterhaltenden Bauersmann in seiner schmucken Tracht, und alle wollten ihn einmal besuchen in seiner Waldeinsamkeit.

So erschienen außer den genannten Fürsten Minister und Geheimeräte, Offiziere und Diplomaten zur Sommerszeit auf dem Franzenhof zu Besuch oder zur Jagd. Auch aus dem Sauerbrunnen kamen viele Gäste herüber nach dem Kaltbrunn.

Alle wurden gastlich empfangen und manche so befreundet mit dem Bauernfürsten Andreas, daß sie in Geldverlegenheiten an ihn appellierten und bei dem reichen Manne stets williges Gehör fanden.

Wenn die Gertrud, ein gescheites und kluges Weib, bisweilen mahnte, nicht so splendid zu sein in der Bewirtung und nicht so leicht mit dem Geld umzugehen, da lachte der Fürst und meinte: »Die Herren, die ich jetzt gastiere und denen ich Geld leihe, werden mich auch nicht im Stiche lassen, wenn ich einmal in Not kommen sollte.«

Wer in Fürstengunst steht, den werden alle Fürstendiener ästimieren. So geschah es auch bei Andreas I. Die fürstenbergischen und die großherzoglichen Beamten machten, wenn sie ins obere Kinzigtal versetzt wurden, dem Vogt von Kaltbrunn ihre Antrittsbesuche, sobald sie von ihm und seinem Ansehen bei ihren Fürsten gehört hatten.

Daß sein Ruf als Sachwalter aller Bedrängten erst recht durch alle Täler und über alle Berge an der Kinzig hin ging, als man hörte, der Vogt von Kaltbrunn sei gut Freund mit dem Großherzog und mit dem Fürsten von Fürstenberg, versteht sich von selbst.

Was Andreas I. fortan nicht vor Gericht durchsetzte für seine Klienten, das machte er im Wege der Gnade ab durch Audienzen beim Großherzog.

Und wie edelsinnig er war bei seinem Sachwalter- und Fürsprechertum, zeigt die folgende Tatsache: Den Adlerwirt in Schapbach, wohin der große Vogt oft kam und wohin er bisweilen vierspännig fuhr, hatte einer durch Urkundenfälschung um 5.000 Gulden gebracht.

Der Adlerwirt ruft den Vogt an. Der führt ihm den Prozeß und gewinnt ihn; der Betrüger kommt ins Zuchthaus. Nachdem er einige Zeit da verbüßt, spannt Andreas I. seine Pferde ein, fährt nach Karlsruhe und erbittet und erhält beim Großherzog Begnadigung.

So half der brave Mann dem Sünder und dem Gerechten, dem Kleinen und dem Großen, und alles sprach von seiner Hochherzigkeit und seiner Menschenfreundlichkeit.

Selbst aus dem Munde der Kinder wurde ihm Lob bereitet. Wenn er auswärts war und die Kinder sich vor dem Wirtshaus versammelten, in dem er abgestiegen, so warf er oft Hände voll Kreuzer und Groschen unter die Kleinen, um auch diesen eine Freude zu machen.

Seine eigene, größte Freude aber erlebte er, als der Fürst von Fürstenberg ihn einmal einlud, mit ihm nach Böhmen zu fahren und dort Jagden mitzumachen.

Die Fürsten von Fürstenberg haben bekanntlich große Besitzungen auch in Böhmen, und der Fürst Karl Egon in Donaueschingen vereinigte beide Herrschaften in seiner Hand.

Obwohl Gast des Fürsten, wollte Andreas I. sich nicht lumpen lassen bei dieser Fahrt, die natürlich mit Extrapost gemacht wurde.

Das ist echte Bauernart, daß der Bauer nichts umsonst will und gerne jede Gefälligkeit und Freude, die man ihm macht, dreifach vergütet. Darin ist er viel nobler als viele Herrenleute. Drum gibt der

Bauer auch lieber Trinkgelder als andere Leute, trotzdem diese in der Regel mehr Geld und mehr Bildung haben.

So machte es auch der Vogtsbur aus dem Kaltbrunn, da er mit dem Fürsten von Fürstenberg nach Böhmen fuhr. Ließ der Fürst einem Postillon einen Kronentaler geben, so gab der Bur zwei, damit die Postknechte und ähnliche Leute nicht glauben möchten, der Mann in seiner Bauerntracht sei nur um Gottes willen und als Schmarotzer dabei.

Andreas I. wollte, und da hatte er recht, nicht auf dem Armenweg nach Böhmen kommen und wieder heraus. Dem Fürsten Karl Egon machte es Spaß, den tschechischen Magnaten einmal zu zeigen, was für reiche und intelligente Bauern es in seiner Herrschaft auf dem Schwarzwald gebe.

Der Vogt aber sah in Böhmen nur große, reiche Herren und kleine, arme Bauern und Taglöhner, und das gefiel ihm nicht. Drum ward er auch aus diesem Grunde versucht, den Böhmen zu beweisen, daß es im Schwarzwald Fürstenbauern gebe, die Kronentaler im Überfluß hätten.

Es kostete diese Reise den Erzbauer aus dem Kinzigtale viel, viel Geld, und er kam mit leerem Beutel heim, aber stolz über die vielen adeligen Bekanntschaften, welche er gemacht, und befriedigt, weil er gesehen hatte, daß es die Bauern nirgends so gut hätten als im Schwarzwald und besonders im Kaltbrunn.

Die Äxte klangen wieder in seinen Wäldern, die Riesentannen stürzten, und auf dem Kaltbrunner Bach schwammen neue Flöße des Vogts, die das Loch bald wieder ausfüllten, welches die Reise nach Böhmen in seine Kasse gegraben hatte.

Bei all seinen Fahrten ins Land, an die Fürstenhöfe und in die weite Welt vergaß er zwar seine eigenen Interessen, nie aber die seiner Gemeinde. Ja, er vertrat deren Wohl kühn gegen seine hochgestelltesten Freunde und schonte selbst den Fürsten von Fürstenberg nicht.

Bald nach der Rückkehr aus Böhmen kündigte er der fürstenbergischen Standesherrschaft einen Krieg an.

Dieser Prozeß macht dem gesunden Menschenverstand des Vogts von Kaltbrunn alle Ehre und stellt ihn als Charakter himmelhoch über jene Legionen von servilen Leuten, die es nie wagen würden, einem Fürsten, der ihr Gönner ist, Trotz zu bieten im Interesse Dritter.

Das tat aber Andreas I., dem das Wohl seiner Gemeinde und der Armen seiner Vogtei höher stand als Fürstengunst. Und er tat es, weil im echten Bauersmann das Rechtsgefühl viel stärker ist, als bei vielen hohen und niederen Herren. Drum sagt schon ein mittelalterliches Sprichwort: »Versprechen ist edelmännisch, und halten ist bäuerisch.«

Das Kloster Wittichen, zur Vogtei Andreas I. gehörig, hatte im Jahre 1358 von dem freien Herrn Walter von Geroldseck in der Nähe des Gotteshauses einen großen Wald erhalten »zur Unterstützung der Armen«. Aus alten Briefen ersah dies unser Vogt, und nun zog er daraus den ganz richtigen Schluß: das Kloster ist aufgehoben und die Armen sind unserer Gemeinde zugefallen; der Fürst von Fürstenberg aber hat als Landesherr den Klosterwald »annektiert«, ohne aus seinen Erträgnissen unsere Armen zu unterstützen – folglich soll er zu diesem Zweck den Wald uns und damit seiner ursprünglichen Bestimmung wieder zurückgeben.

Drei Jahre führte der Bauernfürst den Prozeß gegen den Herrn Fürsten, verlor ihn aber in allen Instanzen, den einzigen, den er bisher für andere geführt und der verloren ging.

Der brave, unerschrockene Mann hatte in ein großes Wespennest gelangt: aber seine Faust war nicht groß genug, um fest zu greifen. Er mußte seinen Prozeß verlieren aus »Staatsraison«; denn wenn alle den Klöstern genommenen Güter ihrer stiftungsgemäßen Bestimmung zurückgegeben werden müßten, so gäbe es ja gar keine »Staatsdomänen« mehr.

Die armen Leute im Kaltbrunn und anderswo müssen sich deshalb noch einige Zeit gedulden, bis sie die ihnen bestimmten Wälder wieder bekommen können. Ich meine nämlich, es komme einmal die Zeit, wo der Vers aus Schillers Räuberlied sich ganz erfüllt: »Heut' kehren wir bei Pfaffen ein – bei reichen Pächtern morgen.« Bei den »Pfaffen« ist die Säkularisation bereits eingekehrt: das nächstemal kommt's an die – Pächter.

So verlangt es nicht bloß Schillers Räuberlied, sondern die ausgleichende Gerechtigkeit.

Aber auch in anderer Art zeigte sich der Vogt als Freund seiner Gemeinde. Vom Bühlbur, der einst drei Höfe gehabt, hatte Andreas I. zwei bereits gekauft. Er kaufte ihm Ende der dreißiger Jahre auch den dritten ab, den Rußhof, so daß er jetzt fünf Höfe vereinigte und sein Fürstentum abermals mehrte. Dem Bühlbur war's zu wohl geworden; er wollte im Städtle eine Rolle spielen, zog hinab nach Wolfe mit seinem Geld, baute, spekulierte und – verarmte.

Da aber der Vogt von Kaltbrunn sein Besitztum also wieder gemehrt hatte, murrten einzelne Bauern, daß ihr Vogt alles kaufe. Was tut Andreas I.? Er bietet der Gemeinde den Hof an um den gleichen Preis, wie er ihn gekauft hat.

Die Buren gingen freudig darauf ein, und sinnig, wie das Landvolk ist, ließen sie einen silbernen Ehrenbecher machen und überreichten ihn dem braven, uneigennützigen Vogt als ein Zeichen ihres Dankes.

Ein andermal riet er seiner Gemeinde, ein Angebot zu machen auf einen Wald, der im nahen Württemberg im Submissionsweg verkauft wurde. Am Eröffnungstag bemerkte er, daß sein im Namen der Gemeinde schriftlich eingereichtes und gesiegeltes Angebot vorher von Konkurrenten erbrochen worden war. Er trat nun so energisch auf und drohte mit gerichtlicher Verfolgung, daß die Attentäter, den Kaltbrunner Vogt und seinen Einfluß kennend, ihn baten, die Sache beruhen zu lassen. Andreas I. verstand sich dazu nur, nachdem man ihm tausend Gulden eingehändigt hatte, die er heimtrug und – in die Gemeindekasse legte.

So war der Vogt von Kaltbrunn ein gerechter Mann, ein Ehrenmann, der nicht unverdient Fürstengunst genoß und aus einem Ehrenbecher trank, den ihm seine Mitburen gestiftet hatten.

Daß ihn diese immer und immer wieder zu ihrem Vogt erwählten, verstand sich von selbst.

Schon 1837, als er sein zwanzigstes Dienstjahr feierte, hatte ihm der Großherzog die Zivil-Verdienstmedaille als Anerkennung seiner getreuen Vogtsdienste zugesandt.

Ein Ehrentag für Andreas I. war auch der 25. April 1843, der Tag der Einweihung der Kirche im Städtle Schilte.

Hier war 1833 die alte Kirche abgebrannt, und es ging genau zehn Jahre, bis eine neue gebaut war. Und was für eine! In meiner Knabenzeit redeten die Leute im Kinzigtal, wenn sie auf Kirchen zu sprechen kamen, nur von den neuen Kirchen in Schilte und in Oberharmersbach im Reichstal. Beide, fast zu gleicher Zeit erbaut, wurden als Wunderwerke geschildert, neben denen das Münster von Freiburg nicht mehr genannt ward.

Und so oft ich in meinen alten Tagen beide Kirchen sehe, denke ich an jene Lobeshymnen der Bürger und Bauern vor fünfzig Jahren und schaue dann mitleidsvoll an den langweiligen Steinhaufen hinauf, die alles eher sind als Kunstbauten.

Aber beide stammen noch aus jenen Zeiten der Baukunst, in denen man trotz der herrlichsten alten Vorbilder die Kirchen im Scheuernstil baute.

Doch es darf keine Zeit der andern einen Vorwurf machen wegen Geschmacksverirrungen, weil jede die ihrigen hat und weil der Begriff »schön« wechselt wie die Mode.

Die Schiltacher und die mit ihnen zu einem Kirchspiel vereinigten wackeren Buren von Lehengericht sind protestantisch, weil sie zur Zeit der Reformation herzoglich württembergischer, ihre Nachbarn unten und oben im Kinzigtal aber gräflich fürstenbergischer Untertanenschaft waren.

Die Herzoge von Württemberg wurden protestantisch, die Fürstenberger blieben – den Grafen Wilhelm, einen geborenen Haslacher, abgerechnet – katholisch, und die armen Buren mußten, ob sie wollten oder nicht, werden oder bleiben, was ihre Herren wurden oder waren.

Unter einem schändlicheren Grundsatz ist die Welt nie gestanden und hat die Menschheit nie geseufzt, als unter dem, daß der, dem das Land gehört, auch über die Religion der Untertanen zu befinden habe.

Um dieses einzigen Gewaltsatzes und seiner Ausübung willen sollte jeder denkende Mensch eigentlich Demokrat sein.

Nur die Leibeigenschaft, diese Nachgeburt der heidnischen Sklaverei, konnte möglich machen, daß die Menschen jener Tage sich so was gefallen ließen.

Auch die heutigen katholischen Nachbarn der Schiltacher waren jenem Gewissenszwang zufolge einige Zeit protestantisch.

Graf Wilhelm von Fürstenberg, 1492 in Hasle geboren, ein schöner, geistreicher, tapferer Mann mit einem bösen »Haslacher Maul«, ein intimer Freund Sickingens und Feind der hohen Geistlichkeit, führte 1525 die Reformation in der Herrschaft Kinzigtal ein.

Bis 1549 blieb das Tal protestantisch, und die Bürger von Hasle, Wolfe und Husen und die Buren ringsum waren in den zwanzig Jahren, da sie dem »reinen Evangelium« dienen mußten, so antikatholisch geworden, daß sie nicht mehr zur alten Lehre zurückkehren und ihre Prädikanten nicht entlassen wollten.

Am 15. Mai 1549 schrieb Wilhelms Bruder und Nachfolger, der katholische Graf Friedrich, »dieweil die Leut' im Kinzigtal gar so verstockt seien und, wie er alle Tage hören müßte, die Messe lesenden Priester so hoch verachten und vernichtigen, daß auf ihn und auf das Land nur große kaiserliche Ungnade, auf ihn selbsten aber noch der Verdacht falle, als sähe er solche Dinge gern, so müsse er sich der Prädikanten gänzlich entschlagen. Schon habe er sich um katholische Priester umgesehen, aber leider weder böse noch gute bekommen können, da keiner, wenn man ihm auch noch so viel verspreche, zum Bekehrungsgeschäft in das Kinzigtal ziehen wolle.«

Noch fast dreißig Jahre nach dieser Äußerung blieb der Protestantismus mehr oder weniger in Übung, bis endlich 1575 den Prädikanten der Aufenthalt in der Herrschaft strenge untersagt wurde.

Und als um das eben genannte Jahr der Weihbischof von Konstanz, Balthasar Wurer, Bischof von Askalon, in den Pfarreien Wittichen und Schenkenzell Kirchenvisitation hielt, klagte er in seinem Bericht an die Herrschaft, daß er keine Meßbücher und nur hölzerne Monstranzen gefunden habe und daß das Sakrament der letzten Ölung fast ganz in Abgang gekommen sei.

In jener Zeit aber, da die Kirche von Schilte eingeweiht wurde, herrschte Friede und Freundschaft unter den beiden christlichen Konfessionen. Die Gläubigen jeder Konfession hielten fest an ihrem Bekenntnis, ohne einander wegen der Verschiedenheit desselben gram zu sein.

Drum war der Tag der Kirchweihe in Schiltach auch ein Festtag für die Katholiken ringsum. Das katholische Städtchen Schramberg sandte seinen Sängerbund, die von Wolfe ihr Bürgermilitär, und die Buren von Schenkenzell vereinigten ihre Zivilgarde mit der Leibgarde Andreas I. und rückten am Morgen des 25. April im festlich geschmückten Städtchen ein.

Auch die katholischen Pfarrherren von St. Roman, Schenkenzell, Oberwolfach, Wolfach, Tennenbronn, ebenso ihre Amtsbrüder aus den benachbarten katholischen Orten Württembergs nahmen teil an der Feier.

Die katholischen Bergknappen aus dem Heuwich, welche das Silber zu einem Abendmahlskelch geschenkt hatten, erschienen ebenfalls in ihrer malerischen Tracht.

Beim Rathaus ordnete sich der Festzug und bewegte sich von da aus der Kirche zu. An der Straße hin bildeten die Bergknappen und die Militärkorps Spalier, und die letzteren begrüßten unter dem Kommando des Vogts von Kaltbrunn den Zug mit militärischen Ehren.

Andreas I. war an diesem Tage Brigade-Kommandeur und sprengte auf einem feurigen Braunen laut kommandierend an den Fronten auf und ab, so daß ein Weiblein von Schiltach meinte: »Der ouf dem Roß dowe, der hot älleweil 's größt' Moul.«

Aber, von diesem Weiblein abgesehen, schauten alle Völker des Kinzigtales an jenem Tage bewunderungsvoll an dem Vogt von Kaltbrunn hinauf, der mit seinem Ruhm als Millionär, als Anwalt aller Bedrängten, als Vater seiner Gemeinde und als Freund von Fürsten und »Potentaten« am Tage der Kirchweihe von Schilte noch die Ehre eines Höchstkommandierenden vereinigte.

Seine Musik spielte und konzertierte an jenem Feste in Schilte ebenfalls mit Ruhm und vermehrte durch die Macht ihrer Töne noch weiter das Ansehen Andreas I.

Drum redeten die Buren und die Völker des oberen Kinzigtales, welche das Fest nach Schilte gelockt hatte, nach der kirchlichen Feier in den Wirtshäusern nur vom Vogt im Kaltbrunn, von seiner Leutseligkeit, seiner allzeit hilfsbereiten Hand, von seinem Reichtum, seinen hohen Freundschaften, von dem schönen Braunen, den er heute geritten, von seinen schönen Soldaten und von seinen guten Musikanten.

Seine Garde aber und deren musikalische Begleiter tranken stolz das Doppelte von sonst auf Rechnung ihres Kommandanten.

Noch einmal machte dieser von sich und seiner Garde reden. Es war dies im folgenden Jahre 1844 und zwar in Hasle. Als der damalige Erbprinz Egon von Fürstenberg, jetzt seit Jahren ein toter Mann, seine junge Frau, eine Prinzessin von Reuß, heimführte, ward Hasle, die alte, fürstenbergische Residenz, auserkoren, der Ort zu sein, an dem die ehemaligen Kinzigtäler Untertanen des Hauses Fürstenberg dem neuvermählten Paare ihre Huldigung darbringen wollten.

Schon mehr denn vierzig Jahre waren die Kinzigtäler nimmer fürstenbergisch; aber kindlich, wie das Volk ist, hatten sie ihre alte Untertanentreue noch nicht vergessen.

Sie durften zwar, die Bürger und Buren des oberen Kinzigtales, fast sechs Jahrhunderte lang für das Haus Fürstenberg arbeiten, zahlen und bluten, ohne daß ihnen in den letzten zwei Jahrhunderten irgend ein freiheitlicher oder wahrhaft volkstümlicher Dank geworden wäre. Im Gegenteil, sie hatten in den letztvergangenen zwei Jahrhunderten all das verloren, was ihre Ahnen, besonders die in den Städtchen, sich in den vorhergehenden vier Jahrhunderten an Freiheiten und Privilegien errungen.

Und trotzdem hatte dies Volk seine alte Herrschaft noch nicht vergessen und ihr Liebe und Treue bewahrt noch viele Jahrzehnte lang, nachdem das Kinzigtal durch Napoleons Gnaden badisch geworden war.

Wahrlich, wenn am jüngsten Tag der Allmächtige sein Weltgericht hält, so müssen die Völker gnädig behandelt werden schon um der unermeßlichen Geduld, Liebe und Treue willen, die sie ihren irdischen Herren gegenüber gezeigt, weil sie dieselben als von Gott gegeben angesehen haben. Und die Sünden der Fürsten gegen ihre braven und gutmütigen Völker werden am lautesten um Rache schreien zum Weltrichter.

Also anno 1844, in den ersten Tagen des November, war in Hasle ein großer Festtag. Die ehemaligen fürstenbergischen Untertanen vom ganzen Tale versammelten sich im Städtle, um dem Erbprinzen und seiner Gemahlin auf ihrer Durchreise »ehrerbietigst und untertänigst« zu huldigen.

Ich war erst sieben Jahre alt, sehe aber jetzt noch vor meinem Geiste die riesige Triumph-Pforte aus Buchsbaum- und Tannenreis, welche die Haslacher vor dem unteren Tor aufgerichtet hatten, sehe um dieses Siegeszeichen die Bürgergarden von Hasle, Wolfe und Kaltbrunn aufgestellt; ebenso die Bergknappen aus den Silbergruben des oberen Tales; ich sehe die Festjungfrauen und Festordner, die Buren und Bürinnen in ihren malerischen Trachten und von Hasle alles, was laufen konnte.

Natürlich waren auch wir Schulkinder offiziell ausgerückt und hatten als Lohn für das Paradestehen pro Männlein und Weiblein eine Brezel erhalten, aber nicht etwa vom Fürstenpaar, sondern auf – Gemeindekosten.

Dieser Mißbrauch, die Kinder zu politischen Schaustellungen zu benützen, hat seitdem nicht nur nicht aufgehört, sondern er wurde infolge des Jahres 1870 noch gesteigert. Wir haben seither bei jeder Gelegenheit und fast alljährlich patriotische Schulfeiern, bei denen aber die Jugend nichts hört von den Großtaten und den Freiheiten des Volkes, sondern nur vom Ruhme der Fürsten und vom Danke des ihnen untertänigen Volkes und Vaterlandes. Die armen Kleinen werden dabei nur mit servilen Reden und Liedern gefüttert, die ihnen höchst gleichgültig sind, statt, wie wir, mit Brezeln, für die allein wir Verständnis hatten.

Es sind die heutigen Feiern vielfach nichts anderes als Anleitung und Heranbildung zum Servilismus, statt zum Patriotismus.

Andreas I. hatte an jenem Tage seine Garde samt ihrer Musik auf Wagen nach Hasle spedieren lassen, damit sie nicht beschmutzt und übermüdet auf dem Paradeplatz ankäme.

Auch sein Reitpferd ward am Abend zuvor dahin gesandt, und er bestieg es erst, als auch seine Garde daselbst einrückte.

Hatte er schon zwei Jahre zuvor in Hasle Aufsehen gemacht, als er sein Kätherle dem Kastenvogt gebracht, so staunten die Leute erst recht, da sie ihn in Uniform und zu Pferd vor seinem Bataillon einreiten sahen und seine Türken Musik machen hörten.

Und nachdem das junge Fürstenpaar an jenem kalten Novembertag unter dem Triumphbogen begrüßt worden war, die präsentierenden Soldaten von Hasle, Wolfe und Kaltbrunn passiert und das Städtle verlassen hatte, war der Burenfürst der Gegenstand der Unterhaltung und der Ovationen bei den durstigen Haslachern.

Es war der letzte große Tag, den er mit seiner Garde auswärts feierte. Bald hernach kamen das Hungerjahr 1847 und die zwei Revolutionsjahre.

Im Jahre 1848, an jenem geheimnisvollen Frühjahrsmorgen, da es im ganzen Lande Baden hieß: »Die Franzosen kommen!« war auch ein Stafettenreiter von Wolfe ins einsame Tal von Kaltbrunn gestürmt mit seiner Botschaft, um alles aufzutreiben talab und dem Rheine zu. Da wehrte Andreas, der Talfürst, und sprach: »Ich habe die Zeitungen der letzten Tage fleißig gelesen, und es stand nichts darin, daß das französische Parlament Geld für einen Krieg gegen Deutschland bewilligt habe. Es wird, wenn etwas an der Botschaft ist, nur Gesindel sein, das über den Rhein kommt, und dieses ist nicht zu fürchten. Ich rücke deshalb nicht aus mit meinem Militär, und alle meine Leute können ruhig daheim bleiben.«

So kam es, daß von allen Buren und Völkern im Kinzigtal die Kaltbrunner allein nicht talabwärts rückten an jenem Märzmorgen.

In den kommenden Aufständen blieb Andreas I. seinem Gönner, dem Großherzog Leopold von Baden, treu, konnte aber nicht verhindern, daß in Kaltbrunn und Wittichen manche Freunde der Republik auftauchten, vorab die Brüder des Fürsten vom Teufelstein, des

Vogtsburen Schwester-Söhne, und der damalige Kapellmeister seiner Musik, der Lehrer Martin.

Selbst unter seiner eigenen Garde gab es Anhänger der jungen Freiheit. Drum mußte auch, nachdem die Preußen gesiegt hatten, das Leibkorps Andreas I. seine Waffen abliefern, und alle Mühe seines Chefs, diese Waffen wieder zu bekommen und die Garde wieder herzustellen, waren vergeblich.

Sein Stern war im Sinken. So ging die schöne Truppe des großen Burenfürsten samt ihrer türkischen Musik unter. Aber Veteranen davon leben heute noch und erzählen ihren Enkeln von der schönen Uniform, die sie in der Jugend getragen, von den Instrumenten, die sie geblasen, und besonders von dem fürnehmen und freigebigen Major, der sie kommandiert habe.

Von seinen Soldaten waren zu Ende des 19. Jahrhunderts noch am Leben ein Gemeiner, der Jörgleandres, und dessen Bruder, der Jörglehans, welcher Trommler war bei der Truppe.

Die Musikanten waren vielfach kaum der Schule entlassene Knaben, und doch sind auch ihrer nur noch vier: der Rußdeis, welcher die Klarinette blies, 's Andrese Hans, der das Waldhorn, 's Andrese Toni, der die Trompete, und 's Hanse Konstant, der das Piccolo bediente. Diese sechs alten Männer sind die letzten Reste vom stolzen Korps Andreas I. und die einzigen noch im Leben stehenden Säulen seiner einstigen Größe und Herrlichkeit.

Aber der Vogtsbur hatte auch einen echten Soldaten und Offizier in seiner Familie, und das war sein eigener Sohn, von dem wir jetzt reden wollen.

6.

Sitzt da eines Nachmittags in den ersten Märztagen des Jahres 1838 der Vogt von Kaltbrunn im Talwirtshaus neben der Schule. Er ist auf dem Heimweg von Wolfe her, wo er Amtsgeschäfte gehabt für andere Leute. Draußen vor dem großen Wirtshaus stehen Pferde und Wagen, die ihn hergebracht. Der Wirt aber ist sein eigener Bruder, der Toni, welcher, wie wir wissen, vom Roßberg herabgezogen war und in seinem großen Bauernhaus eine Wirtschaft errichtet hatte.

Während der Fürst so beim Schoppen sitzt, entläßt im nahen Schulhaus der Lehrer und Nachfolger des Balthasar seine Kinder. Die des Vogts erkennen das Gefährt vor dem Wirtshaus und kommen in die Gaststube, um mit dem Vater heimzufahren.

Hinter ihnen drein schreitet der Lehrer. Er hat von seinem Schulzimmer aus gesehen, daß der Vogt angefahren sei, und das bestimmt ihn, nach Schulschluß alsbald ins Wirtshaus hinüber zu gehen und dem gefeierten und allzeit freundlichen Mann seine Aufwartung zu machen. Er hat zudem Durst, der brave Meister von der Schule, vom vielen Sprechen und weiß, daß in der Nähe des freigebigen Vogts keiner verdurstet.

Er täuschte sich auch nicht in seiner Hoffnung. Kaum sieht der Beherrscher des Tales den durstigen Mann eintreten, als er dem Wirt zuruft: »Ah, da kommt der Lehrer, bring gleich noch ein Glas, Toni; er muß mit mir trinken!«

Zum Lehrer aber sprach er: »Ihr kommt mir grad' recht. Unser Pfarr' ist mit mir von Wolfe heraufgefahren und drunten in Wittichen abgestiegen. Auf dem Weg das Kinzigtal herauf hat er mir zugesprochen, meinen Johann Nepomuk, den Ihr in der Morgenschul' habt, studieren zu lassen. Der Bub' habe Talente und könne den Katechismus am besten auswendig. Er, der Pfarr', wolle ihm Stunden geben im Latein. Was meint Ihr, Lehrer? Ihr habt den Buben mehr in der Schul' als der Pfarr'. Der Schul-Balzer hat immer gesagt, mein Nepomuk sei nit dumm, aber faul, und hat ihn geschlagen, bis ich den Balzer selber entlassen habe.«

»Herr Vogt«, antwortete der Gefragte, »der Herr Pfarrer hat vollständig recht, und ich bin der gleichen Ansicht: Euer Nepomuk ist der g'scheitste Bub in der ganzen Schule, und mein Vorgänger, der Balthasar, hat ihn für faul erklärt, weil es dem lebhaften, aufgeweckten Knaben zu einfältig war, immer wieder Dinge herzusagen, die er schon längst wußte und schon hundertmal gehört hatte.«

»Wenn es so ist«, sprach freudig der Vogt, »dann will ich den Buben dem Studium übergeben. Ich hab' zwar unter meinen zwölf Kindern nur drei Buben, aber den Hof kann doch nur einer bekommen, der jüngste, der Lorenz. Der ist jetzt vier Jahre alt, und bis er vierundzwanzig ist, bin ich alt und kann übergeben.«

»Gib den Hof dem Nepomuk, wenn er einmal einige Schulen studiert hat«, meinte der Wirt. »Wir im Kaltbrunn müssen spater einen studierten Vogt haben, sonst sind wir übel dran in der ganzen Gegend, wenn du einmal abgehst. Denn du, Vogt, bist der Advokat im oberen Kinzigtal und der Helfer von reich und arm.«

»Und wenn ich meine Meinung sagen darf«, nahm der Lehrer das Wort, »so laßt Ihr, Herr Vogt, den Nepomuk ganz studieren. Ihr kennt alle großen Herren in Karlsruhe vom Großherzog an, darum kann dann Euer Sohn später leicht auch ein großer Herr werden.«

»Ihr seid beide auf dem Holzweg«, begann lachend der Vogt, dem Lehrer aufs neue sein Glas füllend. »Ein studierter Vogt auf dem Franzenhof wäre noch weniger daheim als ich, und wenn ich so was meinem Weib sagte, würde sie eher ihren Buben im Kaltbrunnerbach ertränken, als zum Vogtsamt studieren lassen. Sie räsoniert mit mir schon genug, daß ich selten daheim sei und alles zu Grunde gehe.«

»Wenn mein Nepomuk studieren will, so muß er ein geistlicher Herr werden, sonst leidet's meine Gertrud nicht. Sie ist gar fromm und hat nur vor den geistlichen Herren Respekt; die anderen Herrenleute, den Großherzog und die Fürsten ausgenommen – es kommen ja viele auf meinen Hof – nennt sie Hungerleider und Schmarotzer.«

»Die geistlichen Herren, meint sie, beteten auch noch für einen im Leben und im Tode. Und wenn's bei uns noch Klöster gäbe, müßte der Nepomuk ein Franziskaner werden. Denn die Franziskaner von Offenburg waren einst daheim in Wittichen und im Kaltbrunn, und auf jedem Hof redet man noch vom Pater Pius, vom Illuminat und vom Felix, die unsere Pfarrer waren, Der Pater Felix hat mich getauft, und beim Pater Thomas bin ich noch in die Schule gegangen.«

»Er hat oft zu mir gesagt: ›Andres, du wirst nie ein rechter Bauer, du solltest ein Herr werden‹«

So und anders redete der Vogt an jenem Tage im Wirtshaus und trank mit dem Lehrer einige Flaschen; dann fuhr er mit seinen Kindern talaufwärts dem Franzenhof zu.

Wenige Tage später wandelte mit Zustimmung der Mutter der Johann Nepomuk am Nachmittag den weiten Weg vom Franzenhof hinaus zum Kloster Wittichen und begann beim Pfarrer Thoma, dem gleichen, der dem Fürsten vom Teufelstein zum Heiraten verholfen, den lateinischen Unterricht.

Auch beim Nachfolger dieses Pfarrers hatte der Nepomuk noch einige Zeit Unterricht, und dann ging's im Herbst 1840 hinab nach Offenburg ans Gymnasium, das in dem ehemaligen Franziskaner-Kloster eingerichtet war.

Sein Vater, der Fürst, überall im Kinzigtal und weit das Land hinab bekannt, hatte dem Sohn beim Buchbinder Gröber ein gutes Quartier besorgt, und bald spielte der junge Bauernprinz eine Rolle unter den Stadt- und Landbuben, die mit ihm die dritte Klasse des Gymnasiums besuchten.

Der Hannes, wie seine Kameraden ihn nannten, hatte aber auch alle Eigenschaften eines Prinzen. Er war nicht, wie in der Regel die meisten Knaben vom Land, welche zum Studium in die Stadt kommen, scheu und schüchtern wie ein Waldvögelein, das man in einen Käfig sperrt und auf die volksbelebte Straße schauen läßt.

Der Bauernprinz hatte schon Stadt- und Herrenleute genug gesehen auf dem Franzenhof. Es gingen ja Fürsten und Minister und kleinere Herren aller Art dort aus und ein, und wer an einem »Hof«, wie der des Bauernfürsten von Kaltbrunn, gelebt hat, wird sich nicht fremd und eingeschüchtert fühlen in der Totenstadt Offenburg an der unteren Kinzig.

Was den Mitschülern des Hannes von Pomuk besonders imponierte, war einmal seine stets wohlgefüllte Börse und seine große Freude an schönen Büchern, die er nach Lust kaufte und seinen Kameraden zur Verfügung stellte. »Alle«, so schrieb mir ein Mitschüler[6] des Vogtssohnes von Kaltbrunn, »hatten den Hannes gern, weil er ein offener, ehrlicher Bursche war, ohne Falsch und Lüge, und ein Freund, auf dessen Wort und Treue man jederzeit rechnen konnte. Dazu kam noch sein munteres, leutseliges Wesen, sein frisches Aussehen, seine körperliche Kraft und Gewandtheit und seine starke Willenskraft. Hitze und Kälte konnte er ertragen wie sonst keiner; überhaupt härtete er sich gerne ab und schien gegen körperlichen Schmerz fast unempfindlich.«

Macht dies Zeugnis dem Bauernprinzen nicht alle Ehre und stempelt's ihn nicht zu einem kleinen Ritter ohne Furcht und Tadel und zu einem Fürstensohn, wie er sein soll?

Es darf uns deshalb nicht wundern, daß am Gymnasium ein junger Baron des alten, ritterlichen Geschlechtes von Schauenburg im Renchtal den Hannes zu seinem Spezialfreund erkor und bisweilen auch mit ihm in die Ferien ging, hinauf in den Kaltbrunn an den Hof Andreas I.

6   Der in Baden-Baden verstorbene Hofrat Früh.

Der Hannes war übrigens nicht sehr begabt, eine Eigenschaft, die auch andern Prinzen vielfach eigen sein soll; aber er übertraf diese an Fleiß, der bei prinzlichen Knaben in der Regel fehlt.

Ich bin aber der letzte, der jungen Prinzen und ähnlichen durch den Zufall der Geburt bevorzugten Knaben die Dummheit und die Faulheit verübelt.

Für die Dummheit können sie nichts, die erbt man bekanntlich. Und wenn die jungen Herren nichts lernen, weil sie wissen, daß sie doch Rang und Stellung in der Welt einnehmen werden, und weil sie sehen, wie vom Hofmeister abwärts alles vor ihnen katzenbuckelt – so muß man sie abermals entschuldigen.

Ich bin überzeugt, daß, wenn mein Vater, statt ein armer Bäcker in Hasle, der Fürst von Fürstenberg in Donaueschingen gewesen, ich ein recht lumpiger, liederlicher Prinz geworden wäre.

Drum danke ich Gott, daß ich als Proletarier auf die Welt kam.

Latein und Griechisch wollten Hannes, dem Bauernprinzen, nicht recht in den Kopf; dagegen übertraf er alle seine Mitschüler im Rechnen, das er noch von Balthasar, dem Schneeschaufler, gelernt hatte.

Vier Jahre lang studierte der Hannes am Gymnasium in Offenburg, als ihm die klassischen Sprachen das Studieren entleideten. Das Pfarrerwerden wurde definitiv aufgegeben und ein Stand gewählt, der in der Welt mehr gilt als der geistliche und den einer erreichen kann, auch wenn er kein Gymnasium absolviert hat. Der Hannes wollte Soldat und Offizier werden.

Nicht umsonst hatte er von Kindesjahren an die Leibgarde seines Vaters und diesen auf seinem dressierten Renner vor der Front derselben paradieren sehen. Der Nepomuk wollte jetzt Dragoneroffizier werden und in die Kadettenschule zu Karlsruhe eintreten. »Ein Rock mit zweierlei Tuch«, so schrieb er eines Tages heim, »sei ihm lieber als ein einfarbiger, dunkler und wenn er auch noch so lang wäre. Soldat wolle er werden, sonst nichts. Und wenn er das in Baden nicht erreiche, dann gehe er als Legionär zu den Franzosen hinüber nach Straßburg.«

So setzte der Hannes seinen Willen schließlich durch.

Er war zwar mit seinen neunzehn Jahren schon etwas zu alt für die Kadettenschule, aber Andreas I. beseitigte bei seinem Gönner und Freund, dem Großherzog Leopold, leicht alle Hindernisse.

Der Nepomuk wurde Kadett und bevorzugter Kadett und war nach kaum drei Jahren ein flotter Dragoneroffizier und zwar, auf besonderen

Befehl des Großherzogs, der ihn nur seinen Schwarzwälder nannte, beim Leibdragoner-Regiment in Karlsruhe.

Als solchen sah ich ihn einmal, als er, es war im Frühjahr 1848, seine Schwester, die Kastenvögtin von Hasle und mein »Bäsle«, besuchte im vollen Glänze der damaligen badischen Dragoneruniform, und ich kam aus der Bewunderung nicht mehr heraus.

Alle Könige und Kaiser der Welt könnten mir heute, wenn ich sie in Uniform vor mit sähe, nicht so imponieren, wie damals des Bauernfürsten Nepomuk als Dragonerleutnant.

Und wenn man mir Zehnjährigem damals gesagt hätte, so wie des Bäsles Bruder seien die himmlischen Heerscharen gekleidet, ich hätte es geglaubt.

Der Nepomuk stand, ich wollte heute die Stelle noch bezeichnen, vor dem Hause des Kastenvogts und sprach mit seiner Schwester, die unter der Haustüre sich aufgestellt hatte. Ich wagte aber nicht, mich dem Leutnant zu nähern, und bewunderte den ersten Dragoneroffizier, den ich im Leben sah, aus respektvoller Entfernung.

Daß die Preußen und ihr Einfluß vor 1870 die alten badischen Militäruniformen begruben, ist auch eines der vielen negativen Verdienste, welche unsere lieben nordischen Brüder ums badische Ländle haben.

Die Uniform der badischen Reiter und der Artilleristen vor 1850 war unendlich schöner und malerischer als die heutige preußische. Und doch mußte sie weichen, wie in unseren Tagen die viel schönere alemannische und fränkische Mundart des Landes verdrängt wird durch den preußischen Dialekt.

Ich meine überhaupt, Preußen und Poesie stimmen nicht zusammen; drum waren auch unsere größten Dichter keine Preußen.

Der Nepomuk war aber nicht bloß äußerlich, durch seine Uniform, ein stattlicher, wenn auch etwas kleiner und nicht sehr schlanker Offizier, er war auch ein vortrefflicher Reiter und bei seinen Regimentskameraden wie bei den gemeinen Dragonern in alleweg sehr beliebt wegen seiner schon erwähnten ritterlichen Eigenschaften.

Aber Geld, viel Geld brauchte der Bauernprinz als Reiteroffizier. Er kaufte die schönsten und teuersten Pferde, ritt sie bald zu Schanden und kaufte dann wieder neue. Tausende von Gulden wanderten alljährlich aus dem Kaltbrunn nach Karlsruhe, von wo jetzt auch Offiziere zu Besuch auf den Franzenhof kamen.

Auch der Fürst Andreas kam öfters in die Residenz, seinen Hannes zu besuchen und dessen Kameraden zu setieren.

Er gab ihnen selbst Bälle, und mehr als einmal opferte der Bauernfürst an einem Abend tausend Gulden für derartige Unterhaltungen.

Auch anderweitig schien das Glück noch einen Augenblick dem Nepomuk zu lächeln und hielt ihn und seinen Vater ab vom Sparen. In Baden-Baden, wo von jeher die badischen Offiziere zur Sommerszeit auf reiche Töchter Albions fahndeten, lernte der flotte Leutnant eine steinreiche Engländerin kennen und verlobte sich mit ihr.

Sie reiste vor der Heirat nochmals in ihre Heimat, ertrank aber im Kanal und begrub mit sich die goldige Hoffnung des Reiters Nepomuk aus dem Kaltbrunn.

Bald darauf kam die Revolution des Jahres 1849 und ergriff auch das Leibdragoner-Regiment in Karlsruhe. Die allermeisten Offiziere verließen ihre Schwadronen teils aus Treue gegen den Landesfürsten, teils weil sie den Haß der Soldaten fürchteten.

Der Sohn des Bauernfürsten aus dem Kaltbrunn aber blieb bei den gemeinen Leuten, weil sie ihn darum baten und weil er sie zu lieb hatte, um sie ohne Führer zu lassen. »Um Ordnung zu halten und weil er sich geschämt habe, davonzulaufen, sei er bei seinen Leuten geblieben« – so erzählte er dem obengenannten Studienfreunde, der ihn in Heidelberg traf, als er an der Spitze seiner Reiter gegen die Hessen ausrückte.

Während so der Sohn Andreas I. mit den Freischaren zog, blieb, wie wir bereits wissen, droben in der weltfernen, waldigen Heimat der alte Fürst selbst seinem Freunde, dem Großherzog Leopold, treu und hörte mit Bedauern, daß sein Nepomuk sich der Revolution angeschlossen habe.

Dieser machte als Major und Kommandant seines Regiments alle Gefechte gegen die anrückenden Hessen und Preußen mit, tapfer voran und seine Leute vor Ausschreitungen zurückhaltend.

In dem Treffen bei Rastatt wurde dem jungen Major der Zügel seines Pferdes weggeschossen. In der Meinung, die Preußen würden sich nicht so bald vor die Festung legen, ritt er in die Stadt, um noch mit dem dortigen Kommandanten sich zu beraten und dann mit seinen Reitern landaufwärts zu ziehen, wie es die übrigen Freischaren auch taten.

Kaum war er aber einige Stunden in der Festung, so mußten deren Tore geschlossen werden, weil die Preußen draußen lagen und liegen blieben, bis sie übergeben und auch des Burenfürsten Nepomuk in ihren Händen war.

Er kam vor das Kriegsgericht, welches mit Offizieren, die mitgemacht hatten, nicht spaßte.

Jetzt zeigte sich, noch einmal der ganze Einfluß des Fürsten im Kaltbrunn. Er eilt zum Großherzog, zu den Ministern, zum Standgericht, bringt Zeugen von Karlsruhe, die bestätigen, daß der Nepomuk in der Hauptstadt selbst vieles verhütet habe, weil er bei seinem Regiment geblieben – und siehe da, der Revolutions-Major wird nur zu drei Monaten Gefängnis verurteilt. Und diese muß er nicht, wie andere, in den feuchten Kasematten der Festung verbringen, sondern in Kißlau, dem ehemaligen Schloß der Fürstbischöfe von Speier.

Aber eines vermochte der Vogt von Kaltbrunn trotz aller Bitten nicht abzuändern: der Nepomuk wurde für alle Zeiten aus dem badischen Offizierskorps ausgestoßen.

Nach drei Monaten kehrt der einst so stolze Reiter heim und weiß, um den ob seiner revolutionären Taten ihm zürnenden Vater zu versöhnen, nichts zu tun, als mit den Knechten Tannen zu fällen, Holz zu machen und Flöße einzubinden.

Von all seiner Offiziersherrlichkeit war ihm nur sein Hund geblieben. Den brachte er mit in die Heimat und dressierte ihn in müßigen Stunden so, daß er auf den Ruf: »Die Preußen kommen!« den Schwanz einzog und bellend davonsprang.

Von diesem Hunde, der die Preußen fürchtete, erzählen die Leute heute noch.

Der Untergang all seiner Hoffnungen, die Einsicht, daß auch der Vater ihm nimmer helfen könne, auch wenn er wollte, weil der Wohlstand auf dem Franzenhof schon bedenklich wankte, nahm dem einst so frischen, fröhlichen und ritterlichen Nepomuk allen Halt. Er lebte mit den Holzmachern wie mit ihresgleichen und suchte seine Lage und den Gegensatz von einst und jetzt zu vergessen, indem er in des Waldes düstern Gründen mit ihnen Schnaps trank und – viel Schnaps.

Noch einmal raffte er sich auf. Er schrieb seinem adeligen Studienfreund, dem Baron von Schauenburg, und bat ihn um Rat und Hilfe, da er nicht als Holzmacher sterben wolle und sein Vater kein Geld mehr für ihn übrig habe. Er erklärt sich zu jeder ehrlichen Arbeit bereit.

Der Baron braucht einen Müller in seine Mühle, die in dem reizenden Nachbartale der Kinzig, in dem der Rench, ihr Rad schlug, und trägt die Stelle des Müllers dem Major Nepomuk Harter an.

Der Bauernprinz gibt sich gerne dazu her, und sein Freund läßt ihn in der großen Mühle zu Willstätt, wo die Kinzigflöße landeten, ehe sie in den Rhein gingen, die Müllerei erlernen.

Er wird ein Müllerlehrling, der ritterliche Nepomuk. Ob's ihm gefallen konnte? Es wird ihm niemand zumuten können, daß er mit Lust und Liebe die Fruchtsäcke auf den Mahlgang trug und Mehl siebte.

Das unter den Rädern der Mühle dahinrauschende Wasser, die raffelnden Mühlsteine und das Klingeln der zum Aufschütten mahnenden Glocken konnten seine Gedanken an die glänzenden Tage, die hinter ihm lagen, nicht verscheuchen.

Schwermütig und freudelos saß er in freien Augenblicken auf einem Frucht- oder Mehlsack und brütete und seufzte, und es klang in seinem Innern jene Strophe des Dichters:

> Ich hör' das Mühlrad rauschen.
> Ich weiß nicht, was es will;
> Am liebsten möcht' ich sterben.
> Dann wär's auf einmal still.

Und wenn dann der Lebensüberdruß ihn erfaßte, griff er nach dem Glas und trank Vergessenheit im Alkohol, diesem unheilvollen Tröster so mancher betrübten Menschenseele.

So lernte er das Müllerhandwerk und ward nach einjähriger Lehrzeit, krank am Herzen, ein »Mühlarzt« in der Mühle seines Freundes in dem stillen Tale der Rench.

Lustig sprangen die Bächlein an seiner Mühle vorbei, lebensfroh schossen die Fischlein unter dem Rade hin und her, und in lichtem Schein blühten friedlich die Blumen an den Wassern. Der Müller drinnen, er allein war trübselig und unglücklich.

Er träumte von fliegenden Rossen, von glänzenden Waffen, von schönen Töchtern Albions auf dem Korso zu Baden-Baden: er träumte – und wenn er erwachte, sah er den flotten Reiter, den stolzen Offizier und den galanten Kavalier als armen, staubbedeckten Mühlarzt in einsamer Mühle sitzen. Um die trostlose Gegenwart zu vergessen, langte er wieder nach dem Tröster und trank das Lethewasser.

Er träumte wieder, und in seinem Traume hörte er nicht, wie die Glöcklein über den Mahlgängen riefen, daß die Steine Hunger hätten nach Korn. So versäumte und verträumte der Müller seine Arbeit.

Vergeblich mahnte und warnte der Herr der Mühle, so oft er von seiner Burg herabkam und nach seinem Müller sah. Die fliegenden Rosse, die glänzenden Waffen, die blassen Feen hatten es diesem angetan.

Er raffte sich für Tage und Stunden zwar auf, dann träumte er wieder, und wenn er ausgeträumt hatte, trank er, um wieder zu träumen.

Träumende und trinkende Müller aber machen schlechtes Mehl und verderben die Mühle.

Drum konnte nach Jahr und Tag der stolze Leutnant Nepomuk, den seine Liebe zum gemeinen Volk an die Spitze eines Reiterregiments gestellt hatte, nicht mehr länger Müller sein.

Sein Freund mußte, schwer geschädigt, ihm den Abschied geben.

Wohin, armer Nepomuk? Daheim ist der Vater indes selbst arm geworden, und drunten in Karlsruhe will niemand mehr etwas wissen vom schönen, reichen, vielumworbenen Leutnant. Er war ja in Kißlau als Züchtling und ist für immer ausgestoßen aus der glänzenden Schar seiner Kameraden. Wohin, armer, ehrlicher Bauernprinz?

Er verläßt die Mühle, ein gebrochener Mann, und geht talabwärts dem Rheine zu. Dort drüben sieht er das Münster von Straßburg herüberwinken, dort werben französische Sergeanten Legionäre für den Krimkrieg.

Dorthin geht der Nepomuk und folgt den Adlern des dritten Napoleon nach Südrußland.

Adieu Heimat, auf Nimmerwiedersehen!

7.

Es war in den Frühlingstagen des Jahres 1853. Die Sonne hatte auch in dem engen Waldtal von Kaltbrunn, wo der Schnee länger liegen bleibt als im mittleren Kinzigtal, den Winter vertrieben.

In den Matten blühten die gelben Schlüsselblumen, und am Kaltbrunnerbach und am Laienbächle hin schauten rote Wetternelken und blaue Vergißmeinnicht lachend in die kleine, grüne Welt rings um sie.

In den Wäldern am Roßberg und am Rußkopf girrten die Holztauben, und die Bergfinken und die Drosseln lösten sich ab in fröhlichem Schlag.

»Auf der Lai« waren Flößer beschäftigt, Tannenbäume zu einem Floß zusammenzubinden, zum ersten, das in diesem Jahre aus dem Kaltbrunn der Kinzig und dem Rhein zugehen sollte.

Über ihnen, droben im Steigwald, sitzt auf moosbedecktem Felsgestein ein greiser Mann in Bauerntracht: kurze Lederhosen, halbhohe Stiefel, grüne Weste, Tuchkittel mit weißen Metallknöpfen und runder, schwarzer Filzhut.

Er hat beide Arme auf die Knie gelegt und schaut stumm und still in das Moos zu seinen Füßen. In seinen Augen liegt schwerer Kummer, und in seinem Herzen wühlt Verzweiflung. Von Zeit zu Zeit hebt sich seine Brust, und ein tiefes, jammervolles: »O je!« – kommt über seine Lippen.

Sein Weh läßt ihm nicht lange Ruhe auf einer Stelle. Er will weiter durch den Wald, läßt sich aber bald wieder, weil seine Füße ihn nicht länger tragen, auf moosigem Stein nieder und beginnt sein stummes Brüten und sein Seufzen von neuem.

Überall, wohin er kommt, jubelnde Vögel und girrende Tauben – alles atmet Leben und Freude, nur der alte Mann möchte sterben.

Schon seit Wochen ist er drunten im Tale, wo sein Hof steht, in einer Kammer gelegen, menschenscheu und verzweiflungsvoll. Niemand durfte zu ihm: jedes Essen hat er verschmäht. Nur nachts trieb ihn der äußerste Hunger hinaus in den Hof an den Brunnen. Im Brunnenhäusle stunden die Milchtöpfe, und aus ihnen hat er seinen Durst und seinen Hunger gestillt, während die Sternlein friedlich über das waldige Tal hinzogen und alles im Hause schlief.

Sie glaubten schon, die Menschen, im Hause, er wolle sich zu Tod hungern, bis sie an der Milch im Brunnenhäusle merkten, daß heimlich sich jemand hier erquicke.

Eines Nachts ging er vom Brunnen weg in den Wald, und hier treffen wir ihn, und hier suchen ihn seine Leute angstvoll und bringen ihn wieder heim.

Von neuem eilt er dem Walde zu in jenen Frühlingstagen, und wieder suchen und holen sie ihn – den Fürsten von Kaltbrunn, Andreas I.; denn er ist der Mann auf dem Felsgestein im Steigwald, der da seufzt und stöhnt in Verzweiflung, weil er vor dem Abgrund steht, in den sein Glück, sein Ansehen, sein Hab und Gut, seine Höfe und Wälder zu versinken drohen.

Und was hat ihn vor diesen Abgrund gestellt? Nicht seine Freigebigkeit, nicht seine Hochherzigkeit, nicht seine vielen Reisen, um andern ihr Recht zu sichern, nicht seine Bürgergarde und die Ausgaben für sie, auch nicht die vielen Tausende, die er seinem Nepomuk gesandt, und nicht die Gant der Schifferschaft in Wolfe, wobei er viel verlor durch einen Schwiegersohn, der Schiffer war. Das alles hätte sein Glück nicht umgebracht. In Verzweiflung gestürzt haben ihn die Folgen der Revolution von 1848 und 1849 und die eigene Energielosigkeit, als die Katastrophe über ihn hereinbrach.

Der Vogt von Kaltbrunn, wir wissen es, war und blieb monarchisch gesinnt in jenen Jahren, da die deutschen Throne wankten und schwankten und der deutsche Michel, wild geworden, sie stürzen wollte.

Des guten Michels Vertreter in Frankfurt haben aber dann die Sache der Freiheit und des Volkes wieder selbst erwürgt, das Vaterland gerettet und den Michel aufs neue den Fürsten und ihren Ministern ausgeliefert. Die Preußen erdrückten in Baden die Revolution und mit ihr, unbewußt und ungewollt, Tausende von braven Bürgern, unter ihnen auch den Vogt von Kaltbrunn.

Wenn ein Volk sich empört und, was meist der Fall ist, durch seine eigenen Leute besiegt wird, so zeigen ihm die Reaktion und die wieder ans Ruder gekommene alte Regierung, ein wie strafbares Verbrechen es sei, nach mehr Freiheit zu verlangen, als obrigkeitlich genehm ist.

Es wird dann den Untertanen klar gemacht, daß sie nur existieren können und dürfen, wenn sie brav sind und folgen wie gute Kinder, daß sie aber mit Ruten geschlagen werden, wenn sie sich ungehorsam zeigen.

So geschah es auch im Lande Baden. Die Freischärler und ihre Anführer, so weit sie nicht die Schweiz oder Amerika erreichten, wurden eingesperrt und die übrigen Untertanen, ob schuldig oder unschuldig, den Folgen der Umwälzung hilflos überlassen. Diese Folgen aber waren vorab Mangel an Kredit, an Glauben und Vertrauen in Handel und Wandel. Der bessere Bürger *vulgo* Bourgeois hatte, wie immer, entsetzt die Hände über dem Kopf zusammengeschlagen, als er von Freiheit, Gleichheit und Brüderlichkeit hörte, und war von Herzen froh, als die wüste Revolution des Pöbels niedergeschlagen war.

Jetzt wollte er in erster Linie sein Geld haben und kündigte allen Schuldnern auf, ob sie Freischärler gewesen waren oder nicht. So wurde das Geld bald sehr rar, denn der Bourgeois gab keins mehr her aus lauter Furcht vor der »Gleichheit«; Handel und Verkehr stockten, wie immer nach Revolutionen, und der Himmel half der Reaktion durch schlechte, nasse, unfruchtbare Jahre.

So kam es, daß Tausenden wegen Schulden von 50 und 100 Gulden alles versteigert wurde, da der Staat von diesem tollen Treiben nicht abriet und seine Beamten mit Vergnügen »infolge richterlicher Verfügung« den Rebellen wie den Nichtrebellen Haus und Hof versteigerten. Es galt ja, den Leuten wieder den Meister zu zeigen und sie zahm zu machen!

Wer dann die 50 oder 100 Gulden, für welche das ganze Eigentum gepfändet war, bot, bekam Hab und Gut, Haus und Hof des armen Teufels von Schuldner, auch wenn sie das Zwanzig- und Dreißigfache wert waren.

Das merkten die »besseren Bürger« bald und ersteigerten für ein Schnupftabaksgeld Äcker, Häuser und Matten der Armen und Kreditlosen, denen niemand mehr auch nur zehn Gulden borgte, und jene Biedermänner wurden so auf leichte Art reich.

Ich habe mehr als einen solchen Ehrenmann gekannt, der auf diese Art sich und seine Kinder bereicherte vom Herzblut erbarmungslos verfolgter Schuldner.

So fiel auch Andreas I., der Fürst von Kaltbrunn. In Basel schuldete er noch die 40.000 Gulden, welche er geliehen, als er seine ersten Waldhöfe um zwei vermehrte. Außerdem hatte er noch einige kleine Gläubiger, von denen er bei schnellem Geldbedarf solches geliehen hatte.

Alle wollten nun auf einmal ihr Geld. Aber woher nehmen? Es genügte damals, zu hören, einer sei von Gläubigern gedrängt, und alle Geldbeutel schnürten sich vor ihm zu.

Dem Waldfürsten Andreas fiel es wie Schuppen von den Augen, als alles von ihm, der bisher allen gegeben und allen geholfen hatte, Geld verlangte und niemand ihm helfen wollte. Draußen in seinen Wäldern stand für 150.000 Gulden schlagbares Holz. Es allein war das Doppelte seiner Schulden wert.

Doch wer kaufte Holz in jenen Tagen, und wer wartete, bis jene Tannenbäume gefällt, behauen, gerieft, geflößt und verkauft waren?

So sank des Fürsten Mut. Er sah vor sich den Abgrund, verlor jede Hoffnung und brütete einsam in seiner Kammer oder stürmte verzweiflungsvoll durch den Wald.

Die Menschen floh er. Ihren Undank hatte er längst schon an seinem eigenen Volke erfahren. Seine Bauern und Taglöhner, denen er die Wälder des Rußhofs freiwillig und billig überlassen, hatten 12.000 Gulden verloren, welche ihnen die bankerotte Schifferschaft von Wolfe für Holz aus jenen Waldungen schuldig gewesen war.

Jetzt wurde der Vogt der Sündenbock; denn von ihm hatten sie die Waldungen gekauft.

Sie hatten Tränen vergossen, als er nach 30jährigem Vogtsdienst 1847 sein Amt niedergelegt, und jetzt schimpften sie über den Mann, der mehr als ein Vierteljahrhundert nur für andere gelebt hatte und der Gemeinde in allweg ein Rater und Vater gewesen war.

Um keinen Preis hätte Andreas I. auch nur einen Schritt getan, das einbrechende Unheil abzuwenden. Sein Geist war umnachtet ob des Unglücks, das vor der Türe stand. Wenn Männer sich nimmer zu helfen wissen, so kommt oft in wackere Frauen der Mannesmut, und sie suchen zu retten, was zu retten ist.

Die Gertrud nimmt den Wanderstab, und sie, die noch nie in der großen Welt gewesen, geht hinab nach Karlsruhe und hinauf nach Donaueschingen zu den Fürsten, Ministern und Hofräten, die bislang und so oft ihres Mannes Freunde und ihres Hauses Gäste gewesen waren.

Sie reist auch nach Basel, wo zwei alte Wibervölker die Hauptgläubiger sind.

Von den genannten Herren bekommt sie Hoftrost und guten Rat, aber kein Geld. Bei den zwei Republikanerinnen findet sie Gnade. Die wollen fristen und warten, bis die Tannen, die noch in die Lüfte ragen, tot, verflößt und verkauft sind. Aber die andern Gläubiger sind erbarmungslos, sie wollen ihr Geld haben.

Eine Frau richtet weniger aus, als ein Mann, und wenn der Gertrude Mann sein altes Ansehen und seine Beredsamkeit angewandt und seine alten Freunde selber bestürmt hätte, das Geld wär' zusammengekommen. Aber der Fürst ist nicht dazu zu bringen, Hilfe zu suchen; lieber will er erst arm werden und dann betteln.

Jetzt sucht die nach Hilfe ringende Frau doch für sich noch was zu retten und ruft Vermögensabsonderung an – dem Andres zur ärgsten

Qual. Von Lumpen, meint er, lassen Frauen ihr Vermögen absondern, aber nicht von einem Manne, wie er einer bis zur Stunde gewesen sei.

Die Gant bricht aus, die Zwangsversteigerung der vier Höfe des Fürsten von Kaltbrunn wird ausgeschrieben. Die Gertrud stürmt über Berge und Täler, um Männer zu finden, welche die zwei größten Höfe, den Vogtshof und den Franzenhof steigern möchten, sich bezahlt machten aus den Holländertannen in den Wäldern und dann die Höfe ihrem Erbprinzen Lorenz, dem jüngsten, wieder gäben.

Sie findet diese Männer, aber nicht in den fürstlichen Residenzen, sondern draußen im württembergischen Städtle Alpirsbach und überm Roßberg drüben im waldigen Reinerzauer Tal. Hier wohnt einer der intimsten Freunde des alten Fürsten und selbst ein Bauernfürst erster Größe.

Zwölf Flöße läßt der »Jungbur« von Reinerzau alljährlich durch den Reinerzauer Bach der Kinzig und dem Rhein zugehen, alle aus seinen eigenen Wäldern.

Er ist stolz, der Jungbur, aber den Nachbarfürsten Andreas hält er geistig für höher und berät ihn in allen wichtigen Geschäften.

Sein Leibspruch war: »Ebbis (etwas) isch ebbis, un ebbis isch nint (nichts)«, Ebbis war ihm vorab der Fürst von Kaltbrunn.

Wenn er von seinen Floßverkäufen von der Kinzig herauf heimfuhr oder heimritt seinen Bergen zu und »zur Linde« im Kaltbrunner Vortal kam, so hielt er an und fragte: »Isch er droben?« Der »er« war sein Freund Andreas I. War die Antwort »Nein«, so sprach er: »Ebbis isch ebbis, und ebbis isch nint. Guat Nacht!« – und fuhr oder ritt davon.

War der Vogt aber oben, so saß er ab und zechte mit ihm noch einige Stunden vom Besten.

Eines Tages war er mit seines Freundes dressiertem Fuchsen die steinerne Staffel des Wirtshauses hinauf und in die Stube geritten.

Gerne ritt der Jungbur auch auf die Hochzeiten ins Schapbacher Tal hinab, und am Abend bei der Heimkehr entführte er dann zum Spaß irgend ein altes Weiblein, das Lebkuchen feil hielt vor dem Wirtshaus, in welchem die Hochzeit stattfand. Er zog die Dame zu sich auf sein Roß, nahm sie mit nach dem drei Stunden entfernten Reinerzau über Stock und Stein, Wald und Strauch, gastierte sie auf seinem Hof und ließ sie reichbeschenkt wieder heimlaufen.

Der Jungbur nun und der reiche Holzmagnat und Schiffer Trick von Alpirsbach wollten der Fürstin Gertrud und ihrem Erbprinzen die Höfe steigern.

Es war ein schöner Maientag des Jahres 1853, als in der Linde im Vortal des Bauernfürsten Höfe im Zwangsweg versteigert wurden. Von überall her, selbst aus dem Murgtal, waren Geldleute gekommen, um billige Wälder zu steigern; denn die Gelegenheit dazu war, wie schon gesagt, damals günstig. Auch die fürstenbergische Standesherrschaft hatte einen Vertreter gesandt.

Seit Andreas I. wußte, daß er um jeden Preis ein armer Mann werden sollte, verlor er seine Menschenscheu und zeigte sich seinen lieben Mitmenschen wieder. Nie hätte er geglaubt, daß man ihn, der allen alles war, einklagen werde um Geldes willen, und noch weniger, daß von nirgends her ihm Hilfe kommen sollte.

Als er beide Erfahrungen gemacht hatte und der Notar von Wolfe ihm mitteilte, am 20. Mai werde ihm in der Linde im Vortal alles versteigert – da wurde Andreas I. ein Held. Voll bitterer Verachtung trat er wieder in die Welt und auch am bestimmten Tage in die Wirtsstube, in der er so oft als Fürst gesessen war und in welcher er nun zum Bettler werden sollte.

Auch sein Weib und sein Erbprinz waren erschienen mit ihren und seinen Freunden, aber was sie vorhatten, war dem alten Fürsten unbekannt. Er hatte sein Weib allein handeln und reisen und betteln lassen, drum sollte er auch nicht wissen, was sie in letzter Stunde vorhatte, noch sagte sie es ihm; denn er grollte ihr seit der Vermögensabsonderung, und sie grollte ihm ob seiner Tatenlosigkeit.

Die Versteigerung des Fürstentums begann, und glatt wurden die zwei unteren Höfe, der Bühl- und der Mühlehof, um 16.000 Gulden zwei Holzhändlern aus dem Murgtal zugeschlagen. Beide Hofgüter wären für 50.000 Gulden billig gewesen. Nun kam's an die oberen, großen Höfe. Auf beide bot ein fürstenbergischer Domänenrat 60.000 Gulden, die Vertreter der Gertrud boten 61.000, jener hierauf 62.000. Jetzt entfernten sich die Steigerer der Fürstin einen Augenblick, um sich zu beraten, ob und wie viel sie weiter bieten wollten.

Die Pause benützte der Notar, um die Höfe dem Fürstenberger zuzuschlagen. Und als jene hereintraten und 500 Gulden weiter boten, hieß es – der Zuschlag sei bereits endgültig erfolgt.

Da erhob sich Andreas I., ging auf den glücklichen Steigerer seines Fürstentums zu, schüttelte ihm die Hand, gratulierte ihm mit dem Sarkasmus der Verzweiflung zu dem billigen Kaufe und schied. Zehn Jahre zuvor soll ihm der Fürst von Fürstenberg 300.000 Gulden für seine vier Höfe geboten haben. Jetzt gingen sie für 78.000 Gulden in fremde Hände. Und heute steht in den Waldungen, wie kundige Bauern mir sagen, für 600.000 Mark Holz. Ich glaube es ihnen, nachdem ich die herrlichen Waldberge Andreas I. selbst gesehen, aufs Wort.

So wurde der reichste Mann im oberen Kinzigtal ein armer Mann, und es war auf diese Art kein Kunststück, es zu werden.

Vergeblich suchten die Gertrud und ihr Lorenz die Steigerung für ungültig erklären zu lassen. Jahrelang verwandte der junge Lorenz das Geld, welches er als Holzmacher verdiente, zum Prozessieren, aber umsonst.

Der alte Fürst, sein Vater, tat auch jetzt keinen Schritt, aus seiner Armut herauszukommen. Er bat den neuen Besitzer, den Fürsten von Fürstenberg, nur um eine Wohnung in seinem ehemaligen Hühnerhaus, und die wurde ihm in Gnaden gewährt.

Seine Gertrud wollte aber nicht ins Hühnerhaus ziehen; es tat ihr zu wehe, da, wo sie als glückliches, reiches Kind und später als Fürstin gelebt hatte, als arme Frau zu wohnen. Sie beabsichtigte deshalb, sich von ihrem Mann zu trennen und mußte gerichtlich angehalten werden, ihm ins Hühnerhaus zu folgen. Er bekam es aber gar oft von ihr zu hören, daß er an allem Elend schuld sei durch sein fürstlich Tun und Treiben. Sie vermochte es eben nicht zu fassen, daß eigentlich die Revolution den monarchischen Fürsten von Kaltbrunn gestürzt habe.

Der arm gewordene Mann pachtete einige Morgen Felder und Wiesen von seinem ehemaligen Reich; die Gertrud, der noch einige Tausend, welche über die Schulden erlöst wurden, für sich und die Kinder zugefallen waren, kaufte zwei Kühe, und so lebten sie mit ihren jüngsten, noch ledigen Kindern, dem Lorenz und der Gertrud, als arme Leute.

Der Franzenhof wurde abgebrochen, und in das neue Leibgedinghaus, bei dessen Weihe einst der Franzegidi sein Erbrecht verloren, zog ein fürstlich fürstenbergischer Waldhüter.

War das Jahr um und sollte der Pacht bezahlt werden und es fand sich kein Geld im Hühnerhaus, so hatte die Rechtsnachfolgerin in Donaueschingen, d. i. die fürstenbergische Standesherrschaft, stets so viel Einsehen, daß sie dem armen Mann, dessen Fürstentum sie so billig bekommen, den Pacht schenkte. In schwierigen Zeiten gingen auch Bittschriften der Gertrud und des Lorenz an den Fürsten ab, und stets kam, so lange der alte Vogtsbur lebte, ein Gnadengeschenk in Geld.

8.

Andreas I. schickte sich in seine Armut mit dem gleichen Anstand, den er als Bauernfürst und Freund von echten Fürsten gezeigt hatte.

Das Vogtsamt im Tal hatte zur Zeit, da Andreas I. Herrlichkeit unterging, sein Namensvetter und Freund, der Lindenwirt im Vortal.

Der fand als Wirt wenig Zeit zu Schreibereien und meinte, der arme Mann im Hühnerstall, der doch noch der G'scheitste im Tal sei, könnte sein Staatssekretär, auf Kaltbrunner Deutsch, sein Ratschreiber werden.

Ein braver, armer Mann nimmt Brot, wo er es findet, und so wurde Andreas I. Ratschreiber und diente fast zwanzig Jahre lang treu und pünktlich und demütig und gehorsam zwei Vögten, dem Lindenwirt und seit 1867 dem Bur am Gallenbach, der 1898 noch vogtete.

Fast täglich machte er zu jeder Jahreszeit den weiten, ein und eine halbe Stunde langen Weg von seinem Hühnerhaus bis nach Wittichen zum Rathaus.

Hatte er zu Mittag Hunger, so ging er hinaus nach Vortal, wo der Vogt und Lindenwirt für seinen armen Ratschreiber stets den Tisch gedeckt und in stürmischen, kalten Winternächten auch ein Bett parat hatte.

Des alten Mannes Trost war seine Tabakspfeife, die vom Morgen bis zum Abend auch im Ratsstüble brannte und ihn als Raucher neben seinen Neffen, den Fürsten vom Teufelstein, stellte.

So schrieb er tagtäglich im Dienste der Gemeinde, die er einst beherrscht hatte, mit einem Gehalt von jährlich 60 Gulden. Und er war dabei heiter und zufrieden.

Nur zeitweilig, wenn er seinem Nachbar, dem fürstlichen Waldhüter Mäntele, der heute noch im Leibgedinghaus des Vogtsburen wohnt, von seinen einstigen Herrlichkeiten erzählte, kamen ihm die Tränen.

In den ersten Tagen des März 1856 brachte der Bote einen Brief an das Bürgermeisteramt von Kaltbrunn mit fremdsprachlicher Adresse und noch fremderem Inhalt.

Der Lindenwirt bringt ihn seinem Sekretär und meint, das Zeug müsse man entweder wieder auf die Post zurückgeben oder ins Feuer werfen; das könne keine »Sau« lesen, und so was sei sicher nicht für den Kaltbrunn bestimmt.

Der erfahrene Staatssekretär des Lindenwirts aber war der Ansicht, man solle es dem Seraphin bringen, der verstehe lateinisch und vielleicht auch etwas von dem Brief. Der Angerufene aber war der Pfarrherr von Wittichen-Kaltbrunn, Seraphin Wetter, ein Freiburger Kind.

Der Ratschreiber geht zu ihm hinüber ins Kloster, und obwohl der Seraphin mit dem Französischen nicht auf bestem Fuß stund, fand er doch, daß das Ding ein Totenschein sei, und las still für sich:

»Orient-Armee. Militärspital von Konstantinopel. Auszug aus dem Totenregister dieses Spitals: ›Der Herr Johann Harter, Füsilier der vierten Kompagnie des achten Regiments der Fremdenlegion, eingetragen unter Numero 5700, geboren den 19. Mai 1825 zu Kaltbrunn, im Departement Großherzogtum Baden, Sohn des Andreas Harter und der Gertrude Hauer, ist in das Spital eingetreten am 23. Jänner des Jahres 1856 und daselbst am 15. Februar nachmittags 3 Uhr an Skorbut und Diarrhöe gestorben.‹«

Nachdem er lange gelesen und studiert hatte, hob der Seraphin an: »Euer Sohn, der Offizier, ist in Konstantinopel im Spital gestorben, und das ist der Totenschein. Gott geb' ihm die ewige Ruhe!«

»Und das ewige Licht leuchte ihm!« antwortete gelassen der alte Vogt. »Es ist ihm so am besten gegangen, meinem Nepomuk; denn wenn er aus dem Krieg gesund heimgekehrt wäre, hätte er als Taglöhner und Holzmacher sein Leben durchbringen müssen.«

Er wischte eine Träne aus den Augen, dankte dem Seraphin und brachte die Todesbotschaft dem Lindenwirt und am Abend hinauf ins Hühnerhaus, wo eine arme Mutter um ihren einst hoffnungsvollsten Sohn eine Nacht hindurch weinte.

Im vergangenen Spätherbst war noch ein Brief gekommen vom Nepomuk, worin er schrieb, daß er den Sturm auf den Malakoff mitgemacht und heil davongekommen sei.

So endigte der eine der zwei Studenten, die an jenem Hochzeitstag des Jahres 1842 im Kreuz an der »Ürde« gesessen waren.

Und nun noch ein Wort über den andern Studiosus, – über des Kastenvogts Karle, meinen Vetter.

Er war bald nach jenem festlichen Tage, weil er zu keinem Examen kommen konnte, nach Amerika ausgewandert und hatte dort als Arzt zu funktionieren begonnen. Etwa zehn Jahre spater kam er einmal aus seiner neuen Heimat zurück in die alte. Damals sah ich ihn zum ersten- und letztenmal als einen stattlichen, großen Mann mit einem grauen Zylinder auf dem Haupte. Dabei war er sehr ernst und wortkarg.

Nach kurzem Aufenthalt ging er wieder übers große Wasser.

Ich vergaß ihn und sein Geschick im Sturm und Drang des eigenen Lebens und hab' erst anläßlich dieser Erzählung nach ihm gefahndet und durch den Jesuitenpater Braun in St. Louis von seinem Leben und Sterben gehört.

Der Karle lebte von Anfang seines amerikanischen Aufenthalts bis zu seinem Tode in Washington im Staat Missouri als *Dr.* Jakob und als ein »eigentümlicher Mensch«. Er war Junggeselle und wohnte alle Zeit im gleichen Hause und in der gleichen Familie. In seiner Studierstube sah es aus wie auf einem Schlachtfeld, und er wollte auch nicht, daß aufgeräumt werde.

Als Arzt war er sehr beliebt, weil er nur wenig verschrieb, die Arzneien selbst präparierte und den armen Leuten gar nichts, den Reichen nur so viel abnahm, als sie ihm gerne gaben. Rechnungen schrieb er nie. Er kannte durch die vielen Jahre der Behandlung seine Patienten alle in ihrer Konstitution und verschrieb in seiner letzten Lebenszeit den Auswärtigen meist, ohne sie besucht zu haben, weil er nicht mehr gerne aufs Land ging und sich weder Pferde, noch Wagen hielt.

Er reiste nie, nicht einmal in die unferne Stadt St. Louis, und war ein einsamer, stiller Mann.

Seine Nachbarn waren die Jesuiten. Mit denen stand er auf bestem Fuß, besuchte sie und holte Bücher bei ihnen, ging aber nie zu ihnen in die Kirche und überhaupt in keinen Gottesdienst.

Die Väter setzten ihm oft zu, aber vergeblich; er vertröstete sie immer auf später. Dagegen ließ er nie, wenn er in einer Gesellschaft weilte, etwas über die Religion oder über die Jesuiten kommen. Still und ruhig saß er im Wirtshaus und hörte zu. Wenn aber einer die Religion oder die Priester angriff, da nahm er das Wort und wies den Schwätzer kurz, scharf und treffend zurück, so daß mit der Zeit, wo er hinkam, die Religionsspötter schwiegen, weil sie ihn fürchteten.

Er ging nur ungern ins Wirtshaus; aber, so meinte er, die einfachen Sitten von früher, wo man in jedes Haus gehen und sich an den Herd und an den Tisch habe setzen können, hätten in Washington aufgehört, jetzt müßte ein Junggeselle in den »Barroom«. Hier trank er in echt Hansjakobscher Art auch bisweilen einen Schoppen zuviel.

Mit Interesse habe er, so schreibt mein Gewährsmann, durch die Patres von mir gehört und gelesen. Die Jesuiten hatten, um ihn zu gewinnen, auch von meinen Schriften kommen lassen. Der Doktor dankte, las, aber in die Kirche ging er nicht.

Anfangs der achtziger Jahre trat der Tod zu dem alten Haslacher. Man sprang zu den Jesuiten. Ein Pater Kornely kam, jedoch zu spät. Aber die braven Väter der Gesellschaft Jesu haben den Doktor doch begraben unter allgemeinster Teilnahme; denn er hatte keinen Feind.

Ich sah den Fürsten von Kaltbrunn noch in seiner Glorie, mehr aber nach seinem Fall, wenn er seine Tochter, unser »Bäsle«, in Hasle besuchte. Auch an die Gertrud erinnere ich mich noch als an eine stattliche, große, schöne Frau, die in ihren armen Tagen auch öfters zu ihrer Stieftochter, der Kastenvögtin, kam, um ihre Not zu klagen und eine Unterstützung zu holen.

Das letztemal im Leben traf ich Andreas I., als ich Rekrut war, an einem trüben Novembertag des Jahres 1857. Wir Rekruten von Hasle waren zur Musterung nach Wolfe gekommen; es war an einem Markttag. Als ich nun nach vollbrachter Untertanenpflicht über den dünn mit Menschen besäten Marktplatz schritt, erblickte ich den alten Vogt und damaligen Ratschreiber von Kaltbrunn.

Er präsentierte sich äußerlich, wenn auch in abgetragenen Kleidern, immer noch als einen Mann, der bessere Tage gesehen. Ich lud ihn ein zum Mittagessen in der Sonne, was der arme Fürst mit Freuden annahm.

Ich weiß noch, daß wir Hammelbraten aßen; aber von was wir miteinander redeten an jenem Tage, davon hab' ich keine Spur mehr in meiner Erinnerung.

In den Seelen bedeutender Menschen zu lesen und in ihre Vergangenheit zu dringen, daran dachte ich damaliger »Luftibus« so wenig als eine Katze; ebenso wenig als ich in jener Zeit ernstlich daran dachte, was aus mir werden sollte.

Aber so viel erinnere ich mich noch, daß der verarmte Bauernkönig vornehm, heiter und zufrieden aussah.

Und Theodor, der Seifensieder, der als Schiffer- und Waldherr bis in die letzten Lebensjahre des Fürsten oft nach Kaltbrunn kam, schrieb mir von ihm: »Der Mann hatte einen großen Charakter, daß er sich ergeben und zufrieden in sein Schicksal fügte. Man hörte ihn nie klagen.«

Unser Seifensieder ließ, so oft er in der Linde im Vortal einkehrte, beim Wirt Geld zurück zu einigen Schoppen Wein für den armen Ratschreiber.

Er klagte nicht nur nicht, der brave Mann, sondern war noch heiter bei seiner Lage. Oft, wenn in seinen alten Tagen, in denen auch ein Fußleiden ihn befallen, der weite Weg vom Hühnerhaus bis zum Ratsstüble ihn müde machte, sagte er: »Als ich jung war und gut laufen konnte, hatte ich die nobelsten Pferde zum Reiten und zum Fahren, und jetzt, da ich das Fahren nötig hätte, habe ich nur einen Stecken zur Verfügung.«

Wenn man ihn fragte, was sein kranker Fuß mache, meinte er: »Der wird nit besser, bis einmal der Totenkarren rumpelt vom Hennehäusle her dem Gottsacker zu.«

Er schämte sich auch keiner Arbeit, und da er in den von Ratschreibereien freien Stunden schwere Arbeit nicht verrichten konnte, lernte er das Stricken von Strümpfen und das Anfertigen von Strohschuhen, setzte sich zur Sommerszeit vor sein Hühnerhaus und strickte oder machte Schuhe im Angesicht von Berg und Tal, die einst sein eigen waren. Die Tannen aber ringsum sandten ihrem ehemaligen Herrn harzduftige, wehmütige Grüße.

Bis zu seinem achtzigsten Lebensjahr hinkte Andreas I. schwerfällig und unter Schmerzen fast täglich das Tal hinaus auf die Ratsstube. Aber dann ging es nimmer. Er mußte das Staatssekretariat von Wittichen–Kaltbrunn niederlegen, und da die Buren ihn als einen ortsarmen Mann jetzt hatten unterstützen müssen, so ließen sie ihm, der einst, wie Leute heute noch sagen, täglich 100 Gulden zu »verzehren« hatte, sein bisheriges Gehalt von 60 Gulden als Pension, was der greise Fürst mit großem Dank annahm; denn es war doch ein sicheres Stück baren Geldes.

Was seine zwei Kühlein einbrachten und die Felder ums Hühnerhaus, brauchte die Familie zum Leben, und die 8.000 Gulden, welche Frau Gertrud beim Einbruch der Katastrophe noch rettete, hatte sie teils ihren älteren Kindern geschenkt, teils einem Schwiegersohn in Wolfe zur Verwaltung gegeben. Als sie das Geld aber eines Tages in der Not holen wollte, wußte der brave Mann – ein ehemaliger besserer Bürger und Schiffer – nichts mehr davon, und die arme Frau hatte das Nachsehen.

Lorenz, der Erbprinz, arbeitete als Holzmacher und opferte, wie schon erwähnt, lange Zeit einen großen Teil seines Verdienstes dem Prozesse zur Wiedergewinnung seines verlorenen Reiches.

Als Pensionär hatte der Fürst Zeit genug, erst recht sein Pfeifchen zu rauchen und Strümpfe zu stricken und Strohschuhe zu machen. Doch spann ihm die Parze keinen langen Lebensfaden mehr. Nur ein Jahr lang war er Großpensionär seiner einstigen Untertanen, Verehrer und Lobredner gewesen, als der Tod am Hühnerhäusle anklopfte und den 81jährigen Greis zum Sterben niederlegte.

Der alte Fürst schickte das Tal hinaus zum Pfarrer, damit er ihm sterben helfe durch die Sakramente des Christen; denn religiös war Andreas I. allzeit gewesen in Wort und Tat.

Pfarrer von Wittichen war in jenen Tagen ein Mann, den ich gar wohl kannte und der erst 1897 in Freiburg als Pensionär starb. Er hieß Benedikt Gillmann, gebürtig aus Merdingen bei Freiburg, und war ein sehr, sehr sparsamer Herr, der aus nichts Geld zu machen wußte.

Hätte der Benedikt des Vogtsburen Höfe gehabt, er würde bei seinem Tode sicher ein Rothschildsches Vermögen hinterlassen haben.

Heiter und mutig sah der greise Mann im Hühnerhaus dem Erlöser von allen irdischen Leiden entgegen und schloß am 21. Juli 1873 seine Augen für immer.

Als am folgenden Tage die Leichen- und Grabbitterinnen durch die Täler und über die Berge zogen und von Hof zu Hof und von Hütte zu Hütte die Kunde trugen: »Der alt' Vogt im Kaltbrunn isch g'storbe« – da rührte sich in der Volksseele der Gedanke an die einstige Größe des Toten, an das viele Gute, so er den Bedrängten getan, und an sein herbes Schicksal.

Und da sie am Morgen des 23. Juli den Fürsten Andreas I. auf dem Totenkarren hinausführten zum einsamen, tannenumrauschten Friedhof von Kaltbrunn, da empfingen ihn viele, viele der Lebenden und wohnten seinem Begräbnis bei.

Und als sie dann von seiner Gruft weg über die Burgfelsen hinüber gingen, um im Kirchlein zu Wittichen noch für seiner Seele ewige

Ruhe zu beten, sprachen sie unterwegs vom toten Vogt und von seines Lebens eigenem Geschick.

Unter ihnen ging auch sein Neffe, der Fürst vom Teufelstein. Er hatte vom Kirchhof weg seine Pfeife angezündet, denn der Weg zur Kirche war weit.

Er schritt dahin neben Benedikt, dem Pfarrherrn, der sein Freund war – und als er spät am Nachmittag heimkam auf seinen Abrahamsbühl, da schrieb er in sein Tagebuch: »Bei der Leich meines dereinst so reichen und angesehenen und später so armen Vetters Harter verzehrt 28 Kreuzer. Gott hab' ihn selig.« Heute sind die beiden Fürsten in der Ewigkeit, aber jeder von ihnen verdient es, nicht vergessen zu werden in diesem irdischen Jammertal.

9.

Noch drei Jahre nach dem Tode des Bauernfürsten wohnte die Fürstin mit ihren zwei jüngsten Kindern, dem Lorenz und der Gertrud, im Hühnerhaus. Da ließ 1876 die Eigentümerin, die fürstenbergische Standesherrschaft, dasselbe niederreißen. Jetzt war die unglückliche Familie obdachlos und mußte schauen, wo sie eine Herberge fände.

Eine Stunde über ihrem ehemaligen Bauernfürstentum liegt einsam, mitten in Wäldern, auf hohem Bergkegel der Roßbergerhof, einst, wie wir wissen, im Besitze eines Bruders Andreas I., jetzt aber längst auf ein Zwanzigstel reduziert und im Besitze eines Kleinbauern.

Neben den großen Gebäuden des alten Fürstenhofes steht eine alte, zerfallene Hütte unmittelbar am Wald. Sie trägt beim Volk von Kaltbrunn seit hundert Jahren den merkwürdigen Namen »das Profosen-Häusle«. In ihm soll, so erzählen die Leute heute noch, der Profos gewohnt haben, der in den Franzosenkriegen die »Presonnier« zu überwachen hatte.

Wessen Vaterlandes die Presonnier waren, welche den Buren im Kaltbrunn in Feld und Wald an der Arbeit halfen, wissen die Leute heute nimmer. Ich vermute, es waren gefangene Österreicher, welche die Franzosen in den neunziger Jahren auf ihren Zügen ins Schwabenland hier interniert hatten und in ihrer Sprache »prisonniers« (Gefangene) nannten.

Wie die Kirchenbücher melden, wurden auf dem einsamen Kirchhof von Kaltbrunn 1806 zwei österreichische Soldaten, ein Ungar und ein Böhme, zur letzten Ruhe gebettet – mit dem Vermerk in den genannten. Büchern, daß sie auf der Rückkehr aus der Gefangenschaft da gestorben seien.

Allein diese werden sich gewiß nicht Presonnier genannt haben, da diesen Namen nur die Franzosen ihren Gefangenen oder sich selbst in der Gefangenschaft geben konnten.

Es können also diese Presonnier auch gefangene Franzosen gewesen sein, die sich den Buren als *prisonniers* vorstellten.

Sei dem, wie ihm wolle, in dem Profosen-Häusle auf dem Roßberg fand die einstige Fürstin von Kaltbrunn eine letzte Zuflucht, die aber weit ärmlicher war, als das Hühnerhäusle im Tal drunten.

In dieser Waldeinsamkeit lebte sie mit ihrem Erbprinzen und mit ihrer jüngsten Tochter ebenso vergessen und weltfern als armselig.

Der Lorenz arbeitete im Wald und ernährte damit Mutter und Schwester.

Wenn die Not recht drückend wurde, so lebte die alte Hoffnung wieder auf, beim Fürsten von Fürstenberg, der ihr Fürstentum um ein Spottgeld erhalten, eine Unterstützung zu finden.

Dann wanderte Lorenz, der Enterbte, hinauf in die Baar und klopfte bittend und bettelnd an, sowohl am fürstlichen Schloß als bei der fürstlichen Kammer. Aber sie fiel dem Lorenz nie reichlich genug aus, die Gabe an diesen fürstlichen Pforten.

»Mehr als vierzigmal«, so erzählte mir Lorenz, der Erbprinz, »bin ich in Donaueschingen gewesen. Aber es gab, besonders wenn der Fürst Egon nicht daheim war, wenig oder gar nichts, meist nur so viel, um mit der Bahn wieder heimfahren zu können.«

So lange das Kätherle noch lebte, waren, wie schon erwähnt, Vater und Mutter in schweren Zeiten oft hinabgewandert nach Hasle, wo die wohlhabende Kastenvögtin die Eltern gerne unterstützte.

Sie war längst die intime Freundin meiner Mutter geworden, kam täglich in unser Haus und teilte mit unserer Familie Leid und Freud. Wir Kinder alle hatten »das Bäsle« gern. Sie war eine heitere, lebensfrohe Frau, die sich in alle Lagen des Lebens wohl zu schicken wußte.

Und noch jahrelang, nachdem unsere Eltern tot waren, kam sie ins Elternhaus mit Rat und Tat, bis der Tod auch bei ihr einkehrte und sie im Frühjahr 1874, bald nach ihrem Vater, heimholte.

Der Kastenvogt und Vetter Eduard starb zwei Jahre vor ihr, und ihr einziges Kind, die Leopoldine, ist den Eltern längst auch nachgefolgt im Tode.

In des Kastenvogts Haus, dem Stammhaus der Bäckerfamilie Hansjakob, in dem fast zwei Jahrhunderte lang meine Ahnen Mehl zu Brot kneteten – ist heute alles verbaut und verändert. Ein Bierbrauer hat sich darin eingerichtet. Sein Weib aber ist eine Ur-Urenkelin meines Großvaters, des Eselsbecks von Hasle, der im gleichen Hause das Licht der Welt erblickte.

Mit dem Tode der Kastenvögtin war die letzte Stütze für die alte Fürstin gebrochen, und doch mußte sie noch jahrelang aushalten in ihrer zerfallenen Hütte auf dem Roßberg, bis der Tod sie erlöste.

Erst am 7. Januar 1886 haben sie die hochbetagte und schwergeprüfte Frau vom Roßberg durch den Wald herabgeführt auf den Kirchhof von Kaltbrunn.

Jetzt fiel die Familie des Fürsten auseinander. Der Lorenz und die Gertrud trennten sich nach der Mutter Tod.

Wer Lorenz zog hinab ins Tal, wo auf dem einstigen Rußhof sein ältester Bruder, Andreas II., und ein Schwager von ihm, Mathias, der Waldhüter, wohnten und je ein kleines Gütle besaßen. Andreas II. trat dem enterbten Bruder eine Kammer ab, und hier schlug der Lorenz seine Residenz auf. Im Sommer half er den wenigen Buren im Kaltbrunn mähen und heuen, und im Frühjahr und im Winter machte er Holz in den Wäldern seines Vaters – für den Fürsten von Fürstenberg.

Wenn aber der Schnee zu tief lag in den Bergen und mit Tannenfällen und Holzzurichten nichts zu verdienen war, zog bisweilen ein armer, alter Mann zum Kaltbrunner Tal hinaus.

Er trug einen Strick um die Schulter, und an diesem Strick zog er einen kleinen Handkarren. Seine Rechte hielt einen Stock, um den hinkenden Mann zu stützen. Auf dem Karren aber lag ein schwerer Sack voll Fegsand, den der arme Mensch mühsam unter dem Schnee hervorgegraben hatte an einem Waldrand.

Schwerfällig schleppte er sich und seinen Karren dem Kinzigtal zu. Hier angekommen, steuerte er bald ab-, bald aufwärts, einmal gen Alpirsbach, das andermal gen Schiltach.

In diesen Waldstädtchen bot er von Haus zu Haus seinen Sand feil und machte am kalten Abend den weiten Weg erleichtert zurück. Sein

Karren war nicht mehr so schwer, und in seinen Zwilchhosen fanden sich, wenn's gut gegangen, zwei Mark Geld.

Todmüde, aber zufrieden, für einige Tage Mittel zum Leben zu haben, legte er sich in seiner finstern Kammer nieder.

Der arme Sandhändler aber war Lorenz, der Erbprinz des Fürsten Andreas I.

Wenn ich, statt ein geborener und erzogener Proletarier zu sein – Fürst von Fürstenberg wäre und die Wälder, die einst dem Vater des Sandhändlers gehört, so billig in meine Hand bekommen hätte, ich würde den armen Lorenz nicht so kümmerlich sein Leben haben fristen lassen. Er würde von mir eine kleine Pension bekommen haben, auf daß er zur harten Winterszeit hätte leben können, ohne seinen Sand-karren auf der Landstraße schleppen zu müssen.

Des Lorenzen Schwester, die Gertrud, ging nach dem Tode der Mutter, trotzdem sie schon eine Fünfzigerin war, als Magd hinauf auf den Schwarzwald unweit Freiburg.

Ein ehemaliger Pfarrer von Wittichen, Zähringer, später in Waldau, hatte ihr auf der höchsten Höhe des westlichen Schwarzwaldes, »im hohlen Graben« beim »Turner«, eine Stelle verschafft im sogenannten »Süße Hüsle«.

Hier diente sie bei einem einsam wohnenden Geschwisterpaar, bis der Tod sie im Herbst 1897 holte und hinabbettete auf den Kirchhof zu Breitnau.

Ich hatte ihr oft einen Besuch versprochen, kam aber erst, als sie schon tot war, in diese wunderbare Einsamkeit und erfuhr, daß die Fürstentochter eine liebe, brave Magd gewesen sei.

Den Bruder Lorenz lernte ich durch Zufall kennen.

Es war an einem sonnigen, aber kühlen Maientag des Jahres 1897, da ich vom Wolftal herüber in das oberste Tal des Kaltbrunnen-Bäch-leins gefahren kam. Der Volksmund hat dem Tälchen, das von diesem Bächlein durchzogen wird, den schönen Namen »Grüßgott« gegeben.

Das Volk ist eben in allen seinen Namengebungen, wie in vielen andern Dingen, von Gottes Gnaden, und es verrät drum in denselben ebensoviel Geist als Poesie.

Wer vom Wolftal herüber aus unheimlich dunklen Bergwaldungen herabkommt in das grüne, sonnige Waldtälchen des Kaltenbrunnen-Bächleins, dem ist's, als riefe die Natur ihm ein freudiges »Grüß Gott« zu.

Das Tälchen ist kurz, und nur eine Menschenfamilie wohnt darin in malerischer Holz- und Strohhütte. Da, wo es endigt und sein lustiges Bergwasser sich mit dem des Laienbächleins vereinigt, um den Kaltbrunnerbach zu bilden, stand einst der Residenzhof Andreas I.

Er ist verschwunden samt Hühnerhaus und Kapelle. Nur das Leibgedinghaus, in dem, wie schon gesagt, ein fürstlicher Waldhüter wohnt, steht noch.

Hier hielt ich an, und mein Rosselenker, der Ochsenwirt aus dem Schappe, fragte nach dem ihm unbekannten Weg auf den Roßberg.

Der Waldhüter war nicht daheim, wohl aber sein Weib, ein altes Mütterle mit der scharlachroten, seidenen Kappe der alten Volkstracht auf dem greisen Haar. Es meinte, man könne es riskieren, auf den Roßberg zu fahren, aber der Weg sei »gäh' und wüst«; dort drüben gehe es den Wald hinauf.

Wir riskierten es, denn auf den Roßberg wollt' ich um jeden Preis. Wir fuhren am Laienbächle hinauf. Da, wo der Weg in den Wald führt in einer lauschigen Ecke bei Wasser und Tannen, arbeitete ein Holzmacher, ein großer Mann mit schwarzem, breitrandigem Filzhut.

Als wir bei ihm ankamen, grüßte er und nannte meinen Namen. Ich frage ihn, der mir gänzlich fremd war, ob er mich kenne. Er habe, so gab er zur Antwort, gehört, daß ich in der Gegend sei, und gleich gedacht, als ein Geistlicher dahergefahren, das müßte der Pfarrer Hansjakob sein.

Und wer seid Ihr? – frage ich den Mann.

»Ich bin der Lorenz, der Bruder der Kastenvögtin von Hasle.«

Jetzt war meine Überraschung groß, und ich schüttelte dem armen Fürstensohn freudig die Rechte, schaute ihn von Kopf bis zu Fuß, an und merkte bald, daß der Lorenz zu etwas Besserem geboren wurde als zu einem Holzmacher.

Sein Gesicht, glatt rasiert, trug in der langen, feinen Nase unverkennbar den Typus fürstlicher Bauernahnen, und aus seinen kleinen, dunklen, lebhaften Augen schaute ein energischer Geist. Aber um seinen dünnlippigen Mund spielte ein Zug, der eine Mischung von Galgenhumor und Verbitterung verriet.

Ich schied von ihm in stiller Bewunderung mit einem »Trinkgeld« und mit dem Versprechen, ihn einmal extra aufzusuchen. Heute hatte ich Eile, denn auf den Roßberg war's noch weit, und ich mußte vor

Nacht die schlimmsten Stellen in den Wäldern zwischen Kaltbrunn und Schapbach wieder passiert haben.

Den Roßberg wollt' ich sehen, weil dort das größte Bauerngeschlecht im oberen Kinzigtal gehaust und Theodor, der Seifensieder, dort oben seine Waldfeste gefeiert hat.

Es reute mich nicht, die mühsame Berg- und Waldfahrt dahin gemacht zu haben.

Nichts über sich als den Himmel, nichts rings um sich als Wald, liegt in einer grünen Oase der »obere Hof« auf dem Roßberg.

Kein Bächlein fließt, kein Vogel singt in dieser wunderbaren Einsamkeit; nur der Himmel sendet seine Sonne und seinen Regen, und seine Winde rauschen im Walde. Wie ein verlassenes Bauernschloß schauen die großen Hofgebäude drein. Im kleinsten derselben wohnt der heutige Miniaturbauer, ein Witwer mit einer stattlichen Schar lebensfrischer Buben und Meidle. Seine zwei Weiber verlor er beide auf eigene Art.

Die eine erfror vor zehn Jahren auf nächtlichem Heimweg zur Winterszeit am Laienbächle.

Nach einigen Jahren holte der Bur die zweite im Fischerbach bei Hasle. Sie war auf der Mühle daheim, die im kühlsten Grunde des Kinzigtales steht und auf der lange als Müller mein alter Freund, des Bergbure Andres, saß.

Im ersten Jahre dieser zweiten Ehe wollte der heutige Roßberger mit seinem Weib nach Hasle fahren auf den Markt. Am Wagen hatte er ein wildes Roß, das in Hasle verkauft werden sollte. Unten im Tal angekommen, scheut das Tier; die Frau stürzt aus dem Wagen und wird bewußtlos in ein Waldhüterhaus getragen, wo sie stirbt.

Der Bur ist ein »Landsmann« von mir und Schultis sein Name. Aus der Fröschnau, unweit Hofstetten, und aus der nächsten Nähe der Heidburg ist er da heraufgezogen, nachdem er die Ruinen des einstigen Fürstenhofes gekauft hatte.

Von seinem Höflein kann er nicht leben; drum führt er dem Fürsten von Fürstenberg, dem ringsum der Wald gehört, die Tannen hinab ins Tal und an die Bahn, ein mühsam und gefährlich Tagewerk, das seinen Hauptverdienst bildet.

Das uralte Kirchlein beim Hof will zerfallen. Der Sturm nimmt ihm jeden Winter das Dach, und der Mann jammert, daß ihm niemand helfen wolle, es vom Untergang zu retten.

Ich versprach ihm meine Hilfe. Es gelang mir, das Kultministerium in Karlsruhe für das uralte Waldkirchlein zu interessieren. Ein Baurat kam auf den Roßberg, und zur großen Freude des wackern Schultis wird das kleine Heiligtum jetzt restauriert.

Auch das Profosenhäusle, in welchem die Fürstin Gertrud starb, besuchte ich, ebenso den Wald, in welchem Theodor, der Seifensieder, seine Waldfeste hielt. Er gehört heute auch dem Fürsten, und die Tannen, unter denen einst der Theodor und seine Gäste gejubelt haben, werden eben gefällt.

Als wir gen Abend wieder vom Berg herabgekommen waren, hatte der Holzmacher Lorenz Feierabend gemacht. Draußen auf der Straße sah ich ihn noch talab heimwärts wandern, seine Axt und seine Säge auf dem Rücken und hinkend auf einen Stock sich stützend.

Ich dachte, ihm nachschauend: »Wie mag's dem Manne zumute sein, der hier Holz macht um geringen Tageslohn, inmitten der herrlichen Wälder stehend, die alle einst seinem Vater gehörten und ihn als Erben erwarteten?«

Ich nahm mir vor, ihm diese Frage einmal vorzulegen; für heute aber sagte ich mir: »Es ist dem armen Lorenz nicht übel zu nehmen, wenn ihm sozialdemokratische Gedanken kommen!«

Einen Monat später klopft's an der Türe meiner Arbeitsstube in Freiburg, und herein tritt – Lorenz, der Enterbte.

Trotzdem er seine besten Kleider anhat, erkenne ich ihn alsbald wieder. Er kam vom hohlen Graben herunter, wo seine Schwester Gertrud krank lag. Er hatte sie besucht, an ihrer Stelle im süßen Hüsle arbeiten helfen und heute einen Abstecher nach Freiburg gemacht, um mich aufzusuchen und dann wieder zur kranken Schwester zurückzukehren und den Ausgang ihrer Krankheit abzuwarten.

Ich fragte ihn alsbald, was er jeweils denke, wenn er als armer Taglöhner in den Wäldern seines Vaters arbeite und jahraus jahrein das einstige Fürstentum desselben vor sich sehe. »Herr Pfarr'«, meinte er, »do isch am beste, ma denkt gar nichts, sonst käm' unsereiner drüber nous, und dazu hab' ich keine Zeit, ich muß schaffen und mein täglich Brot verdienen. Ich hab' viele Jahre lang geglaubt, noch etwas von den Fürstenbergern zu bekommen. Aber jetzt schick' ich mich halt drein und plag' mich. Die paar Jährle, die ich noch z'leben hab', werden ou bald rum sein!«

Was mich an dem alten, armen Mann, der mit Jugendfeuer sprach, freute, war die Achtung und Liebe, die er seinen Eltern und vorab seinem Vater bewahrt hat. Auch auf den Nepomuk, den Offizier, ist er gut zu sprechen, denn »er war ein guter Mensch und ein stolzer Offizier«.

Und wie er mir sagte, hängen alle Geschwister, so noch leben, mit Liebe an ihren Eltern, wenn auch in die Erinnerung an ihre Jugendzeit, welche in die Glanzperiode des Vaters fiel, manch ein Wehmutstropfen fällt.

Andreas, wie der Vater, hieß das älteste der Fürstenkinder. All' seiner Lebtag ein stiller Mensch und, wie manche Prinzen, ein billig denkender Mann, hatte er sich am besten gefügt in sein Los und mit dem Teil, den es ihm traf von der Mutter Restvermögen, sich ein Taglöhnergütle gekauft und ein Weib genommen.

Dieses war ein braves Meidle, hatte sich aber im Kaltbrunn und in Wittichen den Übernamen Schnäwili-Käther erworben, weil es mit Vorliebe das Wort Schnäbele als übrigens ganz zutreffende Redensart gebrauchte und zu sagen pflegte: A Schnäwili esse, a Schnäwili trinke, a Schnäwili schwätze etc.

Von seinem Weib bekam der Andreas auch den Namen »der Schnäwili-Andres«, und den behielt er, als seine Käther längst tot war, und hieß noch so, als er den Kaltbrunn verlassen und sich weit drüben auf der andern Talseite der Kinzig, im »Dachsloch«, unweit der »Teufelsküche«, angesiedelt hatte.

Andreas II. fürchtete, so lange er noch in Feld und Wald arbeiten konnte, am meisten das Gewitter und den Blitzschlag und flüchtete heim beim ersten Donnerrollen.

Er nahm drum jeweils, wenn er das Haus verließ, Abschied von seiner Käther mit den Worten: »B'hüet di Gott, Muatter, i weiß nit, bis wenn i wieder heimkomm'!«

Dieser sein Spruch ist heute ein üblicher Abschiedsgruß geworden im Kaltbrunn.

Unweit von ihm, aber tief im Kinzigtal drunten, lebte seine Schwester Marie Antonie als arme Bäckerswitwe im württembergischen Dorfe Rötenbach. Sie bewahrte noch die Bilder von Vater und Mutter, 1846 gemalt von dem Stuttgarter Hofmaler Wagner. So oft aber ihre Geschwister zu ihr kamen und den Vater sahen im Glanze seiner Majorszeit auf stolzem Pferde, drangen sie in die Schwester, die Bilder zu vertilgen.

Der findige, junge Pfarrvikar Heberle in Alpirsbach rettete beide Bilder vom Untergang und schenkte sie mir.

Eine andere Tochter Andreas I. lernte ich kennen, da ich die Residenz seines Sohnes Lorenz im Rußhof aufsuchte, um dem armen Manne einen Gegenbesuch zu machen.

In den letzten Tagen des September 1897, es war ein Montag, fuhr ich von Schenkenzell her nach Wittichen und Kaltbrunn. Es war Wetter wie an einem sonnigen Junitag, und Berg und Tal glänzten in heißem Sonnenlicht, da ich das enge Waldtal des Kaltbrunn hinauffuhr.

Einsam liegt an der Straße der kleine Friedhof mit einer alten, kalten, moderduftigen Kapelle. Ich wanderte von Kreuz zu Kreuz und suchte den Namen Andreas I.

Er war nicht zu finden, so wenig als der seiner Frau. Eine Anzahl grasbewachsener, kreuzloser Grabhügel begegnete meinen Blicken. Unter ihnen war sicher auch der Hügel, unter dem der brave Mann ruht, dessen Leben wir erzählt.

Vergessen von den Menschen, vergessen auf dem Totenfeld, modert er im Staube. Doch auch die Fürsten, mit denen er einst verkehrt, teilen sein Los. Auch ihr Nachruhm ist allermeist Vergessenheit; aber sie modern in kalten, steinernen Grüften, während Andreas I. auf dem offenen, stillen Waldfriedhof seinen letzten Schlaf schläft, wo die Tannen im Morgen- und im Abendwind den Grabhügel grüßen, unter dem er ruht.

Wenn der Tod auch das Los aller Fürsten gleichmacht, das der Bauernfürsten und das der Kronenfürsten, so haben die ersteren nach meiner Anschauung doch im Tode was voraus vor den letzteren. Diese modern in Zinnsärgen und in eisig kalten, verschlossenen Steingrüften, jene in der freien Natur des lebendigen Gottes. Sein Frühling und sein Sommer, sein Herbst und sein Winter, seine Stürme und seine Donner, seine Sonne, sein Mond und seine Sternlein gehen hier über ihre Grabhügel hin und verbinden sie mit dem ewigen Leben und Treiben der Natur, deren Blümlein von selbst über den Toten blühen und Auferstehung predigen.

Und in die Mausoleen und Totengrüfte der Fürsten kommt kein gläubig Volk und betet: »Herr, gib ihnen die ewige Ruhe!« hier auf diesen Waldfriedhof von Kaltbrunn kommen sie von Zeit zu Zeit, die da leben in Berg und Tal, und bringen einen neuen Toten und beten dann auch jedesmal für die längst Begrabenen.

So haben das gemeine Volk und seine Erzbauern, in den Gräbern modernd, es besser und schöner, als die ehedem in Purpur gekleideten und mit Kronen geschmückten, toten »Hirten der Völker«.

Doch einmal muß ja auch die Vergeltung kommen für die arme Herde, die hienieden so oft nur gelebt und gedarbt und gearbeitet und geblutet hat für ihre Hirten.

Wir sehen, der Lohn beginnt schon im Grabe und wird über den Sternen noch weit größer sein; denn die Botschaft von einem andern, bessern Leben gilt ja vorab den Armen, d. i. dem gemeinen Volke, diesem Lieblingskind des Welterlösers und des Weltenrichters. Er wird einst die, so auf dem Waldfriedhof von Kaltbrunn um den vergessenen Waldfürsten Andreas I. ruhen, auferwecken samt diesem, der für sein Volk lebte und in seiner Menschenliebe ein armer Mann wurde.

Sie alle glaubten an den, der da ist die Auferstehung und das Leben; sie litten und darbten um seinetwillen.

Drum geht es ihnen allen, wenn die Posaune einst ruft zum Weltgericht, zweifellos besser als denen, die an jenem Tag aus Zinnsärgen und Mausoleen auferstehen – zum Gerichte.

So dachte ich, und dann schritt ich weiter, talauf zum Ruhhof, der unweit des Gottesackers an einer Halde liegt. Er hat seinen Namen von der Rußhütte, die in den poesievollen Zeiten des Harzens, des Rußmachens und des Flößens in seiner Nähe stand und in der Kienruß bereitet wurde.

Der Rußhof macht seinem Namen heute noch alle Ehre; er ist ein rußiges, großes Bauernhaus von Holz, mit Stroh gedeckt, kurz von der Art, wie ich diese Höfe liebe.

Ich ging rings um das gewaltige Holzhaus, aber keine Seele regte und zeigte sich. Da kam ein blauäugiges, rotbackiges Mädchen, kaum vier Jahre alt, aus einer Türe, und das fragte ich nach dem Lorenz. Frisch und unerschrocken, wie ich es noch nie getroffen auf einsamen Höfen, antwortete die Kleine: »Der Lorenz isch dert denne und hilft meje (mähen).« Ich schaute auf die andere Seite des engen Tälchens, sah aber keinen Lorenz. Er mochte wohl in einer vom Rußhof aus unsichtbaren Bergfalte an der Arbeit sein.

Ich fragte nun das Kind weiter: »Kannst du mir des Lorenzen Kammer zeigen?« Ich wollte wenigstens sehen, wo der arme Mann am Abend sein Haupt niederlegt.

Frischweg beantwortete die Kleine meine Frage mit »Jo frili«, und ich stieg zu ihr hinauf auf die hölzerne Galerie. Das Kind führte mich durch eine Küche, öffnete hinter derselben eine Türe und sprach: »Do wohnt der Lorenz.«

Ich sah nichts vor mir als einen Raum voll Finsternis und zwar so voll, daß ich nicht ein Stück Möbel, sei es Stuhl oder Kasten oder Bettstatt, wahrnehmen konnte.

Nirgends ein Fenster und nirgends ein Lichtstrahl. Ich trat ein und stieß mit dem Stock vor mich hin. So traf ich auf Gegenstände, aber sehen konnte ich sie nicht, auch dann noch nicht, als mein Auge sich ein wenig an die Finsternis gewöhnt hatte.

Ich habe schon viele dunkle Kammern gesehen in den Bauernhäusern des Kinzigtals, aber einen solchen Abgrund von Finsternis, wie in der Residenz des Erbprinzen Andreas I., noch nie.

Wer, so sagte ich mir, mit solcher Wohnung schon zehn und mehr Jahre vorlieb nimmt, dem könnt' ich alle Sünden verzeihen, auch wenn sie noch so groß wären.

Es war mir leid, daß der Lorenz nicht zu Hause war, denn er besitzt in diesem Höllendunkel vom Vater her noch Einladungskarten zu Hoftafeln und andere Belege bäuerlicher Fürstenherrlichkeit.

Ich sah ihn fortan auch nie mehr. Er schrieb mir von Zeit zu Zeit, wenn er nichts verdiente, um ein Almosen, und ich gab es ihm jeweils von Herzen gern.

Im Winter 1901 hat ihn der Tod geholt. Auf dem Heimweg nach dem »Winterwaldhäusle«, wo er in der letzten Zeit gewohnt hatte, traf ihn ganz in der Nähe seines einstigen Vaterhauses der Schlag.

Der Waldhüter sah ihn am Weg liegen, brachte ihn mit Hilfe eines Waldarbeiters heim, wo er alsbald verschied.

Meine kleine Begleiterin im Rußhof führte mich dann auf die andere Seite des Hofes und zeigte mir, wo »die Waldhüterin«, des Lorenzen Schwester, wohnt.

Ich klopfte an einem halboffenen Fenster, und alsbald erschien unter demselben eine stattliche Matrone, so stattlich wie eine Königin-Mutter.

Und als sie redete und sich als die Schwester unseres »Bäsle« bekannte, da sprach sie mit einer Hoheit, mit einer Würde, die mich frappierte und zugleich freute, weil die greise Frau unbewußt zeigte, daß sie die Tochter eines Bauernfürsten sei und für bessere Tage bestimmt war.

Und in der Tat hatte in den Fürstentagen ihres Vaters ein junger Rechtspraktikant, der vom Amtsstädtle Wolfe in die Residenz Andreas I. gekommen war, sich mit ihr verlobt.

Da aber die Liebe der allermeisten Mannsleute zu- und abnimmt mit dem Vermögen des Schwiegervaters, so schwand des obigen Juristen Liebe gänzlich, als Andreas I. ein armer Mann geworden war.

Ich lernte den ungalanten Rechtsmann später auch kennen. Er saß mit mir in den siebziger Jahren im Landtag und starb vor nicht langer Zeit als hoher Staatsbeamter.

Hätte er Wort gehalten, so wäre die Greisin im einsamen Rußhof heute statt Waldhüterin – Geheime Rätin und würde als solche, dessen bin ich sicher, seitdem ich sie gesehen, ihre Rolle aufs beste spielen.

Ich schied nicht ohne Bewunderung von der Frau, die mit so feierlichem Ernst des Lebens Geschick zu tragen weiß.

Aber sie soll einen kreuzbraven Mann haben und ist vielleicht so glücklicher gewesen, als wenn sie einem »bessern Herrn« ihre Hand gereicht hätte fürs Leben.

Im Vorbeifahren dem Kinzigtale zu grüßte ich noch den Roßberger Bur, der vor seinem Hof stand in der schönen Tracht seiner Väter. Er ist jetzt einer der wenigen großen Buren im Kaltbrunn, der einst zwölf Waldhöfe umfaßte, heute aber nur noch deren vier zählt.

Alle andern sind im Laufe der letzten fünfzig Jahre in den Besitz »der toten Hand«, d. i. der Standesherrschaft Fürstenberg gekommen – teils durch die Schuld der Buren, teils durch die Ungunst der Zeiten.

Große Reiche existieren selten lang – und große Bauernhöfe haben in der Regel das gleiche Schicksal. Die Beherrscher beider können nicht Maß halten und stürzen sich und ihre Herrschaften. Nur stürzen, wenn Bauernfürsten fallen, meist nur sie selbst und ihre Familien. Die andern Fürsten ziehen ihre Völker mit ins Verderben und leben nachher doch wieder gute Tage, während gefallene Bauernfürsten und ihre Kinder darben.

Es ist dies eine der vielen Ungereimtheiten des Welt lebens, die sich ausgleichen muß in einer andern Welt.

Ich bin kein Freund der toten Hand, ob dieselbe geistlich ist oder weltlich. Aber eine Freude macht mir die tote Hand der Fürstenberger heute doch jedesmal, so oft ich ins Kinzigtal komme. Sie erhält mir die herrlichen Wälder dieses Tales, während die meisten Bauern mit ihren Waldungen umgehen wie Korsaren, ihren Kindern das Brot aus der Tischlade verkaufen, die Poesie des Waldes vernichten, das Holz blutig jung fällen und in die Papierfabriken führen und so beitragen zum schlimmsten, was unsere Zeit erfunden hat, zum Holzstoff-Papier, das in tausend Gestalten die Welt überschwemmt und uns den Fluch der Nachwelt auf den Hals laden wird.

Ob nicht – auch das dachte ich auf der Rückfahrt – die Zeit kommt und vielleicht eher als wir glauben, wo die tote Hand diese herrlichen Wälder wieder verliert, und wo sie wieder übergehen in die lebendige der Bauern. Wer mag das wissen? Eines nur weiß ich, daß kein Bauernfürst, wie Andreas I. einer war, mehr kommen und herrschen wird am Eingang zum Tälchen »Grüß Gott«.

Drum soll er hier ein Denkmal haben, auf daß spätere Zeiten und Geschlechter erfahren, was für ein braver und unglücklicher, aber im Unglück großer Mann er gewesen ist.

Sein Lieblingslied, das er oft vor seiner Garde anstimmte und dabei den Säbel schwang, war das alte Polenlied: »Denkst du daran, mein tapferer Lagienka?«

Auf ihn passen auch die Worte in der vorletzten Strophe dieses Liedes:

Du sankst, verlassen von den Siegesgöttern,
Du sankst, mit dir des Landes letztes Hoffen,
So vieler Heil in einem einz'gen Mann.

Auch seine Kinder sind jetzt, da ich im Winter 1906 die vorliegende Auflage seines Lebens neu durchsehe, alle ins Grab gesunken.

Der Benedikt auf dem Bühl

1.

Der Mai 1897, so kalt und rauh und schneeig er auch war, mir brachte er trotzdem viele Freude und viel innern Sonnenschein. Ich saß allein in einem kleinen Häuschen am Wolfbach, an der Landstraße von Wolfach nach Freudenstadt, und suchte und fand Originalmenschen.

Ich gedenke in einem eigenen Buch[1] mehr darüber zu erzählen, hier will ich nur von einem dieser Originale, deren Bekanntschaft mir in jenen Maitagen Vergnügen machte, Kunde geben. Denn ein Mann wie der Benedikt auf dem Bühl im Hirschbach darf nicht unbeschrien sterben. Er ist ein Erzbauer im doppelten Sinne des Wortes, Bergmann und Bauersmann zugleich, und in beiden Berufen ein Erzmann, d. h. ein Mann von Erz und Stahl.

Und es strahlt, da ich dies Ende August 97 niederschreibe, nicht bloß draußen vor meinen Fenstern die Sonne, es leuchtet in meinem Innern auch die helle Freude beim Gedanken an diesen Erzmenschen, den Benedikt im Hirschbach.

Trotzdem in der genannten Maienzeit fast jeden Tag Schnee fiel, der die Tannenwälder, welche meinem Häuschen gegenüber Parade machten, mit eisigen Flocken bestreute, unternahm ich doch Ausfahrten in die Berge und Täler ringsum und weithin.

Auf einen Winter im Wonnemonat nicht vorbereitet, vermißte ich bei diesen Fahrten einen entsprechenden Mantel. Aber ich wußte mir zu helfen. Ich hatte zum Glück einen Schlafrock bei mir, den ich in der Stadt nie trage, obwohl ein solcher das bequemste und mir angenehmste Hauskleid ist.

Als Bauernpfarrer in kleinem, einsamem Seedörfchen trug ich den Schlafrock daheim im Winter, Herbst und Frühjahr den ganzen lieben, langen Tag. In der Stadt aber, wo täglich »bessere Leute« zu einem kommen, da muß ein Pfarrer stets feierlich im Talar stecken, er gäbe sonst vielen frommen und unfrommen Seelen »Ärgernis«.

1   Abendläuten.

Die Kleinen aber, d. i. die Kinder und die geistig Verkümmerten, sowie die blasierten Kulturmenschen darf und soll man bekanntlich nicht ärgern.

Wir leben außerdem in einer Zeit, in der die Kleider und der Geldbeutel den Menschen machen wie noch nie.

Ich hatte also einen neuen, braunen Schlafrock, und der half mir aus der Not in den Schneetagen jenes Maimonats. Ich zog ihn über meinen Rock an und über beide meinen »Sommer-Havelok«, setzte mich auf das kleine Benne-Wägele des Ochsenwirts, meines nächsten Nachbarn, und fuhr davon. Kutscher und Führer war der Ochsenwirt selber, ein liebenswürdiger, unterhaltender Mann.

So zog ich in jenen Tagen als verkappter Kapuziner durch die Seitentäler der Wolf und so auch eines Tages zum Benedikt auf dem Bühl.

Es war der 12. Mai und ein kalter, schneeiger Morgen, da ich durch das Wildschapbachtal dem Hirschbach zufuhr. Obwohl nur wenige Stunden unterhalb dieses Waldidylls daheim, kam ich am genannten Tag doch das erstemal in dasselbe hinein.

Je weiter wir in das waldige Felstal eindrangen und damit von der Kultur des Wolftales wegkamen, um so besser gefiel es mir.

Das Wolftal oberhalb des Häuschens, in dem ich saß, bewohnen die Schapbacher Buren, fürnehme, stolze Waldburen, von denen ich ein andermal noch mehr erzähle. Sie sind von der Kultur mehr beleckt als ihre Kollegen im Kinziggebiet und wohnen meist in schönen, falzziegelgedeckten Höfen.

Wo ich aber im Kinzigtal ein Falzziegeldach sehe, da fängt bei mir die Hyperkultur an, und die Poesie will aufhören. Diese neuen Falzziegeldächer haben mir drum den Aufenthalt unter den Schapbachern, bei denen ich sonst viel Gutes sah und manche Freude erlebte, für Augenblicke getrübt.

Im Wildschapbach aber und gar erst im kleinen Tälchen des Hirschbachs, in das wir nach längerer Fahrt einbogen, sah ich die wunderbarsten Hütten, mit Schindeln oder Stroh gedeckt, und mein Auge frohlockte, trotzdem der Himmel flockte. Ja, seine Schneeflocken vermehrten meiner Augen Lust.

Die Natur ist immer schön, selbst wenn sie einen Maientag in Winterszeit verwandelt. Die Seltenheit eines solchen Anblicks und die Kontraste, die sich vor uns zeigen, steigern unser Wohlgefallen an einem solchen Frühlingstag mit Schneegestöber.

So muteten mich heute die gelben Schlüsselblumen und die hellroten Wetternelken am Hirschbächle hin merkwürdig an, wie sie aus dem schneebedeckten Grün der Matten aufschauten. Wehmütig blickten sie einen an, als ob sie klagen wollten, diese einsamen, zarten Kinder des Frühlings, über den wüsten Winter, der sein frostig Leichentuch über sie geworfen hatte und sie innerlich erzittern machte. Und die blühenden Kirsch- und Pflaumenbäume am Wege hin neigten traurig ihre Äste und Zweige, auf denen sich das weiße »Blust« und der weiße Schnee stritten um den Vorrang in der Farbe.

Nur die Tannen auf den Höhen der Bergwände sahen lustig drein. Es ist ihnen nichts Neues, mit Schnee beladen zu sein; denn ihre Blätter grünen ja, wie's im Volkslied heißt, nicht bloß zur Sommerszeit, sie grünen auch, wenn's g'friert und schneit.

Ganz hinten im Hirschbach fiel mir eine malerische Holz- und Strohhütte mit reizenden Galerien und »Trippeln«[2] auf. Auf einer kleinen Galerie stunden Bienenstöcke, deren Bewohnerinnen die blühenden Bäume vor Augen sahen, während der kalte Schnee sie hinderte, auf die Weide zu gehen.

Kaum hatte ich gesagt: »Da steht aber ein famoses Häusle!« als sein berühmtester Sohn aus demselben trat, die Matten herabkam und uns begrüßte. Es war Joseph Dieterle, der Waldhüter und Nachfolger des Fürsten vom Teufelstein, dem ich hatte sagen lassen, ich käme heute in den Hirschbach, und der deshalb trotz Schneegestöber von seiner weit ab gen Süden gelegenen Waldhöhe über Berge und Täler gestiegen war, um mich zu treffen.

»Willst du den Dichter recht verstehen, mußt du in Dichters Lande gehen« – sagte ich mir, da ich das stille, abgelegene Hirschbächle mit seinen malerischen Hütten sah und damit den sinnigen, poesievollen Waldhüter verglich, der besser in der Volksseele zu lesen versteht als Tausende von Gebildeten.

Der Geburtshütte dieses Naturkindes gegenüber erhebt sich ein Hügel oder, wie die Kinzigtaler sagen, ein Bühl, und auf diesem erblickte ich eine andere, noch malerischere Hütte, die Residenz des Erzbauern Benedikt auf dem Bühl.

2   Eine Art Balkon.

Ich steige vom Wagen und lege meinen Schlafrock ab; denn hinauf auf den Bühl, wo mein Mann wohnt, muß man zu Fuß gehen. Der Gral, in dem ein Held lebt, darf auch nicht mühelos erreicht werden.

Zum Glück für mich nervenschwachen Fußgänger ist's aber nicht weit, und der Dieterle begleitet mich und dient mir, wenn's nötig wird, als Stab und Stütze.

Kaum sind wir auf der halben Höhe des Hügels angekommen, so treffen wir auf den Eingang in eine Erzgrube. Vor derselben liegen umgestürzt zwei »Hunde«, wie der Bergmann die kleinen Rollwagen nennt, auf denen er das Erz und das »taube Gestein« zu Tage fördert.

»Das ist der Erzgang«, sprach Dieterle, »den der Benedikt ausschürft, er, der noch einzige aktive Bergmann im Kinziggebiet, und er hofft bald auf edles Gestein zu kommen.«

Wir schritten weiter. Die jungen Gräser und Blumen auf Benedikts Matten schauen uns traurig an, vor Kälte zitternd.

Bald sind wir auf der Höhe des Bühls, welchen das malerische, von blühenden und schneebedeckten Bäumen umgebene Holzhaus des Bergmanns ziert.

Zwischen uns und der Hütte steht mitten im Weg ein Mann in blauen Zwilchkleidern, das Gesicht von einem schwarzen Filzhut beschattet. Er hat beide Hände in den Hosentaschen und sieht halb staunend, halb mißtrauisch unserm Kommen entgegen.

»Das ist der Benedikt«, flüstert mein Begleiter und grüßt dann laut den stillen Mann: »Guate Morge, Benedikt!«

Jetzt bewegt er sich auf uns zu, immer noch mißtrauisch, was der Dieterle da für einen großen, schwarzen Mann bringen möge am frühen Morgen bei Schneegestöber in der Maienzeit.

Ich eile, sein Mißtrauen zu heben, schreite ihm entgegen, reiche ihm die Rechte und sage ihm, ich interessierte mich für den Bergbau im Kinzig- und Wolftal und hätte gehört, er sei der einzige noch tätige Bergmann im ganzen Tal, und drum wäre ich, ein geborener Kinzigtäler, zu ihm heraufgestiegen, um ihn zu sehen.

Da wurde es licht und freundlich in den blauen Augen des alten Bergmanns, die aus einem bartlosen Gesicht über eine gebogene Nase energievoll in die Welt schauten.

Er habe schon gehört, meinte der Benedikt lächelnd, daß drunten beim Ochsenwirt einer sei, der ihn besuchen wolle, aber nicht gedacht, daß es ein geistlicher Herr wäre. Es kämen bisweilen zu ihm Bergleute und Ingenieure aus Sachsen, die von den alten Gruben im Wildschapbach etwas wissen wollten. Aber daß ein Pfarrer sich um Bergbau bekümmere, sei ihm noch nicht vorgekommen.

Nun gab ich ihm zu verstehen, daß ich auch ein Bergmann sei und drauf ausgehe, edles Gestein zu suchen, aber nicht in den Erzgängen unter der Erde, sondern unter den Menschen in Berg und Tal. Und da habe mir der Dieterle, sein alter Nachbar, verraten, der Benedikt auf dem Bühl sei ein Mensch von der Art, wie ich sie suche. Drum sei ich trotz Schnee und Wetter heute da heraufgekommen.

»Jetzt goht mir a Liacht uf«, sprach der Benedikt. »Ihr seid am End der Pfarrer Hansjakob, wo so viel Burebüacher schriebt us'm Kinzigtal. I ha schu g'hört, man müeß sich vor Euch in acht nehme, sonst komm' man in Eure Büacher.«

»Ja, ich bin der Pfarrer Hansjakob«, war meine Antwort, »und wenn ich den einzigen Erzmann im Tal nicht auch in einem Buch brächte, wär's nit recht von mir. Ich schreib' aber nur von Leuten, die's verdienen, nicht vergessen zu sterben, und deren Leben und Schaffen die Nachwelt wissen soll.« Jetzt war der Mann vollauf zufrieden: denn der Benedikt ist gescheit genug, um einzusehen, daß es keine Schande ist, der Welt als braver Mann vorgestellt zu werden. Er führte mich strahlenden Auges hinauf in sein prächtiges, altes Holzhaus.

Seine erwachsenen Söhne sind fort vom Elternhaus, der jüngste droben im Wald, sein Weib krank und die Tochter in der Küche tätig, aus der noch in uralter Art der Rauch kaminlos durch die Hütte zieht.

In der schönen, getäfelten Stube heißt er mich Platz nehmen. Ich schaue zu den kleinen Fensterchen hinaus und bin entzückt von dem Blick auf die Klausenhalde und hinauf ans schneebedeckte Talende.

Da ich aber den Ochsenwirt nicht so lange drunten im Schneegestöber stehen lassen konnte, bis ich des Bergmanns Taten und Fahrten gehört, fragte ich diesen, ob er mich nicht in den nächsten Tagen besuchen wollte in meinem Häuschen draußen an der Wolf.

Er sagte gerne zu. Ehe ich aber schied, zeigte er mir noch seine Uniform als Bergmann und sein Porträt und die Porträts seiner Söhne, die er ehedem zu seinen Bergknappen und einzigen Gehilfen unter der Erde ausgebildet hat.

Auf dem Heimweg ließ ich mir an der Mündung des Hirschbächles in den Wildschapbach noch die Gruben zeigen, in denen der Benedikt als Bergmann einst tätig war. Sie heißen Friedrich Christian und Herrensegen. Beide liegen ganz nahe beisammen am Einfluß des genannten Waldbächleins, die eine links, die andere rechts.

Das »Silberloch« hieß im Mittelalter die Grube Friedrich Christian, und sie wurde schon, wie die Leute sagen, betrieben vor Erfindung des Schießpulvers. Später war sie »ins Freie gefallen« und erst 1776 unter dem obigen Namen wieder in Betrieb genommen und ununterbrochen abgebaut worden bis in die zwanziger Jahre des 19. Jahrhunderts.

Sie wurde nächst den Gruben Sophie zu Wittichen und Wenzel im Frohnbach die ergiebigste im Kinziggebiet und brachte in fünfzig Jahren für 500.000 Mark edle Erze, vorab Silber.

Von ihrem späteren Betrieb, bei dem der Benedikt engagiert war, werden wir bald hören.

Heute ist die Grube völlig verödet. Nicht einmal ihr Eingang ist mehr sichtbar; ein kleines Gärtchen, zu der nebenstehenden, malerischen Hütte gehörig, deckt die Stelle, wo Jahrhunderte hindurch die Bergknappen aus- und einfuhren.

Ihre Nachbarin über dem Wildschapbach drüben, die Grube Herrensegen, zeigt noch ihren Eingang. In dem ehemaligen »Scheidhäusle« der Gewerkschaft, das ganz nahe dabei steht, haust heute ein armer Weber, und die steinerne Eingangshalle zur einstigen Erzgrube dient ihm als Raum für allerlei Haus- und Feldgeräte.

Vereinsamt und still ist's heute um die zwei Erzgruben, nimmer hallen »Schlegel und Eisen« aus ihrem Innern. Nur der Wildschapbach rauscht noch wie ehedem zwischen beiden Erzgängen durch, und des Webers »Baum« unterbricht durch seine monotonen Schläge die Stille.

Die vielen Bergknappen, die einst in diesen Gruben aus- und einfuhren, sind längst versunken in des Todes Nacht oder leben alt und vergessen in den Hütten der umliegenden Berge und Täler.

Nur einer von ihnen ist dem edlen Gewerk treu geblieben in Nacht und Not – der Benedikt auf dem Bühl.

Er darf drum nicht unbeschrieen verschwinden von der Erde wie seine Gefährten. Er soll uns sein Bergmannsleben erzählen, ehe auch er von hinnen scheidet, damit wir in ihm den echten und rechten Erzbauer, einen Erzmenschen und einen »Numero-Eins-Mann« kennen lernen.

2.

Schon am folgenden Tag erschien der Benedikt bei mir in meinem Häuschen an der Wolf. Die Sonne hatte draußen den gestrigen Maien-Schnee weggeleckt und schien kaltlächelnd in die kleine Stube, in der wir uns zusammensetzten. Im Ofen murmelte ein fröhlich Feuer, auf dem Tisch stand eine Flasche Wein für meinen Gast, und behaglich begann der Bergmann mir zu erzählen.

Sein Vater war Taglöhner, Waldarbeiter und Eigentümer der schon erwähnten malerischen Holzhütte bei der Grube Friedrich Christian am Zusammenfluß des Hirschbächles mit dem Wildschapbach. Sein Gütchen lag über den alten Erzgängen des Silberlochs. Er hieß Michael Lehmann, im Volksmund »der Lehmen-Michel«.

Oft erzählte der Vater an Winterabenden dem Benedikt und seinen Brüdern vom Erzreichtum, der unter seinem Gütle liege, und vom Leben und Treiben der Bergleute. Er hatte in der Grube Friedrich Christian, die 1823 ins Freie gefallen war, und später noch im Herrensegen als Knappe gearbeitet.

Der Lehmen-Michel erzählte aber seinen Buben auch vom »Grubengeist«, der die unterirdischen Schätze hüte und sich bisweilen den Bergleuten »erzeige«. Kämen diese in die Nähe von edlem Gestein, so poltere und tobe der Geist durch die Gänge, als ob er erzürnt sei, daß, man ihm seine Schätze nehmen wolle.

Drum sind die Bergleute voller Freude, wenn sie den Grubengeist hören; denn sie wissen dann, daß sie bald auf edles Erz stoßen.

Des Knaben Benedikt blaue Augen leuchteten, so oft er vom Silber hörte, das unter des Vaters Feldern liegen sollte, und vom Grubengeist, und er wäre ums Leben gern ein Bergmann geworden, um mit beiden Bekanntschaft machen zu können.

Noch zur Zeit, da der Vater erzählte und der Benedikt noch in die Schule ging hinaus ins Wolftal, war keine Aussicht, daß die Gruben je wieder in Angriff genommen würden, und es schien den Söhnen des Lehmen-Michels nur das Los eines Holzmachers zu blühen. Und doch kam es anders. Der Benedikt war noch nicht viel über 16 Jahre alt, als sein Wunsch unerwartet sich erfüllen sollte.

Im Jahre 1847 nahm eine englische Gesellschaft, an deren Spitze der englische Gesandte in Frankfurt, Malet, stand, den Bergbau im oberen

Kinzigtal wieder auf und pachtete von der Standesherrschaft Fürstenberg 70 alte Erzgruben, um sie in Betrieb zu nehmen.

Im Tal des Wildschapbachs wurde in den Gruben Erzengel Michael und Friedrich Christian gemutet, in der ersteren auf Kupfer, in der zweiten auf Silber.

Jetzt traten die alten Bergknappen wieder in Tätigkeit, und junge bildeten sich. Freudig griff auch der Lehmen-Michel aufs neue zum Schlegel und zum Eisen und nahm seine Buben mit unter die Erde.

Für die Einfahrt zum Friedrich Christian, die wieder freigelegt wurde, und für den Platz zur Wiedererrichtung der Scheidhütte, die beide auf seinem Grund und Boden waren, erhielt der Michel noch jährlich 34 Gulden als besondere Vergütung.

Wie staunte der Benedikt, als er das erstemal mit dem Vater in die Grube zog, durch den 460 Lachter langen Hauptstollen wanderte und in die vielen, tiefen Schachte hinabsah!

Er begann seine bergmännische Laufbahn als »Kübelfüller«, avancierte von da zum »Haspelzieher«, von diesem zum »Pumper« und dann zum »Hundeläufer«.

Zahllose »Bunde voll Berg« hat der Benedikt durch den großen Stollen des Friedrich Christian zu Tage gefördert.

Als er vom Hundeläufer zum »Lehrhäuer« vorrückte und bei 18 Kreuzer Lohn neben seinem Vater, der als »Vollhäuer« amtierte, mit Schlegel und Eisen hantieren durfte, da glaubte er, es fehle ihm nichts mehr zum Lebensglück.

Tag und Nacht unter der Erde arbeiten und das für ein Glück halten, ist eine Kunstleistung ersten Rangs, die noch vermehrt wird durch die Tatsache, daß die Knappen und ihre Lehrbuben, wenn sie nachts einfuhren zu zehnstündiger Arbeit, je nur ein Stück schwarzes Brot mit in die Grube nahmen.

Um Mitternacht ruhten die Bergleute eine Stunde aus, indem sie sich »auf den Stein legten«. Bei der Tagschicht fuhren sie um die Mittagsstunde aus zum Essen.

Fuhren die Knappen am Morgen aus der Grube, so konnten »die Ledigen« ins Bett und schlafen; die verheirateten Gütler aber gingen auf ihre Felder, um diese zu bestellen. So arbeiteten diese braven Menschen tags über und nachts unter der Erde. Der Lehmen-Michel gar zog außerdem, wenn sein Gütle bestellt war, mit seinen Buben noch in den Wald und machte Holz für die Schapbacher Buren, deren Wälder im Wildschapbach liegen.

Kein Wunder, wenn diese Erzknappen in der Nacht oft vom Schlaf überwältigt in ihren Schachten niedersanken.

Und bei ihrem kärglichen Lohn und ihrer schweren Arbeit war es ihnen auch nicht zu verübeln, wenn sie bisweilen, wie der Benedikt heute noch schmunzelnd erzählt, Karten mit hinabnahmen und bei ihren trüben Grubenlichtern ein Spielchen machten, oder Schlegel und Eisen niederlegten und ein Stündchen schliefen.

»Wer nicht eine oder zwei Stunden alle Glieder stillhalten kann, ist nicht als Bergmann zu gebrauchen«, so lautete nach Benedikt das in seiner Häuerzeit geltende Sprichwort. Kam dann ein Steiger oder Obersteiger, um die Leute zu visitieren, so hatten diese ihre eigenen Signale.

Der erste Häuer, auf den der Beamte traf, rief: »D' Kapp' het a Loch!« Waren die andern tief unter ihm in den Schächten, so schüttelte der Kamerad am »Förderseil«. Bis der Aufseher hinunter kam, war dann alles in voller Tätigkeit.

Die obersten Beamten waren Engländer mit dem Namen Kapitäne, wie die Vorstände der Zechen in England heißen.

Die beiden Kapitäne im »Friedrich Christian« und den übrigen in Betrieb gesetzten Gruben hießen Luck und Lowell, wurden aber von den Bergleuten – der erstere Martin, der andere der langnasige Kapitän genannt. Sie waren Mitaktionäre der Gesellschaft, spielten die leicht- und wohllebigen Herren, wohnten draußen im Wolftal und kamen nicht allzuoft in die Gruben. Kapitän Martin ging den Wibervölkern und der langnasige Lowell den Fischen in der Wolf nach. Der letztere wohnte in der Stube, in welcher der Benedikt und ich beisammen saßen.

Es waren auch englische Vorarbeiter da, die aber im Spielen und Liegen den Erzknappen aus dem Kinziggebiet mit gutem Beispiel vorangingen.

Steiger und Obersteiger waren lauter ältere Bergleute aus der Gegend.

Zweihundert Mann muteten zu Benedikts Zeiten im Friedrich Christian und im Erzengel Michael. Sie bildeten einen eigenen Knappschaftsverein, der zu festlichen Zeiten in stolzer Uniform paradierte. Voll- und Lehrhäuern, Förderbuben und Steigern – jedem konnte man seine Würde an der Uniform absehen.

Kaum war nach einigen Jahren unser Benedikt Vollhäuer, als er mit seinem frischen Gesicht und seinen blauen Augen auch eine Braut fand, die ihn zum überglücklichen Besitzer eines Gütchens und so von einem Erzknappen auch zu einem Erzbauern machte.

Eine halbe Stunde von der Grube Friedrich Christian entfernt wohnte auf steilem Bühl im Hirschbach der alte Jakob Rosenfelder, wegen der Lage seines Gutes und seiner Hütte und wegen seiner kleinen Gestalt im Volksmund nur »der Bühler-Jaköbele« genannt.

Der Jaköbele war ein stiller, einfacher und schweigsamer Mann, der am liebsten allein lebte und allein ging. Er handelte streng nach der Vorschrift des Evangeliums; denn seine Rede war meist nur »ja, ja« oder »nein, nein«.

Seine Buben, der Hannes, der Dis (Mathias) und der Sepp, waren Erz- und Waldleute. Neben ihnen hatte er noch drei Meidle: Bärbele, Heli und Lis. Jedes seiner Kinder trug im Volksmund den Namen »Bühler«, und es gab also nicht bloß einen Bühler-Jaköbele, sondern auch einen Bühler-Hannes, eine Bühler-Heli u. s. w.

Des Jaköbeles Buben und Meidle waren lustige, »singerige« Leutchen, und an Sonntagen kamen drum die ledigen Hirsch- und Wildschapbacher, die Erzknappen und die Holzmacher, auf den Bühl zum Singen.

Der Vater Jaköbele flüchtete, wenn er diese Sänger kommen sah, in den Wald oder, wenn er sie nicht bemerkte, bis sie im Haus waren, in oder unter sein Bett, damit er nicht mit ihnen reden mußte.

Seine Buben und zwei der Meidle verheirateten sich auswärts oder starben, so daß bei seinem Tode nur noch die Lis daheim war, und diese war vielumworben.

Die Bergknappen hielten an Sonntagen in Berg und Tal ihre Liebe feil bei den Meidlen, vorab bei der »reichen« Erbin, der Bühler-Lis. Aber alle fuhren bei dieser ab bis auf den kaum 23jährigen Lehmen-Benedikt, wie er in jenen Tagen genannt wurde.

»Heute«, so sprach er zu mir am 13. Mai 1897 im sonnigen Häusle am Wolfbach, »heute sind es gerade einundvierzig Jahre, daß ich mit meiner ersten Frau Hochzeit gehalten habe.« Und er wischte sich eine Träne der Erinnerung aus den Augen, denn der Erzbauer Benedikt liebte seine Lis aufrichtig.

Sonst ist die Liebe der Mannsleute bekanntlich nicht weit her und halt auch nicht lange an. Der Benedikt aber war ein musterhafter Ehemann, der in treuer Liebe an seinem Weib hing und es bedauerte, so wenig um es sein zu können. Denn er blieb, trotzdem er jetzt ein Gütchen von 36 Morgen sein eigen nannte, nach wie vor Bergmann um 48 Kreuzer Taglohn. Weil er nun gar oft nachts in der Grube und tags auf seinen Feldern hantieren mußte, so blieb ihm nicht viele Zeit, um mit seinem jungen Weib sich zu unterhalten.

Dafür benützte er dann den Sonntag um so eifriger. Während die Bewohner des Hirschbachtälchens an Sonn- und Feiertagen in einer geschlossenen Truppe den Wildschapbach hinaus gingen der Kirche zu und ebenso wieder heim, wandelte der »junge Bühler«, wie der Benedikt jetzt hieß, allezeit allein mit seiner Lis – hin und her. Und warum? »Um nicht durch andere gestört zu werden im Gespräch mit ihr.«

Ich hoffe, daß alle meine Leserinnen die zärtliche Sinnigkeit des einfachen Bergmanns anerkennen werden!

Je größer das Glück, um so schneller zerbricht es.

Nur kurze Zeit, nicht viel mehr als ein Jahr, lebte der Benedikt im Besitze seiner braven Lis. Sie starb und ließ ihn in Verzweiflung zurück. Er meinte, es sei nicht möglich, daß sie seine Lis tot hinabgetragen hätten ins Tal, und konnte sich kaum fassen.

Manchmal, wenn er tagsüber in der Nähe seiner Hütte Gras mähte, übermannte ihn der Schmerz und die Erinnerung an sein verlorenes Weib. Er warf die Sense weg, setzte sich auf das grüne Gras und weinte sich aus. Selten kommt aber bekanntlich ein Unglück allein, und so traf auch den Bühler bald darauf ein zweites. Die Gruben der englischen Gesellschaft wurden ins Freie fallen gelassen, und die Bergleute mußten »das Gezäh austragen«.

Der Betrieb hatte sich nicht rentiert, während neue, große Anlagen notwendig geworden waren, um das Wasser zu bewältigen. Der Kapitän Martin war wegen seines Lebenswandels aus dem Gebiet des Wolf- und Wildschapbachtales verwiesen worden und hatte, nach England heimgekehrt, daselbst Stimmung gegen den Weiterbetrieb gemacht.

Ein neues Aktienunternehmen, das der langnasige Kapitän anregte, wurde, weil auf unsolidem Boden stehend, von der badischen Regierung nicht genehmigt.

Die Bergleute wurden wieder Waldleute und machten Holz; der Benedikt aber kehrte auf seinen Bühl zurück, bearbeitete sein Gütle und gedachte in Weh seines toten Weibes und in Betrübnis der eingegangenen Grube Friedrich Christian.

3.

Die bravste und die schönste Frau wird nach Jahr und Tag vergessen, selbst von ihrem eigenen Mann. Die meisten Männer warten nicht drei Jahre, wie der brave Bühler; sie sehen sich weit früher nach einer andern um.

Ich glaub's dem Benedikt aufs Wort, daß er wieder heiraten mußte; denn wie sollte er, ein kinderloser, junger Mann, allein leben auf dem Bühl und sein Gut umtreiben?

Daß nur das Muß ihn trieb, als drei volle Trauerjahre um waren, geht daraus hervor, daß er weder auf Geld, noch auf Schönheit sah bei seinem Werdegang. Er suchte nichts als ein braves, schaffiges Weib, und das fand er draußen im Wolftal, zwanzig Minuten unterhalb des Häuschens, in dem wir am 13. Mai beisammen saßen.

Dort liegen einige Hütten, und sie heißen »im Zierle«. Hier fand der Bühler, was er suchte, ein kreuzbraves Meidle, namens Genofev.

Der Benedikt lud am Tage vor der Hochzeit seine Nachbarn und Nachbarinnen drunten im Hirschbach höflich zur Morgensuppe ein. Diese Höflichkeit ward ihm aber schlecht gelohnt. In der Nacht stellten ihm die Meidle aus dem Hirschbach, erbost darüber, daß er »eine Fremde« ins waldige Tälchen und auf den Bühl bringe, eine als Weib ausstaffierte Vogelscheuche vor die Hütte, um die brave Genofev zu parodieren und den guten Bühler zu ärgern.

Und zur Morgensuppe kam gar niemand aus der Nachbarschaft, was dem gekränkten Hochzeiter Tränen verursachte.

Weinend schritt er von seinem Bühl herab und das Tälchen hinauf zu der Mutter Dieterles, des geistreichen Waldhüters, der damals noch ein Knabe, während seine Mutter Witwe war. Unter Tränen bat der Hochzeiter die Witwe, doch mit ihren Kindern zur Morgensupp' zu kommen, da er sonst allein wäre in seiner Hochzeitshütte. Und die Frau tat dem Armen den Gefallen.

War mit dem Tode seiner Lis der Untergang der Knappschaft verbunden gewesen, so erstand bald, nachdem die Genofev in des Bühlers Hütte eingezogen, die Grube Friedrich Christian zu neuem Leben.

Franzosen hatten die Hinterlassenschaft der Engländer im oberen Kinzigtal übernommen und auch wieder im Wildschapbach zu muten begonnen.

Kaum hatte der Bühler gehört, daß Bergleute geworben würden, so erwachte seine alte Liebe zur Unterwelt; er meldete sich als Bollhäuer.

Jetzt hatte er wieder das »schöne«, alte Bergmannsleben und war tagsüber Bauer und in der Nacht Erzgräber. War er aber am Tag unter der Erde, so arbeitete der brave Mann nachts bei Mondschein auf seinem Gütchen, mähte Gras und säte Korn.

Da der Betrieb nicht so flott ging wie unter den Engländern, so arbeitete unser Bühler oft ganz allein in einem Stollen.

Bei diesem Alleinsein kam ihm das erstemal und fortan iede Nacht der Gedanke, einmal alleiniger Besitzer und Muter eines Bergwerks zu werden.

Als deshalb die Franzosen nach acht Monaten schon die Grube wieder ins Freie fallen ließen, weil sie auf zu wenig edles Gestein trafen, da wollte der Benedikt allein im Friedrich Christian »das alte Bergglück« versuchen. Er wanderte talab nach Wolfe, um einen Schürfschein zu holen beim Oberamtmann Seidenspinner.

Dieser, sonst ein wohlwollender Mann, mußte dem Bühler seine Bitte abschlagen, da ein armes Bäuerlein in einer Grube, die so groß angelegt war und deren »Wassernötigung« Maschinen erforderte, ohne Lebensgefahr nicht aufkommen konnte.

Betrübt ging der Bergmann wieder heim; aber sein Berggeist ließ ihm keine Ruhe. Der Benedikt wollte wieder unter die Erde und dies um jeden Preis.

Wer sucht, der findet; so fand auch er den Weg, um zu einem eigenen Bergwerk zu kommen.

Über seinem Bühl erhebt sich gegen Westen ein waldiger Rücken, der Benauer Berg, der die Hochmulde des »Schwarzenbruch« nach Osten abschließt. Dort, so erzählt das Volk heute noch, stand einst eine reiche Bergstadt, Benau genannt. Wahrend die Täler unten alle noch ein See waren und die Schiffer an den hohen Bergspitzen ihre Schiffe festbanden, blühte die Stadt Benau mit einem lustigen Volke von Bergleuten. Ich bin am Tag darauf, nachdem der Bühler mir sein Leben erzählt, auf der Höhe gewesen, die einst diese Bergstadt getragen haben soll. Mein Freund, der Moosbur, der auf jener Höhe seinen Hof hat, holte mich ab und zeigte mir Gottes Herrlichkeit auf dem Schwarzenbruch, wovon ich ein andermal berichte. Er zeigte mir aber auch das Gebiet der einstigen Bergstadt Benau. Noch jetzt heißt ein kahles »Moos« der Kirchhof und eine Bergwiese die »Kapellenmatte«.

»Die Stadt ging unter«, so berichtete mir der Moosbur, »weil die Bewohner das goldene Kalb anbeteten, d. h. weil sie zu viel edles Erz fanden, wurde es ihnen zu wohl, und ihre Üppigkeit forderte die Strafe des Himmels heraus.«

»Der Pfarrer und der Mesner«, sprach mein Schwarzenbrucher Freund weiter, »kamen allein davon. Sie waren auf einem Versehgang, und als sie heimkehrten, war die Stadt versunken.«

»Das alles aber geschah noch zu Römerzeiten.« War die Bergstadt eine römische Kolonie, wie auch ein und der andere Ort im untern Kinzigtal? Waren unter ihnen römische Christen, die in dieser Einsamkeit Ruhe fanden für ihren neuen Gottesdienst?

Es scheint so, denn der Volksmund erzählt weiter: »Von der Stadt Benau sei nur eine Kapelle übrig geblieben, und in dieser seien die wenigen Christen der Gegend zusammengekommen, während alle anderen Leute noch Heiden waren. Sie hätten Prozessionen gehalten am Sonntag um dies Kirchlein und reichbekränzte Jungfrauen das Bild der Muttergottes getragen.«

»Ein heidnisches Weib habe einst das Heiligtum betreten und schänden wollen. Sie mußte dafür umgehen als die Hexe von Benau oder die alt' Lempi, die nachts die Leute quäle, welche in den Bannkreis des längst verschwundenen Kirchleins kämen.« Wie sehr die Volkssagen mit einstiger Wirklichkeit verwandt sind, zeigt heute noch eine schöne Sitte, die sich auf dem Schwarzenbruch erhalten hat. Alljährlich von Kreuzerfindung bis Kreuzerhöhung, d. i. vom Mai bis September, versammeln sich an Sonntagen die Schulkinder und die Hirtenbuben und Hirtenmeidle beim größten Berghof, dem Hanseleshof.

Sein Fürst, der Hanselesbur, den ich gar wohl kenne, ist ebenso stattlich wie sein Riesenhof.

Sind die »kleinen Völker« beisammen, so kommen vier bekränzte Meidle aus dem Hause mit der Statue der Himmelskönigin und Hirtenbuben mit Kreuz und Fahnen, und es beginnt die Prozession der Kinder um den Bann des Hofes.

Eine wunderbare Prozession von wenig Menschenkindern auf einsamer Bergeshöhe! Und während die kleinen Menschen wallen und beten, schauen die waldigen Bergkuppen feierlich zu. Die Sonne leuchtet über die höhe und hinein in die Herzen der Beter. Ringsum ist feierliche Sonntagsstille, als wollte die ganze Natur lauschen, wenn Kinder ihren Gott verherrlichen und den Schöpfer bitten um seinen Segen.

Da wo die Schau über Berge und Täler hin am schönsten ist, hält der Zug, und die Hanselesbüre betet die Litanei zu allen Heiligen. Sie ruft die Namen der Apostel, der Märtyrer, der Bekenner Jesu Christi laut hinein in die Berge, und die kleinen Völker antworten mit ihren Silberstimmen, daß es hinunter in die Täler dringt und klingt: »Bittet für uns!«

Was ist die schönste Predigt und das schönste Gebet innerhalb der Kirchenmauern gegen solche Andacht, wie die Kinder und Hirtenvölker des Hanselesburen, des Moosburen, des Hermesburen, des Schorneburen sie halten zur Sommerszeit auf der Berghöhe des Schwarzenbruchs!

Da versteht man erst den Psalmisten, wenn er sagt: »Aus dem Munde der Kinder hast du dir Lob bereitet« – und wenn er ausruft: »Ihr Berge und ihr Hügel, ihr Täler und ihr Gewässer und alles, was in den Lüften lebt, – preiset den Herrn!«

Der Hanselesbur hat auf der Stelle, wo die Prozession beginnt, jetzt eine Kapelle bauen lassen. Und ich hab' ihm, dem stattlichen Mann in der Volkstracht, als er im Herbst 1897 in Freiburg mich besuchte, versprochen, die Kapelle zu sehen und einmal den uralten Bittgang mitzumachen.

Nach altem Brauch erhält jedes Kind, das dem »Umgang« um den Hanseleshof beiwohnt, vom Buren zum Abschied einen Kreuzer (drei Pfennig).

Die Menschen vergangener Zeiten schon haben wohl gewußt und empfunden, daß Kinder, die des Lebens Not nicht kennen, auch nicht recht wissen, wozu sie beten sollen. Drum haben seit Jahrhunderten die Bauernfürsten auf dem Hanseleshof die Kinder der umliegenden Berghütten belohnt für ihr Erscheinen und für ihr Beten.

Es war am 17. Juli des Jahres 1898, da ich die Fahrt antrat, um die Prozession der kleinen Völker auf dem Schwarzenbruch zu sehen.

Ich hatte erst nach neun Uhr Freiburg verlassen und war lange vor zwölf Uhr schon in der Hauptstadt des obern Kinzigtals, in Wolfe.

Hier war großer Spektakel; ein Kriegerfest wurde gefeiert, und ich war ordentlich froh, als ich nach kurzer Mittagsrast das Städtle und den Festpatriotismus des Tages hinter mir hatte.

Der Moosbur vom Schwarzenbruch hatte mich in Wolfe abgeholt, und in seinem »Burewägele« fuhren wir stolz das Wolftal hinauf. Hinter uns im Wagen stand eine Tochter des Hanselesburen, die ich im Verdacht hatte, daß sie in Wolfe gewesen war, um noch Einkäufe für meinen Besuch zu machen.

Die Sonne, welche die ganze Woche diesem irdischen Jammertal ihren Schein versagt hatte, leuchtete hellauf über Berg und Tal, und des Moosburen Gaul sprang lustig des Weges dahin, denn auch die Tiere fühlen es, wenn die Sonne scheint.

Über der »alte Wolfe« droben trafen wir die »alte Schorne«, meine Freundin; sie zog im Sonntagsstaat der Dorfkirche zu. Die Oberwolfacher haben heute »Skapulierfest« und feierliche Vesper, und in diese wollte die Viktoria; so heißt meine Freundin.

Wir konnten uns nur grüßen und gegenseitig das Wohin austauschen; denn der Moosbur und ich und die alte Schorne hatten Eile. Um zwei Uhr sollte die Prozession auf dem Schwarzenbruch beginnen, und auf dem Kirchturm in der alte Wolfe läutete es eben »das ander« in die Vesper der Viktoria.

Des Hanselesburen Meidle hatte mir zwar versichert, die Kinder warteten, bis ich käme; aber ich wollte diese kleinen Völker nicht allzu lange aufhalten.

Auf dem halben Weg, vor dem Hirschen bei der Walk, hielten wir kurz an, ohne abzusteigen, und ich ließ dem Moosbur einen Schoppen kredenzen von der lustigen Hirschwirtin, der schönen Tochter der Viktoria.

Hier stieg noch ein junger Taglöhner und Holzhauer vom Schwarzenbruch hinten auf das Wägele, und fort ging's ins sonnige, enge Waldtal hinauf.

Wo das Dohlenbächle in die Wolf springt, fuhren wir gen Nordost, und bald mußten alle absteigen, bis auf den alten Pastor; denn es ging »dachgäh« bergauf.

Der Schwarzenbrucher Holzhauer schlug sich links und des Hanselesburen Tochter rechts in die Büsche, beide, um auf kürzeren Saumpfaden ihr Heim zu finden.

Es war ein Viertel nach zwei Uhr, als der Moosbur und ich durch die Schlucht hinauf beim Hanseles-Buren anfuhren.

Eine mit Rinden gedeckte, kleine Kapelle steht unmittelbar beim Haus und vor ihr die kleinen Völker, die zur Prozession erschienen sind, lauter barhäuptige und barfüßige Büblein und Mägdlein, die ersteren nur in Hose und Hemd, die letztern in farbigen Röcklein und weißem Linnen.

Sie schauen mich scheu und schüchtern an wie Waldvögelein. Ich ziehe ein Päckchen Helgen aus der Tasche, zeige ihnen die Bildchen und verspreche jedem eines derselben nach der Prozession; es müßte mir aber jedes seinen Namen sagen, damit es seinen Patron bekomme.

Jetzt lösen sich die Zungen, und bald ist die kleine Schar gesprächig. Mit Stolz stellen die Büblein sich vor, welche Kreuz und Fahnen und die Statue Johannes, des Täufers, und die Mägdlein, so die Muttergottes tragen dürfen.

Der Hanselesbur sagt mir, es seien diesmal weniger Kinder, da die Leute auf dem Schwarzenbruch alle am Heuen seien, weil heute der erste Sonnenstrahl scheine nach langem Regenwetter. Die kleinen Hirten und die Hirtinnen müßten dabei helfen.

Seine eigenen zahlreichen Völker sah ich weit drüben in einer Mulde mit Heuen beschäftigt.

Jetzt trat die Tochter des Buren, die mit mir hergefahren war, unter die Kleinen und befahl, daß die Prozession sich ordne.

Die Träger und Trägerinnen eilten in die Kapelle, holten Fahnen, Kreuz und Statuen, und die heilige Fahrt setzte sich in Bewegung.

Den Betern voran ging, als der Mutter Stellvertreterin, die Tochter des Hauses, an ihrer Hand das kleinste der Kinder führend. Die reizenden Barfüßler schritten, die Händlein gefaltet, hintendrein und begannen: »Vater unser, der du bist in dem Himmel«, und da sie an das »Gegrüßest seist du Maria« kamen und die Worte: »Gebenedeit ist die Frucht deines Leibes, Jesu« – gesprochen hatten, fügten sie, der kirchlichen Zeit entsprechend, jeweils bei: »Der von den Toten auferstanden«, »der in den Himmel aufgefahren ist«, »der den heiligen Geist gesandt hat.«

Ich schritt wie ein alter Riese hinter den Kindern drein, mit hellen Tränen kämpfend.

Die Sonne stand mit Verklärungslicht still über der betenden und wallenden Schar, die ganze Natur schwieg, kein Windhauch ging durch die Blätter, und kein Vöglein gab laut. Alles war still und lauschte; nur die kleinen Menschenkinder beteten zum Vater, der im Himmel ist, und zu dem, der Mensch geworden ist, damit alle, die an ihn glauben, ewiges Leben haben.

Fürwahr! Solch ein Gebet aus Kindermund muß durch die Wolken dringen und die Gottheit, der es gilt, erfreuen.

Und wenn der auf Golgatha Gekreuzigte heute, nach 19 Jahrhunderten, keine andere Ehre genösse auf Erden, als die, welche die Kinder auf dem Schwarzenbruch ihm darbringen, so wäre diese einzige Gedächtnisfeier seines Todes und seiner Auferstehung ein Beweis seiner Gottheit.

Ich folgte den Kleinen nach, soweit ich es meinen schwachen Bewegungsnerven zumuten konnte; dann ging ich zum Hofe zurück und wartete die Rückkehr der kleinen Beter ab.

Bald hörte ich ihre Stimmen wieder vom Fenster aus. Da die Litanei jetzt in der Kapelle gebetet wird, kehren sie eher zurück als früher, wo das kleine Heiligtum noch nicht bestand.

Als die Prozession in dieses eingezogen war, trat ich unter die Türe und lauschte der Anrufung aller Heiligen durch den Kindermund, und ich sprach zu mir:

O du Kindermund, o du Kindermund,
Unbewußter Weisheit froh,
Himmelssprache kund, Himmelssprache kund,
Wie Salomo.

Selbst die Sonne war den kleinen Betern nachgegangen; sie schien so andächtig und so himmlisch glänzend durch die Fensterscheiben der Kapelle, daß man glauben konnte, sie verstünde, was hier vorging.

Als die Litanei geendet, kamen die Kleinen wieder ins Freie und erhielten aus der Vorbeterin Hand die drei Pfennige. Ich aber gab ihnen die schönen Helgen. Die Kinder strahlten vor Freude, sagten herzlich ihr »Vergelts Gott« und eilten dann nach allen Richtungen bergauf und heim, um der Mutter die Helgen zu zeigen.

Mich aber hielt die Büre auf dem Hanseleshof noch länger fest. Sie hatte dem Moosbur und mir ein Mahl bereitet, als wären zwei verlorene Söhne heimgekehrt ins Vaterhaus.

Wir aßen und tranken und wurden fröhlich wie Josephs Brüder, indes der Hanselesbur einige Wagen voll Heu heimführte.

Als er damit fertig war, schied der Moosbur hinüber auf seinen Hof, und mich führte der Hanselesbur wieder bergab auf dem für eine Talfahrt lebensgefährlichen Weg.

Er brachte mich glücklich bis zum Ochsen im Schappe, Hier empfing mich ein Wagen von Rippoldsau, und ich fuhr in einen wunderbaren Abend hinein und das Wolftal hinauf bis an den Fuß des Kniebis.

Am andern Mittag ging's über diesen hinüber an die Kinzigtalbahn. Am Abend war ich wieder in Freiburg.

Merkwürdig ist, daß von der Kinderprozession selbst drunten im Wolftal die allerwenigsten Menschen etwas wissen, und doch ist dieselbe uralt. Das wahrhaft Schöne bleibt gerne im Verborgenen. Ich denke mir die Entstehung der Prozession also: Christen hielten ihre Bittgänge auf dem Schwarzenbruch, während noch Heiden neben ihnen wohnten. Die Kinder der letztern trieb die Neugierde zu diesen Prozessionen, und durch die Kinder kamen schließlich auch die Eltern und wurden Christen. Zum Andenken wurde die Kinderprozession eingeführt.

Eine alte Sage dagegen berichtet: Einst sei auf dem Hanseleshof der ewige Jude übernachtet, und damit er nicht wieder komme, habe der damalige Bur das Gelübde der Prozession gemacht.

Mag dem sein, wie ihm wolle, ich sage: Möge nie auf den Hanseleshof ein Bur kommen, der diesen ebenso lieblichen als ergreifenden Bittgang der kleinen Völker abschafft.

Ich bin der letzte, der Feuer vom Himmel ruft über Verbrechen: aber das glaube ich fest, daß Gottes Segen weichen müßte von dem Hof, wenn das Gebet und das Lob Gottes aus Kindermund verstummen würde auf der einsamen Höhe des Schwarzenbruchs. Und so wie einst die üppige Bergstadt Benau unterging, würde der reiche Hanseleshof vom Erdboden verschwinden.

Die alte Sage vom Silberreichtum im Benauer Berg veranlaßte im 18. Jahrhundert die Bergleute, die damals noch viele Gruben im Kinzig- und Wolftal betrieben, auch die alten Stollen auf dem Schwarzenbruch wieder aufzunehmen.

Die alten Schachte wurden um 1726 wieder »aufgewältigt« und nach »Rot- und Weißgiltigerz«, d. i. nach Kupfer und Silber durchsucht. Es wurde aber davon nur wenig »aufgeschlagen«, und man ließ bald die Grube, der man den Namen Clara gegeben, wieder auf.

Mehr denn vierzig Jahre später hieß es unter den Erzbauern im oberen Kinzigtal, im Kloster Schwarzach am Rhein drunten sei eine Urkunde gefunden worden, die besage, daß im Benauer Berg ein ganzer Stock gediegenen Silbers verborgen sei.

Über zehn Jahre lang muteten sie daraufhin wieder »im alten Mann«, fanden aber meist nur Eisenerze. 1782 stellten sie die Arbeit ein und nannten treffend den letzten Stollen, den sie aufgewältigt hatten, »das goldene Kalb hinter der eisernen Türe«.

Von diesem goldenen Kalb nun träumte es unserem Benedikt, der die Benauer Sagen alle kennt. Weil der Bühl, auf dem sein Gütchen liegt, nun ein Ausläufer des Benauer Berges ist, so schloß er, es müßten auch Adern von Rot- und Weißgiltigerz unter seinem Bühl durchgehen und Besuch machen im Hirschbach bei den Erzgängen im Friedrich Christian und im Herrensegen.

Drum nahm er nochmals den Weg unter die Füße, ging zum Oberamtmann Seidenspinner und bat um einen Schürfschein auf seinem eigenen Gut. Den erhielt der Benedikt, und nun schlug er einen Stollen in »das harte Wesen« unter seinem Bühl.

In jeder von Feldarbeit freien Tagesstunde und auch zur Nachtzeit mutete er nun in seiner Grube, fand jedoch nichts als Schwefelkies; trotzdem ließ er die Arbeit nie gänzlich ruhen. Der unermüdliche Mann sah sich aber nebenbei noch nach einer anderen Steinarbeit um, die sicher Geld einbrachte. Er wurde Steinsprenger und Steinklopfer. Draußen an der Landstraße im Wolftal, unweit des Häuschens, in welchem er mir erzählte, saß er in den sechziger Jahren unzählige Tage und klopfte Steine zu Straßenschotter.

Den weiten Weg vom Hirschbach machte er jeweils springend, um ja keine Zeit zu versäumen. Bis zu ein und einem halben Gulden verdiente er so täglich mit Steinklopfen und war darob baß erfreut. Denn so oft ein Vorübergehender ihm den üblichen Gruß zurief: »Fleißig, fleißig!« – antwortete der Bühler, ohne von seiner Arbeit aufzusehen, freudig: »Ja, für ein' Gulden und dreißig!«

Während er aber emsig die Steine zerschlug neben der rauschenden Wolf, dachte er an die Schätze edlen Erzes, die im Hirschbach verborgen wären, und der Berggeist ließ ihm keine Ruhe, so lange er über dem Steinhaufen an der Landstraße saß und klopfte.

Die Franzosen hatten den Abbau des Friedrich Christian aufgegeben; aber die Maschinen zum Heben des Wassers hielten sie in Betrieb, um die Schächte nicht versaufen zu lassen und um noch ein wenig Flußspat gewinnen zu können.

Mit dem Krieg von 1870 ließen sie nichts mehr von sich hören, und noch weniger schickten sie Geld. Jetzt stellten die Maschinenwärter, der Seraphin und der Valeri, zwei Bergleute aus dem Wildschapbach, ihre Arbeit ein, und in einer Nacht waren die Schächte »versoffen« und die Fahrungen, Pumpen und Förderungseinrichtungen in Nacht und Wasser begraben.

Es war und blieb dieser Untergang der erzreichen Grube ein stehender Schmerz für den Bühler, der es bis zur Stunde nicht verwinden kann, daß so viele Schätze und so viele Werkzeuge ungehoben ruhen sollten.

Mit seinen heranwachsenden Buben wuchs des braven, denkenden Mannes Hoffnung, den Bergbau aufs neue und schwunghafter betreiben zu können.

Die Knaben Markus, Karl, Ferdinand, Sepp und Kilian hatte der Vater von frühester Jugend an eingeweiht in die Schönheiten und Segnungen des Bergbaus und sie so für denselben begeistert.

Er hatte ihnen auch, wie einst ihm sein Vater, an den Abenden erzählt vom Berggeist, vom funkelnden Gestein in den Tiefen der Erde, von der Arbeit des Bergmanns in dunklen Schachten, vom Ein- und Ausfahren, von den Festen und Prozessionen und von der Uniform der Bergleute. Er zeigte ihnen »Schaustufen«, an denen Kristalle und eingesprengte Silber- und Bleierze glänzten.

Und die Augen der Knaben leuchteten, und alle verlangten Bergleute zu werden und dem Vater zu helfen, edle Erze zu heben aus den Bergestiefen im Hirschbach und im Wildschapbach.

Das war des Alten Trost und Hoffnung, wenn er auf der Landstraße Steine klopfte und an den Bergbau und an seine Buben dachte. Seine Hoffnung sollte nicht zuschanden werden.

4.

Das obere Tal der Kinzig mit seinen zahlreichen Nebentälern und Nebenflüßchen ist in Bergmannskreisen weithin bekannt ob seiner alten, reichen Erzgruben. Drum kommen dahin auch in unseren Tagen noch oft zur Sommerszeit fremde Bergleute und Bergingenieure, um geognostische Studien zu machen.

So erschien auch Ende der siebziger Jahre im Wildschapbachtale ein sächsischer Bergingenieur aus Freiberg. Kaum hatte der Bühler davon gehört, als er zu ihm eilte und ihn bat, seine eigene Grube in Augenschein zu nehmen.

Der Ingenieur mochte nicht übel staunen, als er den Bauersmann sah, der sich ihm als Eigentümer und alleiniger Bebauer einer Erzgrube präsentierte. Die Energie, welche aus des braven Mannes Augen schaute, erweckte in ihm aber Vertrauen, und er begleitete den Benedikt zu seinem Erzloch und ließ ihn in demselben da und dort schürfen, um das Gestein kennen zu lernen.

Sein Gutachten stimmte mit dem uns bekannten Schluß des Erzbauern auf dem Bühl überein, daß nämlich der Benauer Gang größere Erzlager bis unter den Bühl des Benedikt treibe.

Ferner meinte der fremde Berggeist, drunten im Herrensegen müsse sich auch noch was machen lassen, Dort liege sicher noch viel Blei, Silber und Kupfer unter der Erde.

Das war Musik für des alten Bergknappen Ohren, und jetzt ließ es ihn nimmer ruhen, wieder Bergbau im großen zu treiben.

Er eilt nach Wolfe aufs fürstenbergische Rentamt und bittet, ihm die Grube Herrensegen auf 25 Jahre in Pacht zu geben. Die Standesherrschaft willfahrt dem Gesuch des bäuerlichen Erzsuchers und überläßt ihm die gewünschte Grube auf ein Vierteljahrhundert zur Ausbeute gegen 10 Mark jährlichen Pachtes. Auch das Bezirksamt hat diesmal nichts dagegen.

Als der fürstliche Waldhüter im Wildschapbach, mein Freund Dieterle, an einem schönen Frühlingstag des Jahres 1878 den Pachtvertrag auf den Bühl im Hirschbach brachte zur Unterzeichnung, da hatte der Bühler einen Kirchweihtag.

Sein braves Weib aber, die Genofev, riet ihm ernsthaft zu, sein Gütle zu bebauen und so sich und die Seinigen mit sicherem Brot zu versehen und nicht ungewissen Schätzen unter der Erde nachzugraben. Sie mahnte ihn drum, den Pachtvertrag nicht zu unterschreiben.

Dagegen erhob sich aber mit Macht der Schwärmer für unterirdische Reichtümer, faßte seine Gattin an dem allen Töchtern Evas gemeinsamen Zipfel der Eitelkeit und sprach feierlich: »O Alte, du waisch nit, was i vorhab'. Wenn mir (wir) aber amol so wit sin, daß du am Sunntig kascht mit der Schäse in d'Kirch und wieder heimfahre, und wenn amol alle Hirschbacher de Huat lupfe und ›Frau Lehmann‹ zu dir sage, no worsch z'friede si.«

Die Genofev schwieg, der Benedikt aber unterzeichnete mit Stolz die Urkunde, welche ihn zum Herrn einer großen, reichen Erzgrube machte.

Die Hirschbacher, unter ihnen manche einstige Bergleute, schüttelten die Köpfe über den Bühler und lachten ihn aus, daß er allein als Großpächter im Herrensegen muten wolle. Er aber meinte, sie würden noch froh sein, wenn sie einmal bei ihm als Bergknappen Dienste nehmen könnten.

Mit seiner ganzen Energie ging er an »die Aufwältigung des alten Mannes« im Herrensegen und baute nebenbei auch unter seinem Bühl. Als Vollhäuer stellte er seinen Bruder Felix ein und als Knappen seine kaum herangewachsenen drei ältesten Buben, den Marx, den Karle und den Ferdinand.

Alle hatte er mit Begeisterung für sein Unternehmen zu erfüllen gewußt. Sein Bruder Felix war ein alter Bergmann, jetzt aber längst verheiratet droben »im Dös« bei Rippoldsau und in diesem Badedorf Polizeidiener.

Unter Tags amtete der Felix nun als »Sicherheit«, und am Abend wanderte er den nahezu drei Stunden langen Weg von Rippoldsau hinab in den Hirschbach und fuhr in eine der Gruben seines Bruders, um die Nacht über Erz zu graben. Am Morgen schleppte er sich wieder nach Rippoldsau hinauf.

Erst als der unermüdliche Polizeidiener der Überanstrengung erlag und dem Bergbau entsagen mußte, ließ der Benedikt die Grube unter seinem Bühl ruhen und widmete seine und seiner Buben Kraft gänzlich dem Herrensegen und zwar unter Mühsalen und mit einer Ausdauer, die erstaunlich sind und einem ungeteilte Bewunderung abringen für Väter und Söhne.

Seit dreißig Jahren war die Grube »kalt gelegen«, die Zugänge und Stollen eingefallen und verschüttet, die Schächte voll Wasser. Angesichts dieses Zustandes wäre jeder davon abgestanden, mit so unzulänglichen Kräften die Grube wieder aufzuwältigen – nur der Benedikt und seine drei Buben, von denen noch keiner zwanzig Jahre alt war, schreckten nicht zurück. Sie gingen an jedem von der Feldarbeit freien Tage und jede Woche einige Nächte an die Arbeit, um zunächst den Schutt und das Wasser aus dem Herrensegen zu bringen.

Der Hauptstollen war 2700 Fuß lang und ganz mit Wasser und Schutt gefüllt. Wochen, Monate und Jahre lang arbeiteten die vier

Menschen nur, um den Gang freizulegen. Oft stürzte das von ihnen freigemachte Wasser so massenhaft zu Tal, daß der Wildschapbach anschwoll.

Mit Lebensgefahr wurden dann die tiefsten Schächte überbrückt und in der dicksten Stickluft gearbeitet. Diese wirft den Vater 16 Wochen lang aufs Krankenlager; aber die Krankheit nimmt weder ihm, noch seinen Buben Hoffnung und Mut.

Unverdrossen schaffen die letzteren allein Schutt und Wasser aus dem Berg und, kaum genesen, hilft ihnen der Vater wieder.

So vergehen drei volle Jahre, und bereits hat der Benedikt 7.000 Mark zugesetzt, eigenes und fremdes Geld: die Hirschbacher und die Wildschapbacher spotten und höhnen, aber den Benedikt und seine braven Buben berührt's nicht.

Sein Sohn, der Markus, hat als Kind einmal 800 »Märkle« geerbt. Die stellt er, majorenn geworden, freudig dem Vater zur Verfügung, damit dieser weiter muten könne im Herrensegen.

Endlich kommen die vier unermüdlichen Meuschen »vor Ort«, d. i, bis dahin, wo der letzte Häuer des alten Betriebs den letzten Schlag ins Gestein getan hatte. Aber nirgends ein Erz, überall totes Gestein! Es ist zum Verzweifeln. Drei Jahre gearbeitet bis zum Ende des Ganges, und nun erst keinen Lohn!

Aber der Bühler, obwohl im tiefsten Herzen getroffen, rafft sich auf und beginnt neue Stollen anzulegen und neue Schächte abzuteufen. Er machte sie aber nur so weit, daß ein Mensch durchschlüpfen konnte, und in den aufwärts getriebenen Stollen mußten er und seine Buben kriechen und dann liegend arbeiten.

Man denke sich die Luft in diesen engen Steinsärgen und den Dunst der Grubenlichter. Die Leute litten unsäglich, und der Vater wurde abermals schwer krank. Viele Wochen lag er darnieder; doch auch dieses zweite Siechtum vermochte seinen Mut nicht zu beugen. Kaum kann er wieder stehen und gehen, ist er wieder in seiner Grube.

Doch der »Wetternötigkeit«, d. i. dem Luftmangel, sucht er abzuhelfen. Er erfindet selbst auf die primitivste und billigste Art einen Ventilator und leitet durch Ofenröhren, die in einer Länge von 400 Fuß zusammengesetzt werden, Luft in sein Bergwerk.

Aber kaum sind die leiblichen Nöten etwas gemildert, so steigern sich die geistigen. Nirgends kommt edles Erz zum Vorschein, überall nur totes und taubes Gestein.

»O, wie manche Nacht«, so erzählte mir der brave Mann, »hab' ich, in der Grube arbeitend, unzählige Vaterunser gebetet, Gott möge mir und meinen Kindern helfen. Jahre lang Tag und Nacht arbeiten, Schulden machen, sieben Kinder ernähren müssen und kein Erz finden, das war himmelschreiend!«

Endlich, in einer Nacht, wenige Tage vor dem Weihnachtsfest 1881 – schlägt der Bergmann eine große, reiche Ader von gediegenem Blei auf, das in Quarzsand gebettet war. Sein Herz jubelt, und sein Mund spricht Dankgebete.

Bald findet er Silber unter dem Blei und ziemlich reichlich. Der Unermüdliche ist belohnt. Jetzt baut er eine Scheidhütte, macht eine Wasch- und Pocheinrichtung und scheidet die Schlacken vom edlen Gestein.

Aber wohin mit dem letzteren? – Das war jetzt die Frage. Am Marxtag 1882, dem Festtag seines Ältesten, wiegt er seinen Schatz und hat 50 Zentner lauteres, derbes Bleierz mit Silber gespickt. Aber wie es zu Geld machen, da nirgends im Lande mehr Schmelzen sich finden?

In dieser Not erinnert er sich, daß ehedem unter dem englischen Betrieb ein Bergwerksdirektor aus Freiberg, den die Revolution aus Sachsen vertrieben hatte, einige Zeit bis zu seiner Amnestierung im Wildschapbach tätig gewesen und dann wieder nach Sachsen zurückgekehrt war.

Seinen Namen, Breithaupt, wußte er noch, und so gelang es ihm, durch Briefe, die er durch andere Leute schreiben ließ, den Mann aufzufinden. Dieser nimmt sich gerne des Braven an, der allein noch im Kinzigtal die Fahne mit Schlegel und Eisen hochhielt.

Er schreibt ihm, sein Erz nach Freiberg zu senden. Das ist aber leichter geschrieben, als getan, besonders wenn man so weit von Sachsen wohnt und 15 Kilometer an die nächste Bahnstation, Husen im Kinzigtal, hat.

Unser Benedikt macht sich erst zu Fuß auf den Weg nach Husen, um einen Spediteur zu suchen, der ihm sein Erz auf Kredit fortschaffe, bis es in Geld umgesetzt wäre.

Er findet einen solchen weißen Raben in dem Kaufmann Lattner, den auch ich noch wohl gekannt. Dem führt nun der letzte Bergmann seine ersten Erze zu, und sie wandern ins ferne Sachsenland.

Nach einiger Zeit schickt der wackere Bergwerksdirektor dem Benedikt, der schon drei Jahre umsonst gearbeitet, 1250 Mark für »sein Blei« und »sein Silber«, das in seinem Erze sich gefunden hat.

Jetzt ist alle Mühe und alle Pein vergessen, und der Bühler sieht sich im Geiste schon als den zukünftigen Krösus im oberen Kinzigtal, als den baldigen Inhaber aller Gruben und alle Hirschbacher und Wildschapbacher als seine Bergknappen.

Seine indes auch herangewachsenen Söhne, den Sepp und den Kilian, läßt er trotzdem nicht, wie die andern, Bergknappen werden, sondern den einen Schneider, den andern Schuster, weil er meint, diese zwei Professionen würden seine zukünftigen Bergknappen am meisten brauchen und die Buben so am besten ihr Brot finden.

Emsig schlägt er mit den drei andern weiter im Herrensegen, und im November 1882 langen schon wieder 2.000 Mark für Silber und Blei aus Sachsen an.

Der Bühler erhebt stolz sein Haupt und mit Recht. Der Hohn der Spötter verstummt, und selbst die Genofev, sein braves Weib, glaubt bald an die Weissagung ihres Benedikt, daß man noch mit der Chaise in die Kirche fahren werde.

Der brave Mann bereitete seinem Weib für den vielen Kummer, den auch ihr sein jahrelang vergeblich gesuchtes Bergglück gemacht, jeweils eine Freude, wenn Geld für Erz ins Haus kam. Er wanderte hinaus ins Wolftal und hinab zum Ochsenwirt, der einen Guten schenkt, und holte eine große »Gutter« voll des besten Weines, an dem seine Ehehälfte sich wochenlang laben konnte.

Für sich und seine drei Bergknappen aber ließ er jetzt stolze Uniformen machen, wie die alten Bergleute sie trugen und die ich in »Der Fürst vom Teufelstein« schon beschrieben habe.

Als in den achtziger Jahren einmal der Großherzog von Baden vom Bad Rippoldsau her in den Wildschapbach kam, um die Flößerei zu besichtigen, stellte sich auch der Bühler mit seinen drei Bergknappen in Gala vor und überreichte dem Landesfürsten herrliche Schaustufen aus seiner Erzgrube.

Dieser war nicht wenig erfreut über die einzigen Bergleute und Erzgräber in seinem Lande, sagte dem Benedikt seine Protektion zu und lud ihn zu einem Besuch nach Rippoldsau ein, um noch mehr von ihm zu hören über seinen Bergbau.

Mit doppelter Arbeitslust kehrte er von dieser Audienz zurück. Der Großherzog hatte ihm versprochen, seine Erze in Karlsruhe prüfen und taxieren zu lassen, damit er in der Fremde nicht zu wenig bekäme.

Eine Probe geht zur Untersuchung nach der badischen Residenz ab. Der Befund fällt nicht gut aus, wahrscheinlich weil man bei uns längst verlernt hat, wie man die Erze prüfen soll – und es wird dem Bühler geraten, seinen Bergbau als unrentabel einzustellen.

Er kennt aber als alter Praktiker seine Erze besser als die Gelehrten in Karlsruhe; drum ficht ihn deren Abraten nicht an. Er gräbt ruhig weiter, sendet aber seine Erze, um Fracht zu sparen, durch Vermittlung des wackeren Spediteurs von Husen statt nach Sachsen nach Stolberg bei Aachen und bekommt »gutes Geld« für seine Ware.

Der Transport nach Aachen war weit weniger schwierig für die Bergleute im Herrensegen, als die Verbringung des Erzes aus der Unterwelt ins Freie.

Die Art, wie die Braven dieselbe bewerkstelligen mußten, ist staunenswert.

In fast kriechender Stellung wurde das Gestein losgelöst, meist vom Vater, der stets »vor Ort« arbeitete und *einen* Sohn bei sich hatte. Der letztere sortierte das Gestein gleich im Stollen; das tote förderte er mittelst kleiner, schmaler Schubkarren eine Strecke weit »gegen Tag« und versenkte es dann in einen alten Schacht; das erzhaltende aber barg er in einem Sack und führte diesen auf einem Karren über den Schacht, der nur mit einem Brett überdeckt war. Einen Fuß vor den andern setzend, ging der »Fahrer« über den tiefen Abgrund.

Dann kam eine Stelle, wo der Stollen steil abwärts führte. Hier wurde der Sack auf einen kleinen Schlitten geladen, der Knappe setzte sich darauf, und fort ging's in rasender Eile bergab.

Wo dann der Stollen wieder eben war, wurde angehalten und der Sack vom Schlitten genommen. Nun stieg der Knappe an der »Fahrung« des Schachts an einer Leiter so hinab, daß er den Sack vor sich auf die Arme nahm, mit beiden Händen sich an den »Leiterbäumen« hielt und langsam hinunter kroch.

Im Hauptstollen angekommen, wurde der Sack wieder auf einen Karren geladen und vollends zutage gefördert und den zwei Knappen in der Scheid- und Pochhütte überliefert.

So mühsam brachten der Benedikt und seine Buben ihr Erz aus Nacht zutage und dies nicht bloß ein oder das andere Jahr, sondern fast zwei Jahrzehnte lang, und nebenbei bebauten sie noch das nicht kleine Gut auf dem Bühl.

Im Jahre 1885, mitten im Winter, zieht der Bühler eines Abends mit einem Sack voll Erz durch den Hauptstollen; da bricht ein Stück Felsmasse los, schlägt ihm den Arm ab und zerschmettert den Knochen.

Sein Zustand wird schlimm, und der Benedikt denkt schon ans Sterben. Er schickt einen seiner Buben hinaus ins Wolftal, um den Pfarrer zu holen mit den Sakramenten der Sterbenden.

Damals war Pfarrer in Schapbach der kleine Rauber, der kurz vor mir in Freiburg Theologie studierte, ein milder, stiller Priester, jetzt Pfarrer zu Hüfingen in der Baar. Er erzählte mir selbst, wie schwierig der Versehgang zum Benedikt gewesen sei in jener kalten Winternacht. Die Wege waren so eisig im Hirschbachtälchen, daß der brave Pfarrherr schließlich auf allen Vieren auf den Bühl des kranken Bergmanns kriechen mußte, um nicht Arme und Beine zu brechen.

Der Todesengel zieht an der Kutte vorüber, ohne den Erzbauern Benedikt mitzunehmen; aber dieser muß nach Straßburg in die Klinik, wenn sein Arm wieder recht werden soll.

Zwei Monate seufzt er im Schatten des Straßburger Münsters, und dann kommt er heim, ist aber noch arbeitsunfähig für Jahr und Tag.

Den Arm in der Binde, wandelt er trotzdem jeden Morgen, den Gott vom Himmel gibt, den Hirschbach hinaus und besucht seine Buben bei der Arbeit im Herrensegen. An Seilen lassen diese den Vater in die Schächte hinunter, in denen sie Erz aufschlagen und besonders schöne Schaustufen finden.

Mit diesen versorgt der Benedikt gegen bares Geld die Mineraliensammlungen in Frankfurt, München, Darmstadt, Straßburg, Köln, Heidelberg und Karlsruhe.

Bei der Gewerbeausstellung in Freiburg im Jahre 1887 war der Bühler im Hirschbach der einzige Bergmann, der Erzstufen ausstellte.

Hätten die Preisrichter, unter denen auch ich mich befand, damals gewußt, mit welcher Mühe der brave Mann im Hirschbach seine Erze gewonnen, er hätte sicher eine goldene Medaille erhalten und sie auch verdient. So ging er leer aus.

Wieder arbeitsfähig, geht er mit neuem Mut in sein Bergwerk und will einbringen, was er versäumt hat.

Gerne hätte er auch einmal Gruben gesehen, die in vollem Betrieb waren und deren Erze an Ort und Stelle geschmolzen wurden.

Da er hörte, die ihm nächstgelegenen, wenn auch immerhin noch sehr entfernten Bergwerke der Art seien bei Ems an der Lahn, so reiste er in der zweiten Hälfte der achtziger Jahre dorthin. Der einfache, unscheinbare Bauersmann vom Schwarzwald wurde so liebenswürdig aufgenommen, daß er fortan seine Erze alle nach Ems gehen ließ.

Siebenmal war er dann in den folgenden Jahren dort, um seine Schätze schmelzen und wägen zu sehen und das Geld dafür in Empfang zu nehmen. Mit neuer Begeisterung für den Bergbau kehrte er jeweils auf seinen weltfernen Bühl zurück, doch nicht ohne schmerzliches Gefühl, mit so kleinen Mitteln arbeiten zu müssen, nachdem er einen Großbetrieb hatte kennen lernen.

Und diese Unkraft, den Herrensegen im großen und recht bergmännisch betreiben zu können, veranlagte schließlich die polizeiliche Schließung seiner Gruben.

Je weiter nämlich die Bergleute vom Bühl in den Berg vordrangen, um so größer wurde die Wetternötigkeit, und des Bühlers primitive Ventilation mit Ofenröhren reichte nimmer aus.

Sein dritter Sohn, Ferdinand, der begeistertste Bergmann unter seinen Buben, erlag deshalb in jungen Jahren den Mühsalen der Grubenarbeit.

Sein Tod, geholt in ruheloser, schwerer Arbeit unter der Erde, ging auch allen einstigen Bergleuten im Hirschbach und Wildschapbach zu Herzen. Sie suchten deshalb an seinem Begräbnistag die alten Uniformen wieder hervor und trugen und geleiteten den jungen, braven Knappen feierlich hinaus nach Schapbach zu Grabe.

Der Tod Ferdinands nahm auch seinen zwei Brüdern den Mut, weiter nach Erz zu graben im Herrensegen, wo die Stickluft immer dicker wurde. Der Vater allein wollte nicht aufhören.

Die Gemeinde Schapbach veranlaßte nun aber den Bur, auf dessen Eigentum die Scheid- und Pochhütte des Bühlers lag, diesem zu kündigen, weil es lebensgefährlich sei, weiter in der Grube zu arbeiten.

So war der brave Mann, dessen Herz nur am Bergbau hing, wider seinen Willen gezwungen, den Herrensegen wieder ins Freie fallen zu lassen.

Seine Buben, nun älter geworden, verließen den Bühl und machten sich selbständig. Die zwei Bergleute erwarben sich eigene Hütten, der Marx draußen im waldigen Tiefenbach, einem westlichen Seitentale der Wolf, der »Karle« im Hirschbach unweit vom Vater. Die jüngeren hatte er ohnedies dem Handwerk zugewandt. Der eine war, wie schon gesagt, Schuhmacher, der andere Schneider geworden.

Der Schuster übt heute sein Gewerbe im Städtle Wolfe, der Schneider etablierte sich gar in der badischen Residenz.

Betrübt saß der Vater Benedikt auf seinem Bühl und brütete über seine untergegangenen Hoffnungen. Von den Kindern waren ihm jetzt nur noch die zwei jüngsten daheim geblieben, die Genofev und der Felix.

In diesen trüben Stunden erzählte er nun dem Felix, der noch in die Schule ging, vom Berggeist und von den Schätzen unter der Erde. Der Knabe lauschte, wie einst seine Brüder, und als er der Schule entlassen war, nahm er Schlegel und Eisen. Und bis zur Stunde folgt er dem Vater, so oft sie über der Erde ihre Arbeit getan haben, in die Erzgrube unter dem Bühl.

Hier hatte, eines Knappen sicher, der alte Bergfex wieder angefangen, seine eigene Grube aufzuwältigen, die er während des Gewerks im Herrensegen hatte kalt werden lassen.

150 Meter weit unter der Erde hat er bereits wieder einen Stollen getrieben, und er hofft, wenn noch 30 Meter aufgewältigt sind, auf den Benauer Erzgang »einzubrechen«.

Und der Benedikt hat gute Hoffnung, eines Tages auf edles Erz zu stoßen. Ein Anzeichen dafür ist ihm der starke Wasserdruck, den er in seinem Stollen verspürt. »Wo kein Wasser ist«, so lehrt er geistreich, »ist auch kein Erz. Denn wo kein Wasser ist, wächst nichts, auch kein Stein.«

Auch das erfuhr ich von dem alten Bergmann zum erstenmal, daß edle Erze sich stets gut betten und nie in schlechtem Gestein sich finden, sondern nur in feinerem, wie Quarz oder Sand.

So viele Hoffnung der Benedikt auch auf seine Grube setzt, so kann er's doch nicht überwinden und vergessen, daß die Gruben Herrensegen und Friedrich Christian kalt liegen.

Sein heißester Wunsch wäre es, die Schätze in der letzteren, der größten Grube des Wildschapbachtales, heben zu können. »Im Friedrich Christian liegt«, so meinte er, »noch Silber und Blei genug und Kupfer und Flußspat in Masse.«

Und dann fuhr er also fort: »Wenn i die bare Mittel hätt' und mit fremde Lit schaffe könnt', oder wenn mir nur mine Buawe nit so usanander g'loffe wäre und der Ferdi nit g'storbe, – der isch halt der

Kerne[3] g'si bim Bergbau – dann tät' i im Friedrich Christian anpacke. Für 8.000 Mark könnt' i a Dampfmaschi nastelle, daß sell Wasser bald us'm Christian wär', und dann stünd' zwischen dem Karlsschacht und dem Josephsschacht 's Erz huffewies in der Sohl.«

So sprach er mit dem Brustton eines überzeugten Propheten, dem aber die Mittel fehlen, um seine Weissagungen in der Erfüllung zu zeigen oder, wie der Franzose sagt, »pour corriger Ia fortune«, d. i. das Glück an der Stirnlocke zu nehmen und auf den Bühl des wackeren Benedikt zu führen.

Doch unentwegt hofft er noch zu Mitteln zu kommen, um Leute an- und eine Wasserhebungsmaschine beim Friedrich Christian aufzustellen. Und von dieser Hoffnung getragen, verlegt er sich, wenn er übriges Geld hat, aufs Lotteriespiel. 175 Mark hat er schon einmal gewonnen, und vielleicht kommt bald ein größerer Brocken – ganz nahe am großen Los stand seine Nummer schon einmal – und dann geht's an den Friedrich Christian, dessen ungehobene Schätze den Benedikt Tag und Nacht verfolgen.

Bis das große Los kommt, wird unverdrossen, ob Sonne oder Mond übers waldige Tälchen geht, dem Benauer Gang zugesprengt und so im Kleinen betrieben, was man im Großen noch nicht kann.

Der Sohn Felix, ein stiller Knabe, hilft freudig über und unter der Erde, und der Vater lobt ihn. Und die Genofev, die einzige Tochter, ist ein braves Meidle.

Sie will Vater und Mutter verlassen und eine Klosterfrau werden. Das ist dem alten Bergmann zu viel; er meint, sie sollte bei den Eltern bleiben, so lange diese leben, vorab weil die Mutter krank sei und nicht mehr allem so nachgehen könne wie früher.

Ich gab ihm recht in bezug auf die Genofev, und das freute ihn. Er bat mich, ihr zuzusprechen, einstweilen daheim zu bleiben; er wolle sie mir zu diesem Zweck am Sonntag in mein Häuschen schicken.

Dies geschah. Die Genofev, ein frisches, starkes Meidle, kam am Sonntag nach der Vesper das Tal herunter in meine Klause. Als ich ihr nun riet, bei den alten Eltern zu bleiben und die Klostergedanken nicht aufkommen zu lassen, so lange die Mutter sie als Stütze nötig habe – da sprach die Genofev bescheiden, aber ernst: »Der Heiland

---

3   Kern, Mittelpunkt.

hat gesagt: ›Wer Vater und Mutter mehr liebt als mich, ist meiner nicht wert.‹«

Ich erwiderte ihr darauf, das sei sehr schön und sehr bibelfest gesprochen: aber es gehe aus dieser Stelle nicht hervor, daß man das Klosterleben der Liebe zu Vater und Mutter vorziehen solle. Auch habe der Heiland nur ein einzigesmal einem einzigen Menschen geraten, alles zu verkaufen und zu verlassen, um ihm nachzufolgen. Dieser Rat gelte also sicher den allerwenigsten Menschen, das Gebot aber, den Willen von Vater und Mutter zu ehren – allen.

Die Genofev schied scheinbar unbekehrt, ist aber heute doch noch auf dem Bühl im Hirschbach.

Bis nach Mittag saßen der Benedikt und ich am 13. Mai 1897 im sonnigen Stübchen an der Wolf, und das Wasser rauschte draußen zu seiner langen Erzählung.

Und als er geendet und mir all seines Lebens Leid und Freud und alle seine Hoffnungen für die Zukunft mitgeteilt hatte, da drückte ich dem kleinen Mann mit den blauen Augen und der gebogenen Nase respektvoll die Hand und versprach ihm, von den Schätzen im Friedrich Christian und von dem braven Bergmann auf dem Bühl den Leuten in der Welt draußen zu erzählen.

Er lächelte zufrieden und meinte, es finde sich dann vielleicht ein Kapitalist, der ihm unter die Arme greife, um den Friedrich Christian »anzupacken«.

Ich sprach ihm noch Mut zu und bestärkte ihn in der Hoffnung auf fremde Hilfe.

Wir schritten lange nach Mittag hinüber ins Ochsenwirtshaus, wo man längst auf uns wartete mit dem Essen. Als wir hinüberkamen, war der Oberamtmann Becker von Wolfe da. Auf einem Dienstweg begriffen, wollte er mit mir Mittag machen, hatte mich aber am Ausholen des Bergmanns nicht stören wollen.

Der aber war nicht zu bestimmen, mit dem Oberamtmann zu essen, aus lauter Ehrfurcht vor dem »hohen Herrn«.

Dem gemeinen Mann sind die Geistlichen und die Beamten eine Art Engel (Boten), jene die Engel Gottes und diese die des Staates. Die letzteren Engel sieht er selten und verkehrt noch seltener mit ihnen, kennt sie also weniger; daher sein größerer Respekt vor den Staatsengeln als vor den Kirchenengeln.

Der Benedikt speiste, wie er es gewünscht, allein. Der Oberamtmann aber sagte mir unter anderem, der Bühler sei ein Schlaumeier und prozessiere auch gerne.

Ich erkundigte mich jetzt nach seinen Prozessen und fand alle wohlbegründet, erkannte aber auch, daß der Benedikt zu jenen Leuten gehört, zu denen auch ich zähle, die alle Prozesse verlieren, wenn sie noch so sehr im Recht sind. Einen seiner Rechtsstreite will ich anführen, weil er juristisch nicht uninteressant ist. Auf des Benedikts einsamem Bühl wachsen wilde Kirschen, die bekanntlich den besten Schnaps geben. Über dem Bühl droben, gegen das Benauer Gebiet, haust der Hanselesbur. Dem brachte, weil er keinen Brennhafen hatte, der Benedikt eines Tages ein Faß voll wilder Chriesen zum Brennen. Der Hanselesbur nimmt als guter Nachbar die Chriesen des Bühlers in Empfang und verspricht, sie ihm zu brennen.

Der Benedikt freut sich auf den guten Schnaps. Ein Gläsle Chriesewasser, ehe er nachts in die Grube seines Bergwerks fährt, ist ihm auch zu gönnen.

Aber eines Tages schickt ihm der Hanselesbur Bericht, die Chriesen gäben keinen Schnaps, sie hätten wahrscheinlich weil schlecht verwahrt, keinen Geist. Der Benedikt weiß, daß er gute Ware auf den Hanseleshof gebracht hat, und meint deshalb, es sei nicht mit rechten Dingen zugegangen. Er verlangt vom Hanselesbur entweder Schnaps oder Entschädigung. Der Bur aber, ein rechtschaffener Mann, versagt ihm beides.

Jetzt klagt der Benedikt, weil er sich im Recht dünkt, und verliert in allen Instanzen, hat viele Kosten und kein Chriesewasser.

Gegen Abend – der Staatsengel von Wolfe war längst fort – begleitete ich den braven Mann noch eine kurze Strecke talaufwärts seiner Heimat zu. Beim Marxebure-Hof verabschiedeten wir uns wie zwei Geschäftsleute, die eben einen guten Handel abgeschlossen, bei dem jeder profitiert hat.

Ich hatte Stoff zu einer Erzählung und der Benedikt neue Hoffnung auf den Friedrich Christian und dessen Schätze.

Und diese seine Hoffnung sollte dem Wackern eher glänzen, als ich mit meinem »Benedikt auf dem Bühl« in die Leserwelt kam. Während ich in den Novembertagen des Jahres 1897 in der Karthaus bei Freiburg saß und an meinen Erzbauern schrieb, erreichte mich ein Brief von Benedikts einstigem Nachbar, dem Waldhüter Dieterle. Der meldete mir eine Neuigkeit, welche mich ins freudigste Erstaunen versetzte und also lautete: »Als Sie im letzten Frühjahr den Benedikt besuchten und ihm neuen Mut machten zum Bergbau, ging er gleich nach Wolfach, um einen Antrag auf Pachtung der Grube Friedrich Christian zu stellen. Da ihm aber die Sache nicht rasch genug ging, suchte und erhielt er eine persönliche Audienz beim fürstlichen Kammerpräsidenten in Donaueschingen, und wie man hört, kam der Bühler mit den besten Hoffnungen heim. Die Standesherrschaft wird die Grube Friedrich Christian durch einen sächsischen Bergingenieur untersuchen lassen und dann eventuell selbst betreiben nebst der eigenen Grube des Bühlers, während der Benedikt als Obersteiger angestellt werden soll.«

Der rechte Kapitalist wäre also gefunden, und die Hirschbacher und Wildschapbacher werden nimmer lachen.

Der Benedikt war seitdem schon wiederholt in Donaueschingen, um die Sache zu beschleunigen. Er hat sich auch von dem Hüttenwerk Ems bezeugen lassen, daß die Erze, welche der Bühler dorthin geliefert, »reich an Silber und Blei, sehr sorgfältig und mit großer Sachkenntnis aufbereitet und sortiert wären und der Verkehr mit dem Hirschbacher Bergmann ein angenehmer gewesen sei.«

Mehr kann ein Bauersmann, der ohne alle größeren Hilfsmittel Bergbau getrieben hat, als Zeugnis nicht verlangen. Es ehrt drum dies Zeugnis den Benedikt in hohem Grade.

Im März 1898, da ich die letzte Lesung meines Manuskripts vornahm, hörte ich, es sei dem Benedikt schriftlich zugesagt, daß im Frühjahr eine Besichtigung der Gruben stattfinde durch den fürstenbergischen Kammerpräsidenten und durch einen Bergingenieur; alsdann werde die Entscheidung getroffen werden über die Wiederaufnahme des Bergbaus im Kinzigtal.

Der Bühler aber sei infolge dieser Zusage mit seinem Felix energisch am Weiterbau seiner eigenen Grube, um sie bis zur Ankunft des Kammerpräsidenten in möglichst vielversprechenden Stand zu bringen.

Man sagt mir, dieser Präsident sei ein Preuße. Wenn er aber dem braven Mann auf dem Bühl im Hirschbach zum »Anpacken« des Friedrich Christian hilft, dann will ich fortan ihn und alle Preußen loben.

Damit er Mut bekomme, dem Benedikt zu helfen, möge er lesen, was der frühere fürstenbergische Berginspektor Vogelsang in seiner »Beschreibung des Kinzigtäler Bergbaues« im Jahre 1865 von den Lieblingsgruben unseres Benedikt sagt: »Hoffentlich werden Friedrich

Christian und Herrensegen, gegenwärtig die einzigen Gruben des Kinzigtals, welche einen fast sichern Erfolg in Aussicht stellen, nicht allzulang kalt liegen.«

In den letzten Tagen des Jahres 1898 wollte ich nochmals wissen, wie des Bergmanns Sache stehe, und erfuhr:

Der Kammerpräsident war nicht in den Hirschbach gekommen, wohl aber im Herbst dieses Jahres ein Bergingenieur, der in den Bergbauaussichten im Wildschapbach ganz mit unserm Benedikt übereinstimmte und ihm und den Wildschapbachern alle Hoffnung machte.

Indes ist aber der Kammerpräsident selber von seinem Posten zurückgetreten und wieder nach Berlin verzogen. Der Benedikt nahm dies schwer auf, ich leichter, weil ich jetzt mein Versprechen, ihn und alle Preußen zu loben, nicht zu halten brauche. Es wäre mir das ohnehin ziemlich schwer gefallen.

Ich sage aber: Der König ist tot, es lebe der König! Vivat der neue Kammerpräsident! Wie ich höre, lastet die an den Staat Baden zu entrichtende Erbschaftssteuer ziemlich schwer auf der fürstenbergischen Domänenkasse. Der Bühler und ich wissen, wo die Millionen zu finden waren, um diese Steuer zu zahlen; sie liegen im Friedrich Christian und im Herrensegen.

Dort hole sie der neue Kammerpräsident mit Hilfe unseres wackeren Erzbauern Benedikt.

Er bringt dann zugleich Arbeit und Verdienst in die Täler an der Wolf, und die Leute werden die »tote Hand« loben und nicht an Revolution und an den »Zukunftsstaat« denken.

Aber das Glück hat den Benedikt sonst etwas angelächelt im Jahr 1898. Er gewann in der Braunschweiger Lotterie 316 Mark. Das gibt wieder Pulver und Dynamit, um dem Benauer Gang zuzusprengen, und der Gewinn hat den unermüdlichen Bergmann aufs neue begeistert, mit Schlegel und Eisen und mit seinem Felix Silber zu suchen unter seinem Bühl.

Und wie steht es im Frühjahr 1907, da dies Buch neu aufgelegt wird, mit dem Benedikt auf dem Bühl?

Sein Weib, die Genofev, ist vor zwei Jahren gestorben. Die Tochter ging statt ins Kloster in einen Dienst nach dem nahen württembergischen Städtle Schramberg. Der Felix hat geheiratet und ist »Bühler«. Der Alte sitzt auf dem Leibgeding. Die Gruben Friedrich Christian und Herrensegen liegen noch brach; ebenso ist auch die eigene Grube unter dem Bühl, die immer noch kein Silber gab, ins Freie gefallen. Der Felix arbeitet auf der Grube Klara im Schwarzenbruch, wo stark auf Schwerspat abgebaut und Geld verdient wird.

Daß trotz allem den wackeren Benedikt der Mut nicht verlassen hat, zeigt der Umstand, daß er scharf mit dem Gedanken umgeht, ein – drittes Weib zu suchen.

Der Bur und der Bürle

1.

Nördlich von Kaltbrunn, wo Andreas I. einst Bauernfürst war, und nur durch wenige, aber hohe Waldberge davon getrennt, liegt im Gebiete der Wolf ein kleines, waldiges Tälchen. Es heißt der Holdersbach, nach dem Bergwasser, das vom »roten Grund« herab der Wolf zueilt.

In einer tiefen Mulde eingeschlossen, liegen in diesem Tälchen zwei große Bauernhöfe, einer ehedem fast noch so groß als der andere. Drum hieß von altersher der Besitzer des großen »der Bur« und der des kleinern »der Bürle«.

Eigentlich hätte er »das Bürle« heißen sollen; aber wir wissen, die Kinzigtäler Buren geben etwas Rechtem stets den männlichen Artikel.

Und der Bürle, der auf dem unteren, kleineren Hof saß, war allzeit was Rechts; denn sein Hof umfaßt gut 280 Morgen und hätte im unteren und mittleren Kinzigtal zu den größten gezählt.

Der Bur aber besaß zur Zeit, als die Namen entstanden, und bis in unsere Tage herauf 500 Morgen, war also weit erhaben über dem Bürle.

Von zweien dieser Hofbesitzer, die in unserer Zeit im Holdersbach hausten, will ich jetzt erzählen. Beide gehören zu den Erzbauern, der Bur durch die Größe seines Hofes und durch den selbstbetriebenen Erzbau, der Bürle aber durch seine Idealgestalt von einem Buren, wie er sein soll. Denn wenn *ein* Bur im Kinzigtal den Namen Erzbauer im idealen Sinne verdient, so ist es der Bürle aus dem Holdersbach.

Beginnen wir mit dem Bur.

Dem alten Bur, der mit seinem Vornamen Simon hieß und zu Anfang des 19. Jahrhunderts im Holdersbach residierte, waren in zwei Ehen 23 Kinder geboren worden, aber nur sieben am Leben geblieben, ein Meidle und sechs Buben.

Der jüngste derselben, auch Simon genannt, war, während seine Brüder groß und stark geraten, von Natur aus schwächlich, klein und verwachsen.

Das war jedoch sein Glück; denn seinen körperlichen Defekten verdankte er die Herrschaft im Holdersbach. Das kam aber also:

Die Anwartschaft auf den Hof gehörte alten, ungeschriebenen Rechts wegen dem jüngsten Sohn aus des regierenden Buren erster Ehe, dem Gottfried.

Der souveräne Bauernfürst Simon im Holdersbach stieß aber dies Erbrecht des Gottfried um zugunsten des Jüngsten aus der zweiten Ehe. Und warum?

Da nur einer Fürst werden konnte auf dem Stammhof, so mußten die übrigen Prinzen des Hauses, wenn sie nicht die Erbtochter eines andern Hofes zum Weib bekamen, Knechte oder Taglöhner werden. Dazu war aber Simon, der jüngere, zu unkräftig.

Als regierender Fürst kommt auch ein körperlich schwacher Mensch fort; drum erhob in weiser Vorsicht der alte Bur seinen von der Natur verkümmerten Jüngsten auf den Thron im Holdersbach.

Es ist uralte Sitte bei den Buren im Kinzigtal, dem Thronerben den Hof möglichst billig zu geben, auf daß »der Stammen sein Fortkommen habe und erhalten bleibe«. Und es liegt ein Stück Weisheit in dieser Sitte, nach der auch der alte Bur im Holdersbach handelte, trotzdem er das Erbfolgegesetz gewalttätig umgestoßen hatte.

So bekam Simon, der jüngere, den Hof um ein Spottgeld. Er mußte jedem seiner Geschwister 1.000 Gulden geben, ebensoviel dem Vater bei seinem Abzug auf das Leibgeding und dem Gottfried noch außer seinem Anteil 200 Gulden für die Enterbung.

Alle waren zur größten Ehre »des Stammens« und in demütiger Unterwerfung unter den Willen des Vaters damit zufrieden, und der schwächliche Simon erhielt einen Hof, der unter Brüdern 40.000 Gulden wert war, für 7200 Gulden.

Jetzt war er Bur und ein gemachter Mann. Seine Brüder verließen den Holdersbach und wurden Bergleute und Taglöhner, und die Schwester heiratete den »Krämerjörgle« droben im Schappe.

In der Regel verleiht die Natur dem, welchen sie leiblich vernachlässigt hat, dafür geistig eine Zugabe.

Dies traf auch beim jungen Bur im Holdersbach zu. Er hatte Überfluß an gesundem Menschenverstand, faßte alles leicht und rasch auf und war über jede Sache gleich unterrichtet.

Drum wurde er trotz seiner leiblichen Fehler und Mängel ein tüchtiger Bauer und, wie sein Nachbar gegen Süden, der Vogtsbur von Kaltbrunn, ein kluger Berater seiner Standesgenossen.

Auf einen großen, spottbilligen Hof eine reiche Frau zu bringen, ist kein Kunststück, auch wenn der Bur kein Adonis ist.

Die Meidle im Kinzigtal heiraten, wie wir wissen, nicht mit dem Herzen, sondern mit dem Kopf. Und die Verstandes-Ehen sind bekanntlich allermeist glücklicher, als jene, bei denen sich das Herz zum Herzen gefunden, aber in der Regel bald wieder verloren hat.

Da Simon, der jüngere, die Herrschaft im Holdersbach antrat, stand noch im obern Wolftal auf waldiger Höhe unter dem Grafenloch der große Bauernhof auf dem Schmidsberg.

Hier hauste ein Bauern-Dynasten-Geschlecht, fast so mächtig und so reich wie das vom Stamme Harter über der Bergwand drüben im Kaltbrunn. Es gab von jeher seine vielgesuchten Töchter auf die stolzesten Höfe an der Wolf ab, und wenn ein Meidle vom Schmidsberg Hochzeit hielt, so waren alle Buren und alle Bürinnen und alle Völker zwischen Rippoldsau und Wolfe auf den Beinen.

»Wenn die Könige bauen«, sagt Schiller, »haben die Kärrner zu tun«, und wenn ein Bauernprinz und eine Bauernprinzessin »Hofig« halten, haben die Völker zu essen und zu trinken im Überfluß.

Von allen Seiten, aus Berg und Tal strömen sie, ob reich oder arm, der Morgensuppe und am Vorabend dem »Schäpel-Hirschen« zu, um auf Kosten der beiden Hoheiten zu essen und zu trinken, »was Platz het«.

Auf den Schmidsberg war auch der alte Bur vom Holdersbach mit seinem Erbprinzen gezogen und hatte um die Tochter Magdalene »angehalten« und selbstverständlich keinen Korb bekommen.

Die Magdalene war die letzte Prinzessin, die vom Schmidsberg herabstieg, um Bäuerin im Tal zu werden. Ihre Geschwister starben ledig, und der Riesenhof kam, wie wir später erfahren werden, in fremde Hände.

In den sechziger Jahren erwarb ihn ein Senator von Frankfurt, baute auf dem Schmidsberg eine Villa, wohnte den größten Teil des Jahres daselbst und beweinte den Untergang der Republik seiner Vaterstadt.

Söhne Israels bekamen nach seinem Tod die alte Bauernherrschaft und verkauften die Güter im Detail. Die Villa aber ging in den Besitz eines Karlsruher Professors über, der Geld genug hat, um leben zu können ohne Vorlesungen, und in der schönen Jahreszeit die Welt vom Schmidsberg aus betrachtet.

Oft hab' ich im Frühjahr 1897 die Residenz dieses Professors auf einsamer, waldiger Höhe mit den Augen des Enterbten angeschaut und den reichen Mann beneidet um seine Villa im grünen Waldfrieden des Wolftales.

Die Magdalene vom Schmidsberg brachte nicht bloß »einen schönen Klumpen« Geld mit in die Ehe, sie sollte auch nach dem Tode ihrer Stiefmutter die Haupterbin des väterlichen Riesenhofes werden, und der junge Bur im Holdersbach saß nach der Hochzeit schon schuldenfrei auf seinem Rittergut und hatte noch Kapital dazu.

Simon, der jüngere, hieß nicht bloß der Bur, er war auch, wie schon angedeutet, ein Bur, ein echter und rechter, der die Land- und Forstwirtschaft so rationell betrieb, wie keiner seiner Mitburen im Wolftal.

Er war der erste, der Ödungen mit Wald anpflanzte, und die herrlichen Fichtenwälder auf den Höhen im Holdersbach verkünden heute noch seinen Ruhm und seine Weisheit.

Er war auch der erste Bur, der seinen Hof geometrisch aufnehmen und planieren ließ und zwar durch einen Feldmesser von Hasle.

In Alt-Hasle, wie es vor und zu meiner Knabenzeit bestand, gab es Intelligenzen und Talente jeder Art, Menschen, die ohne Schule Künste kannten, die man sonst nur in Schulen lernt. Zu diesen gehörte auch der Geometer Buelander, den ich nicht mehr kannte, von dem ich aber noch viel hörte.

Seine Kunst war damals eine ziemlich brotlose. Haslacher Bürger ließen sich bei Käufen oder Verkäufen von Äckern und Wiesen wohl bisweilen vom Buelander das Maß bestimmen, oder er half der Gemeinde bei Anlegung von Wegen und Fertigung von Plänen. Die vielen Bauern im Tal aber dachten nicht daran, einen »Landvermesser« auf ihre Scholle kommen zu lassen. Drum saß der Buelander im Städtle Hasle meist ziemlich trocken neben seinem vielen Durst. Er war aber, ob er Geld hatte oder keines, allzeit kreuzfidel wie die alten Haslacher alle und einer der Bannerträger der Fidelität von Alt-Hasle.

Sein Vater, ein armer Maurer, war aus Württemberg nach Hasle eingewandert und hatte sich da niedergelassen. Der Sohn wurde aus sich selbst ein äußerst geschickter Geometer, der namentlich seiner Vaterstadt die schönsten Situationspläne zeichnete, die ihm heute noch alle Ehre machen.

Sein Ruf kam bis hinauf in den Holdersbach, wohin Simon, der Bur, ihn berief, um den Plan zu einem neuen Haus zu entwerfen und eine geometrische Aufnahme der ganzen Herrschaft zu machen.

Das geschah in den Jahren 1833 bis 1836, in der Blütezeit unseres Waldfürsten Simon, der in jenen Jahren sein Erbteil am Schmidsberger Hof um 120.000 Gulden bares Geld verkauft hatte.

Das war nach heutigem Geldwert gut eine halbe Million Mark, also viel Geld für einen Buren.

Drum ließ der Bauernfürst sich nicht nur seinen Hof, sondern auch ein wahrhaftiges Bauernschloß planieren vom Buelander und von dessen Vater es ausführen. Die steinerne Freitreppe und die Terrassen sind wahre Meisterstücke des Geometers von Hasle und seines Maurer-Vaters.

Beim Bur im Holdersbach verlebte der Buelander seine besten und schönsten Tage voll Wohlleben und Freude; denn der reiche und freigebige Fürst Simon war ein großer Freund von lustigen und durstigen Leuten.

Er selber ging selten in ein Wirtshaus, war ein mäßiger und genügsamer Mann und ein Freund vom Daheimbleiben; aber auf seinem Hofe sah er, wie ein echter Fürst, gern heitere Leute um sich.

Der Erzbauer im Holdersbach war anders geartet als sein gleichzeitiger Rivale, Andreas I. im Kaltbrunn. Der ging, wir wissen es, viel auswärts, machte gerne Fahrten ins Land hinab und suchte die große Welt und große Herren auf. Simon, der Bur, blieb daheim und amüsierte sich mit kleinen Leuten, wie der Buelander und sein Meßgehilfe im Holdersbach, der Pfiferjörgle, es waren.

Was an großen Fürstenhöfen einst der Hofnarr war, als das fungierte beim Dynasten im Holdersbach der Pfiferjörgle, ein Original von Gottes Gnaden.

Der Pfiferjörgle stammte aus dem Holzwald am westlichen Abhang des Kniebis, verbrachte aber seine meiste Lebenszeit im Wolftal bei den Schapbachern.

Als Knabe war er zu ihnen herabgekommen und Hirtenbub geworden beim »Heinrichsbur«, dessen Enkel heute noch den malerischsten Bauernhof im Schappe bewohnt, weil er bis jetzt nicht die schreckliche Falzziegel-Sucht der andern Schapbacher Buren nachgeahmt hat.

Beim Viehhüten und wenn er schlaflos, wie alle begabteren Leute, auf seinem Strohlager in der nächtlichen Kammer saß, übte Jörgle, der

Hirtenbub, sich auf einer »Schwefelpfeife« und erlangte darauf eine solche Virtuosität, daß er den Namen bekam und all seiner Lebtage behielt – der Pfiferjörgle.

Jede Melodie und alle Töne, die er einmal gehört, konnte er im Kopf behalten und auf seiner Pfeife nachmachen. Wenn eine Hochzeit droben an der Landstraße im Ochsen war, verließ der Jörgle, der unterhalb des Wirtshauses seines Buren Vieh hütete, seine Herde und lauschte, unter der Türe des Tanzbodens stehend, dem Spiel der Dorfmusikanten. Dann setzte er sich wieder in die Nähe seiner Tiere oder nachts auf seinen Strohsack und studierte, was er gehört, auf seiner Schwefelpfeife ein.

Er spielte bald die Pfeife so schön, daß die Knechte, so mit ihm die Kammer teilten, es gerne hörten, wenn er ihnen Schlafmusik machte und beliebte Volkslieder und Tanzweisen spielte, bis sie einschliefen.

Das Ideal, welches der Jörgle erstrebte, war, ein Dorf- und Hochzeitsmusikant zu werden. Aber die Mannen, welche damals diese poetische Kunst im Schappe trieben, hatten strenges Monopol und lachten den Hirtenbuben aus, als er um Aufnahme in ihren Bund nachsuchte.

Da half ihm nach Jahr und Tag ein ehemaliger Knecht beim Heinrichsbur zu seinem Ziele. Dem Knecht hatte der Jörgle oft Schlafmusik gemacht und jener ihm manchmal gesagt: »Wenn i amol Hosig ha, muaß der Jörgle ufspiele.«

Als nun der Knecht Bur wurde im Tiefenbach, da eine Witwe ihm Hand und Hof gab, so erinnerte ihn der Jörgle an sein Versprechen. Der Mann hielt Wort. Und da die Monopolisten sich abermals weigerten, den Jörgle mitspielen zu lassen, ging der Hochzeiter hinauf ins Dorf zum Schulmeister und bat ihn, bei seiner Hochzeit des Jörgles Pfeife mit der Geige zu begleiten. Der brave Lehrer sagte zu, der Hochzeiter aber den Monopolmusikanten ab.

Jetzt, da sie ihren Ring gefährdet sahen, gaben sie nach und nahmen den Pfiferjörgle in ihre Kompagnie auf. Der Schulmeister lehrte ihn das Geigen, und bald war der Jörgle als Geiger und Pfeifer weit und breit unerreicht und die Seele der Schapbacher Hochzeits-Musikanten.

Eine Flöte, eine schöne Geige und ein Piccolo von Ebenholz waren bald sein Eigentum und sein Stolz.

Indes war er herangewachsen und vom Hirtenbub zum Knecht avanciert. Der Bauernfürst im Holdersbach hatte kaum Kunde von den Tönen und Taten des Pfiferjörgle, als er denselben in seinen Dienst nahm. Denn der Jörgle hatte sich vom Pfeifer und Hirtenbuben nicht bloß zum Knecht, sondern auch zum Künstler, Komiker, Sänger und Deklamator ausgebildet.

Beim Bur im Holdersbach ging fortan – und das wollte Simon, der Fürst, – an den Sonntagen keiner der Knechte ins Wirtshaus; jeder hatte Unterhaltung genug, wenn der Jörgle beim Bur in der großen Stube saß und spielte oder seine Schnurren losließ.

Und wenn der Pfiferjörgle zum Schluß noch irgend einen lustigen Streich vorschlug, so war der Bur mit seinen Knechten auch dabei.

Da lebte in den dreißiger Jahren noch unweit der Residenz des Buren, im »Strowersloch«, ein altes Wibervolk in einem einsamen Leibgeding-haus.

Sie war Bürin gewesen auf dem Hermenazishof am Eingang in den Holdersbach und die Base des Bauernfürsten Simon, eine Schwester seines Vaters.

Sie hielt was auf ein gut Glas Wein, und so barg ihr Keller stets ein Fäßchen vom besten unteren Kinzigtäler. Sie geizte aber damit andern, selbst ihrem Neffen, dem Bur im Holdersbach, gegenüber, der ihr deshalb oft drohte, einmal heimlich von ihrem Wein zu holen. Das sei unmöglich, meinte jeweils die Base; denn ihren Kellerschlüssel habe sie tagsüber stets in der Tasche und nachts unter dem Kopfkissen ihres Bettes.

In einer stillen, dunklen Nacht kamen nun der Pfiferjörgle, der Bur und seine zwei Knechte, der Gumwendel und der Gebelejok, ins Stro-wersloch, während die Alte den Schlaf der Gerechten schlief.

Sie unterminierten die Kellertüre, der Bur, als der kleinste und schmälste, schlüpfte durch die Bresche und öffnete seinen Spießgesellen die Pforte.

Nun tranken sie von dem guten Wein, so viel ihnen schmeckte, holten dann im Stall die Ziege der Leibgedingerin und banden sie an den Hahnen des Fasses; auf dieses selbst aber schrieben sie:

> Hätt' die Alt' nit gesöppelt,
> So hätt' d'Geiß nit geschöppelt.

Die Dame ahnte am andern Morgen alsbald die Täter und drohte ihnen mit Klage, wenn sie ihr den Schaden nicht auf Heller und Pfennig er-setzten.

Wegen Diebstahls wollte der Fürst im Holdersbach nicht verklagt werden, und eines Tages erschien bei der Alten im Strowersloch sein Hofnarr, der Jörgle, und brachte ihr den verlangten Schadenersatz in lauter Hellern und Pfennigen.

Die Bürin wurde ob dieses Spottes teufelswild, verweigerte die Annahme der zahllosen Heller und reichte Klage ein. Sie fiel aber mit ihrer Klage durch und wurde in die Kosten verfällt.

Das Amtsgericht zu Wolfe hatte damals noch seinen Sitz im fürstenbergischen Schloß, in welchem eine Kapelle sich befindet. Empört über ihre Niederlage, eilt das Wibervolk in die Kapelle und fängt an mit Macht das Glöcklein zu ziehen.

Befragt, was sie zu läuten habe, gab sie zur Antwort: »Ich läute der Gerechtigkeit das Scheidzeichen!«[1]

Als Mitte der dreißiger Jahre der Buelander von Hasle in den Holdersbach kam, wurde ihm vom Bur der Pfiferjörgle als Meßgehilfe beigegeben.

Vom Buelander lernte er nun nicht bloß das höhere Genre des Haslacher Humors, sondern auch ein gutes Stück Geometrie, das den Jörgle befähigte, später lange Jahre hindurch den Bauern ringsum ihre Wiesen und Wege in Plan zu legen ohne jedes technische Instrument.

Viele, viele Jahre war der Jörgle fast beständig im Dienst des Bauernfürsten im Holdersbach: nur vorübergehend diente er dessen Nachbarn als Geometer. Aber wenn irgendwo im Schappe und bis hinauf auf den Kniebis Tanzmusik gespielt werden sollte, ließ der Jörgle seinen Bur und dessen Nachbarn, kurz, alle im Stich, um seiner Lieblingsbeschäftigung nachzugehen.

Seine Gefährten, deren Dirigent er alsbald wurde, waren in den ersten Jahrzehnten seines Ruhmes: der Beckefranz und der Beckeengel, zwei Bäckersbuben aus dem Schappe, und der »Gigerle von Halbmeil«, drüben im Kinzigtal.

Am meiste Furore machte der Jörgle mit seiner Bande, wenn sie auf den Kniebis kamen, wo damals noch die Harzdiebe und die Harzhändler, die wir aus den »Waldleuten« kennen, florierten und viel Geld »aus dem Land« brachten, das sie dann unter den Tönen und Schnurren Jörgles, des Pfifers, Komikers, Sängers und Deklamators, verjubelten.

---

1   In katholischen Gegenden wird, wenn jemand verschieden ist, alsbald die Totenglocke geläutet, was man das Scheidzeichen nennt.

Die Kirchweih- und die Fastnachtstage verbrachte der Jörgle stets auf dem Kniebis, wo am meisten Spiellohn fiel von den »Kniebutzern«, die, wenn alles verjubelt war, in nächtlichen Wald-Prozessionen wieder Harz holten und damit ins Land zogen.

2.

Simon, der Bur und Fürst im Holdersbach, wurde auch ein Erzbauer im buchstäblichen Sinne des Wortes.

Die schon öfters genannten Erzgruben im Wildschapbach, der Friedrich Christian und der Herrensegen, standen seit Jahrhunderten nie allzulange still, weil die Sage von ihrem Erzreichtum niemals ruhte, auch wenn die Gruben zeitweilig ins Freie gefallen waren.

Vom Jahre 1790–1834 hatte die fürstenbergische Standesherrschaft den Herrensegen im Betrieb. Im letzteren Jahre wurde die Grube aber wieder aufgelassen und in den folgenden Jahren nur zeitweilig durch das württembergische Haus Dörtenbach in Calw auf Raub gemutet.

Simon, der Bur, gründete nun im Jahre 1838 eine Gewerkschaft von Bauern auf Aktien, um die Erze im Herrensegen zu heben.

Direktor war der Fürst Simon selber, Verwaltungsräte der Beckemichel im Dorf und der Bühlisidor in der Sulz, Kassier der Steigmarx und Mitaktionäre die reichsten Buren im Wolftal.

Technischer Berater und Bergingenieur war der Buelander von Hasle, Obersteiger der Steigermichel im Wildschapbach, ein gewandter Bergmann, und als Kassenbote und Vereinsdiener fungierte der Pfiferjörgle.

Bei den meisten Aktiengesellschaften nimmt man es bekanntlich nicht so genau beim Anpreisen des Unternehmens, und diesen Brauch verstanden schon die Erbauern im Wolftale.

Hauptagenten für den Vertrieb der Aktien waren der äußerst gewandte Pfiferjörgle und der Bolderbur, ein ehemaliger Lehrer.

Er war als Unterlehrer in den Schappe gekommen, wo ihm die Bauern wegen seiner karierten Hosen alsbald den Namen »der Schäck« gaben, eine reiche Bürin und Witwe ihm aber ihre Hand reichte und ihn zum Bur machte.

Der Bolderbur war einer derjenigen, die dem Fürsten im Holdersbach am meisten huldigten und seiner geistigen Überlegenheit sich unterwarfen.

Der Pfiferjörgle und der Schäck trugen nun den Ruhm der Gewerkschaft und den Reichtum der Grube Herrensegen weithin, auch über den Kniebis hinüber und hinab ins schwäbische Murgtal, wo sie einen reichen Müller in Baiersbronn angelten.

Der war aber als kluger Württemberger nicht so dumm, eine Katze im Sack zu kaufen, sondern wollte sich vom Silberreichtum im Wildschapbach zuerst überzeugen, ehe er Aktien nahm.

Solche Fälle waren aber schon vorhergesehen vom Ingenieur Buelander von Hasle und für den Besucher in irgend einem Gang glänzendes Bleierz freigelegt; so auch, als der reiche Müller über den Kniebis herübergestiegen kam.

Als Häuer, der dem Schwaben die Grube zeigen sollte, ward der Cyprian Breitsch, den wir aus dem »Fürsten vom Teufelstein« kennen, auserkoren. Er führte den biederen Müller in einen Gang und hielt seine Lampe an den Bleiglanz »vor Ort«, wo alles glitzerte und funkelte. Der Murgtäler riß die Augen auf und war sprachlos.

Da stellte ihn der Häuer in einen andern Gang, um von dem Silbergestein lossprengen zu können. Als der Schuß gekracht hatte und der dickste Rauch verzogen war, holte er den Mann aus Schwaben wieder herbei und zeigte ihm, was des Bergmanns Schuß angerichtet. Da lagen auf dem Boden glitzernde Silbererze in schwerer Menge, und ebenso reichhaltig standen sie wieder vor Ort an und blendeten den reichen Müller.

Jetzt brach sein Staunen in Worten los, und er sprach begeistert zum Cyprian: »Do isch bei Gott Glück ouf! Do sieht's guat ous! Do geit's Silber, und so word's furtgau, nit wohr, Bergma?« Und der Bergmann, der's mir selbst noch erzählt, meinte: »'s word so sei!« Und von Stund an war der Müller von Baiersbronn Mitaktionär höchster Zeichnung.

Solche Kapitalisten gaben der Bauern-Gewerkschaft Mut, und sie nahm alsbald zwei neue Gruben in Angriff, die eine beim »steinernen Kreuz bei der Walk« im untern Wolftal und die andere im silberreichen Witticher Tal. Die erste taufte der Direktor Simon, der Bur, »Ausdauer und Glück« und die zweite »Leo«. Trotzdem machte der Erzbauern-Verein bei beiden Fiasko, weil sie nichts ergaben als taubes Gestein.

Bei der Leo-Grube war Obersteiger der »Hauptmann« der Leibgarde des Fürsten Andreas I. von Kaltbrunn. Er schickte seine und seiner Bergleute Arbeitsliste jeweils ein mit der Überschrift: »Lohnliste, wo ich selber dabei war«.

Und nobel waren die Erzbauern im Schappe in ihrem Lohn. Während damals der badisch-englische Bergbauverein, welcher im benachbarten Heuwich mutete, für die Schicht nur 36 Kreuzer vergütete, zahlten die Buren 42.

Sie arbeiteten nur mit 40–50 Bergleuten und nur vier Jahre lang und alljährlich mit Defizit, im Bergmannsdeutsch mit Zubuße.

Der Pfiferjörgle, der in seinen von Botengängen freien Tagen auch als Bergmann arbeitete, hatte bald schweren Stand, wenn er zu den Aktionären kam und die Zubuße holte. Er tröstete die Leute, so gut er konnte, bis sie ihm schließlich nichts mehr glaubten und die Zubuße verweigerten.

Jetzt mußte die Gewerkschaft »ihr Gezäh austragen lassen«, und ihre Herrlichkeit hatte ein Ende; die Aktien waren wertlos, meist aber, wie's heute noch Mode ist, nicht mehr in den Händen – der Gründer.

Der lustige Bergingenieur Buelander aber hatte sich in den Erzgängen den Tod geholt; er kehrte nach Hasle heim und legte sich jung nieder zum Sterben.

Sein Sohn mußte ein Schneider werden und war, wie ich in dem Buche »Aus meiner Studienzeit« erzählt, in Rastatt mein Leibschneider, da er dort bei den Dragonern stand und ich unter den Gymnasiasten. Er ist einige Jahre älter als ich und lebt heute als Mann einer in Amerika reich gewordenen Haslacherin in New-York.

Die Dame sah bei einem Besuch in Hasle den alternden und armen Schneidersmann, der als Polizeidiener seiner Vaterstadt funktionierte. Seine vom Vater ererbte Frohnatur und seine Eleganz im Auftreten besiegten das Herz der Amerikanerin, und sie machte den allzeit fidelen Buelander über Nacht zu einem Rentier.

Der Pfiferjörgle, welcher als Aktienempfehler und Zubußeneintreiber am wenigsten beliebt war bei den einstigen Aktionären, schüttelte bald nach dem Untergang der Bauern-Gewerkschaft den Staub des Wolf- und Wildschapbach-Tales auf einige Zeit von seinen Füßen.

Er hatte Freude gewonnen am Bergbau und gehört, daß unweit Freiburg, im Gebiet des Feldbergs, im Zastler und bei Oberried, Arbeit sei für Bergleute und Holzmacher. Aber wissend, daß die Menschen überall Musik und Tanz lieben, suchte er seine Kapelle mitzunehmen in die Täler um den Feldberg.

Der Gigerle von Halbmeil, der leicht sein Brot fand drüben im Kinzigtal, wollt' nit in die Fremde; doch der Beckefranz und der Beckeengel gingen mit, wohl überzeugt, daß Dorfmusikanten unter einem Impresario wie der Pfiferjörgle nicht zugrunde gehen und ihnen die Welt offen stehe.

Nun machte der Pfiferjörgle einige Jahre – es waren die mittleren vierziger des 19. Jahrhunderts – Musik im Zastler, in Oberried und bis hinab nach Kirchzarten, zwei Stunden oberhalb Freiburg. Und die Meidle tanzten, und die Burschen jauchzten, und die Buren und Bürinnen losten (lauschten), wenn der Jörgle musizierte, sang und deklamierte.

In der übrigen Zeit schlug er Holz in den großen Wäldern zwischen Feldberg und Schauinsland oder mutete in den alten Erzgängen unter den Tannen.

Der Beckeengel war ein so tüchtiger Vollhäuer, daß ein »englischer Bergherr« ihn bestimmte, mit ihm nach England zu ziehen. Später ging dieser Schapbacher Musikant nach Amerika, wo er starb. Sein Bruder, der Beckefranz, wurde krank in der Fremde, ging heim und starb ebenfalls.

Jetzt hatte der Pfiferjörgle keine Musikanten mehr. Seine Kapelle hatte sich aufgelöst, und der Maestro zog wieder dahin, von wo er gekommen, ins Wolftal.

3.

In den Jahren, da der Pfiferjörgle in der Fremde war und die Menschen des westlichen Schwarzwalds erheiterte, war der Bur im Holdersbach auch nicht müßig gewesen.

Sein Reichtum hatte unter dem Bergbau nicht gelitten und der Fürst im Holdersbach schon vor Gründung der Gewerkschaft seinen Besitz vergrößert. Ähnlich wie sein Rivale im Kaltbrunn hatte er zwei angrenzende Höfe gekauft im Tälchen des Tiefenbachs und alle ihre Ödungen in rühmlichster Art aufgeforstet.

Er besaß jetzt so viele Waldungen, daß er einen eigenen Waldhüter hielt, der sie bewachen sollte und bei ihm wohnte. Es war dies der

»Schwob«, ein Bruder seiner Mutter, die einst Pfarrersköchin und aus dem Schwabenland gewesen war.

Als Vetter des Bauernfürsten spielte der Schwob eine Art Beiförster und war nicht wenig stolz auf seine poesievolle Hofcharge, obwohl er vor seiner Ernennung zum Forstmeister das ehrsame Handwerk eines Schusters betrieben hatte.

Jedes Jahr sandte der Waldherr zahlreiche Flöße die Wolf hinab bis an deren Mündung in die Kinzig, und wenn der Bur aus dem Holdersbach in Wolfe anfuhr, um den Schifferherrn seine Holländer-Tannen zu verkaufen, ward er mit dem gleichen Respekt empfangen, wie der Fürst aus dem Kaltbrunn, ja fast noch mit größerem, weil der Fürst Simon auch sonst ein Mann von reichem Wissen war.

Da sein Körperbau ihn nicht zu strenger Arbeit befähigte, so studierte er in Stunden, in denen das Kommando in der Land- und Forstwirtschaft ihn nicht beschäftigte, alle Gesetzbücher, deren er habhaft werden konnte.

Drum war er in allen Gerichts- und Verwaltungssachen bewandert wie ein Advokat und übertraf darin weit den Fürsten im Kaltbrunn. Der spannte seine Gäule ein, wenn er keinen Rat wußte, und fuhr ins Land hinab, um einen solchen zu holen; der Bur im Holdersbach aber langte nur nach seinen Büchern und gab seinen Bescheid an Ort und Stelle.

Die Buren im Schappe konnten darum keinen besseren zu ihrem Vogt und Meister wählen als den Gelehrten im Holdersbach. Sie taten dies zweimal und hätten es wohl noch öfters getan, wenn jener es gewollt. Aber Dorf und Rathaus waren zu entfernt von seinem Hof, und das Amt eines Vogts führte zu viel von Hause weg, was, wie wir wissen, der Bur nicht liebte.

Am liebsten, und das ehrt ihn, blieb er daheim. An Sonntagen mit seinen Knechten ein Spiel zu machen oder dem Pfiferjörgle, so lange er im Tale war, zuzuhören, war seine Lust, und an Werktagen seine Kinder und die aus den nachbarlichen Gehöften um sich spielen zu sehen, seine Freude.

Er lud die Kinder seiner Nachbarn besonders dazu ein, bewirtete sie und freute sich, wenn sie, während er an seinem Schreibtisch saß, jeden möglichen Kinderunfug verübten.

Er hat zweifellos bessere Nerven gehabt, der Bauernfürst im Holdersbach, als unsereiner, dem Kinderspektakel und Hundegebell das Giftigste für seine Nerven sind.

Ging Simon, der Bur, auch selten in die Welt, so kamen doch Weltmenschen zu ihm in die stille, einsame Mulde in Holdersbach, angelockt von seinem Reichtum und seiner Gastfreundschaft, und das war sein Unglück.

Um das Jahr 1840 kam der Fabrik-Teufel, der heute Fürst und Herr in fast ganz Deutschland ist und dem alles zu Füßen liegt, zum erstenmal ins Kinzigtal, um zu schauen, wo er sich niederlassen und seinen Unsegen verbreiten könnte.

Sein Apostel bei dem ersten Einzug ins Kinzigtal war ein Klettgauer aus Thiengen. Er sah an der Kinzig und Wolf hin die schönsten Wasserkräfte nutzlos von dannen ziehen und meinte, es sei schade, daß sie nicht dem Fabrik-Teufel dienten.

Da er wenig eigenes Geld hatte, suchte er einen kapitalkräftigen Kompagnon. Als solcher ward ihm der Bur im Holdersbach empfohlen, der zweifellos, den Vogtsbur im Kaltbrunn nicht ausgenommen, am meisten bares Geld besaß im obern Kinziggebiet.

Drum zog der Agent des Fabrik-Teufels zum Bur, malte ihm alle Herrlichkeiten eines Fabrikherrn vor und bestimmte ihn, sein vieles Geld in einer mechanischen Spinnerei anzulegen. Diese bringe ihm nicht bloß schwere Zinsen für sein Kapital, sondern gebe ihm auch Gelegenheit, viele arme Leute zu beschäftigen und dieselben sich zum Dank zu verpflichten.

Der Gedanke, Verdienst in die Gegend zu bringen, lockte den braven Mann im Holdersbach mehr an als die Aussicht auf große Dividenden, und er ging dem Klettgauer in die Falle.

Draußen, wo der Holdersbach in die Wolf mündet, sollte die Fabrik angelegt werden; aber der gesunde Menschenverstand der Schapbacher Bauern, auf deren Gemarkung die Teufelsfalle errichtet werden sollte, verhinderte es.

Als die erste Spinnmaschine in England aufgestellt wurde, rotteten sich die Handweber zusammen und schlugen sie kurz und klein. Die Leute ahnten, daß diese Erfindung sie zu Fabriksklaven erniedrigen werde, und handelten in weiser Voraussicht.

Ähnlich merkten gegen die Mitte des 19. Jahrhunderts schon die Buren im Wolftal, daß eine Fabrik ein Unsegen sei für die Landwirtschaft und für das Volkstum.

Drum protestierten sie mit Macht gegen Errichtung einer solchen in ihrem Tal, und sie fanden auch die richtigen Gründe für ihre Ablehnung. Sie sagten sich: Durch eine Fabrik verlieren wir unsere Knechte, Mägde und Taglöhner, wir müssen höhere Löhne bezahlen, weil die Arbeiter rarer werden, und bekommen eine Fabrikbevölkerung, die früher oder später uns zur Last fällt.

Alle Hochachtung vor diesen Schapbacher Buren des Jahres 1840! Die waren weit gescheiter als die heutigen Bauern und Bürger in vielen Dörfern und Städtchen, die es nicht genug begrüßen können, wenn eine oder die andere Fabrik bei ihnen errichtet, und wahre Feste feiern, wenn eine solche Anstalt in ihren Mauern eröffnet wird.

»Das gibt Verdienst in den Ort!« – rufen diese Blechhauben. Ja, es gibt Verdienst – für die Fabrikherren; die Arbeiter aber werden, wie ich anderwärts nachgewiesen, leiblich, seelisch und ökonomisch ruiniert, und wenn sie ihre Kräfte im Fabrikleben erschöpft haben, fallen sie den Gemeinden zur Last, weil sie von der Invaliden- und Altersrente allein nicht leben können.

Im Wolftal abgewiesen, führte der Fabrik-Teufel den Bur hinüber ins Kinzigtal, zeigte ihm unterhalb Schilte, »am Hohenstein«, eine alte Sägmühle und sprach: »Da will ich dir zum Ruhme eine Fabrik herstellen, wenn du dein Geld mir anvertraust.«

Zwei Schiltacher redeten dem Bauernfürsten auch noch zu und traten in die Kompagnie, deren einziger, bedeutender Kapitalist der kleine Mann und der große Bur aus dem Holdersbach war. Ein Jahr später stand die »mechanische Spinnerei und Zwirnerei am Hohenstein«; der Bur war Fabrikherr und hatte seine 100.000 Gulden in dem Geschäfte stecken, in einem Geschäft, von dem er gar nichts, seine Mitgründer blutwenig verstanden.

Teure Maschinen wurden gekauft, nach kurzem Betrieb für untauglich befunden und durch neue, noch teurere ersetzt. Ehe noch die Spindeln recht im Gange waren, hatte der Bur sein ganzes Barvermögen eingebrockt.

Jetzt traten die Geschäftsteilhaber, die den Lunten rochen, aus der Kompagnie aus, und der gute Simon aus dem Holdersbach ward alleiniger Herr der Fabrik am Hohenstein.

Seinen Hof trieb er aufs beste um, und seine Knechte halfen ihm getreulich mit; denn der Bur war ein braver, leutseliger Mann, der mit seinen »Völkern« wie ein Vater und Freund verkehrte und sie wie Glieder seiner Familie behandelte.

Im Fabrikwesen aber war er gänzlich auf seine Buchhalter und Reisenden angewiesen, die um so leichter mehr auf ihr Interesse schauen konnten als auf das ihres Herrn, weil dieser vom Betrieb so wenig verstand als die Knechte auf seinem Hof. Dazu kam noch, daß der Bur selten nach seiner Fabrik schaute, weil er die stille Residenz im Holdersbach nicht gerne verließ. Es konnte ein Vierteljahr vergehen, bis er beim Hohenstein vorfuhr, um nach seiner Spinnerei und Zwirnerei zu schauen. Aber der sonst so klare Kopf schaute dann nur durch die Brille, welche andere ihm aufsetzten, und sah darum nicht ein, daß die Fabrik sein Verderben werde.

Das Sprichwort, daß der »Schuster beim Leisten und der Bauer beim Pflug bleiben solle«, kannte er wohl; aber er war hypnotisiert von dem Wahn, ein Fabrikherr und ein großer Arbeitgeber zu sein, was man noch keinem Bur im Kinzigtal nachsagen konnte. Es ließen ihn wohl auch die Lorbeeren des Kaltbrunner Bauernfürsten nicht ruhen. Tatsache ist, daß beide nicht gut miteinander standen und einer auf den andern eifersüchtig war.

Wer will ihnen aber das verübeln? Machen es denn die wirklichen und echten Fürsten anders? Ein französischer Schriftsteller sagt: »In jedem Bauer steckt etwas von einem großen Herrn.« Sollte drum in den Bauernfürsten im Holdersbach und im Kaltbrunn nicht auch die Eifersucht der großen Herren stecken?

Diese Sucht, größer oder wenigstens so groß zu sein als die anderen, ist bei Bauernfürsten lange nicht so gefährlich wie bei ihren Kollegen auf den Thronen der Welt.

Diese beginnen oft, um ihrer Eifersucht und ihrem Größenwahn zu genügen, freventlich Kriege, in denen sie Blut und Leben, Hab und Gut ihrer Untertanen vergeuden. Und wenn sie unterliegen, geht es ihnen trotzdem meist immer noch besser als ihren dummen und unglücklichen »Untertanen«.

Die Bauernkönige dagegen, wie schon einmal gesagt, stürzen, wenn sie im Größenwahn sündigen, nur sich und ihre Familien ins Unglück.

Drum sind mir nicht bloß die Bauern lieber als die Herren, sondern auch die Bauernfürsten lieber als die echten Kronenträger, weil sie in alleweg viel weniger Unglück anrichten, als ihre Vettern, die Hirten der Völker, auf den Thronen.

Was für Unglück haben die zwei Napoleone im 19. Jahrhundert über Länder und Völker gebracht, und doch hat keiner von ihnen, als sie besiegt waren, auch nur eine Stunde Hunger und Durst gelitten, noch war einer von der Armut geplagt!

Im alten Heidentum verloren die besiegten Könige in der Regel mit dem Thron auch das Leben, sei es, daß man sie um den Kopf kürzer machte oder auf dem Scheiterhaufen verbrannte. Das war nicht mehr als recht und billig. Wer das Schwert zieht, soll durch das Schwert umkommen!

Heute ist das anders. Aber es ist eben die alte Geschichte vom Unrecht in der Menschheit. Wer in seinem Interesse *einen* Menschen tötet, ist ein Mörder. Wer aber dem eigensten Größenwahn Millionen auf dem Schlachtfeld opfert und über Millionen Blut und Elend bringt, der kommt in die Geschichtsbücher, erhält Bildsäulen, und über seine Siege singt man das »Großer Gott, wir loben dich!«

In den Tagen, da ich dies schreibe, ist ein spanischer General aus Kuba zurückgekehrt, der den Hungertod von 200.000 unschuldigen Landleuten verschuldet hat. Er wurde in Spanien, anstatt gehenkt zu werden, mit Jubel empfangen.

O Menschheit, dein Name ist Narrenhaus!

Nachdem das Bargeld des bäuerlichen Fabrikherrn alle war, ging es an seinen Kredit. Gegen schwere Prozente wurde Geld in Basel aufgenommen und damit wieder weiter gezwirnt und gesponnen am Hohenstein.

Aber große Zinsen und ungetreue Mitarbeiter fraßen dem Buren im Holdersbach den Gewinn weg, so daß er immer wieder neue Schulden machen mußte, um die Fabrik über Wasser zu halten.

Dem Sinkenden ist bekanntlich ein Strohhalm willkommen, wenn er meint, sich daran halten zu können. Und darum war es dem Bur nicht zu verübeln, wenn er alles tat, um dem Untergang seiner Fabrik zu wehren, wenn er jeder ihm vorgeschwindelten Hoffnung Glauben schenkte und seine Bauernherrschaft immer schwerer belastete, um die Würde eines Fabrikherrn aufrecht halten zu können.

Und es hätte ihm trotz alledem nichts getan, so wenig als dem Fürsten im Kaltbrunn, wenn nicht die Revolutionsjahre und deren Rückschlag im Kreditwesen ihn niedergeworfen hätten, wie Andreas I., seinen Rivalen in der Volksgunst und in der Erzbauernschaft.

Fast zu gleicher Zeit sanken diese zwei Bauernfürsten, und ihre Habe ward versteigert.

Beide wollten für ihre Mitmenschen das beste; beide waren voll Wohlwollen und Menschenfreundlichkeit gegen alle, die ihres Rates und ihrer Hilfe bedurften; keiner von ihnen war ein Trinker oder Schlemmer, und beide sanken. Warum? Abgesehen von der Ungunst der Zeit, welcher sie in erster Linie zum Opfer fielen, war ihr Untergang ihre Bauerngröße.

»Niemand wandelt ungestraft unter Palmen«, d. h. selten sind außergewöhnliche Vorzüge und Gaben den Menschen nicht zum Schaden. Diese Wahrheit kann man tausendmal im Leben erprobt finden.

Welchen Gefahren sind geistig hochbegabte Menschen ausgesetzt, und was leiden sie nicht um ihrer geistigen Über- und Unnatur willen – leiblich und seelisch! Und wie viele von ihnen gehen elend zugrunde!

Welches Los hatten Weltmonarchen – von den babylonischen Großkönigen an bis zu dem Korsen Napoleon!

So oft der sterbliche Mensch über das gewöhnliche Maß, das seinem Geschlechte und Stande bestimmt ist, hinausreicht, wandelt er unter Palmen und wird in der Regel in irgend einer Art gestraft.

Von diesem Gesetze sind auch die Bauernfürsten nicht ausgenommen, und darum gehen sie meist unter, weil sie für ihren Stand zu groß sind. Bauernfürsten haben eben so wenig langen Bestand wie Weltmonarchen. Ihre Größe ist vielfach ihr Unglück.

Ich meine deshalb immer und immer wieder, daß Glück und Bestand in alleweg bei der Mittelmäßigkeit wohnen und auf dem goldenen Mittelweg zu treffen sind.

Drum sind billige Denker und solche, die gar nicht denken, glücklicher als die Geniemenschen, und ein Hirtenbüblein aus dem Schwarzwald ist in sich selber ein weit zufriedener Mensch als ein Goethe und Schiller.

Kleine Monarchen sind glücklicher als Weltmonarchen oder Großkönige.

Bettler sind viel sorgenlosere Leute als Millionäre – und kleine Bauern besser daran als große.

Gerade wie Andreas I. wurde auch Simon, dem Bur, seine Habe verkauft um einen Spottpreis. Die Fabrik am Hohenstein, für die er weit über 100.000 Gulden aufgewendet hatte, fiel einem Basler Gläubiger zu für 36.000 Gulden, und der stolze Hof im Holdersbach, den der Bauernfürst in fürstlichen Stand gesetzt und großartig verbessert hatte, ging, wie die Höfe und Wälder Andreas I., in fürstenbergische Hände über um das Schnupftabaksgeld von 42.000 Gulden. So wertlos waren in jenen Tagen die Güter geworden.

Schapbacher Bauern, die bei der Steigerung erschienen waren, sahen wohl ein, daß sie das Fürstengut im Holdersbach nicht so billig fahren lassen sollten.

Aber ähnlich, wie bei dem Verkauf des Fürstenguts im Kaltbrunn, entging ihnen »der Schick« durch Intriganten, diesmal aus dem eigenen Lager.

Das gemeine Volk hat ja immer und überall, besonders auch in politischen Dingen, das Unglück, daß seinesgleichen ihm zum Verräter werden.

Es muß aber wahrscheinlich so sein in der Menschengeschichte, sonst würde es dem gemeinen Volk zu wohl, und wenn es der Mehrheit der Sterblichen so wohl würde wie den obern Zehntausend, dann wären der Teufel in der Hölle und unser Herrgott im Himmel nicht mehr sicher.

Drum hat das Volk auch allzeit seine Verräter, seine Blutsauger und Schinder gehabt und wird sie haben, so lange die derzeitige Menschenrasse diese Erde bewohnt.

Als der Pfiferjörgle heim kam aus dem südlichen Schwarzwald, hatte sein Bur keinen Hof und sein Hofnarr keine Musikkapelle mehr. Beide aber wehrten sich tapfer und mannhaft gegen ihr Geschick, und der eine dachte an die Wiedergewinnung seines Hofes, der andere aber an die Neuerrichtung einer Musikbande.

4.

Simons, des Buren, Weib war, lange bevor seine Herrschaft zusammenbrach, hinaufgetragen worden auf den Gottesacker am Kirchberg von Schappe.

Sie hatte also die Katastrophe nicht mehr erlebt. Als sie 1843 das Zeitliche segnete, war der Bur noch im Flor und dazu Fabrikherr am Hohenstein.

Ihre Kinder bekamen ein schönes Stück Geld als Erbteil, für dessen Sicherung die Vormundschaft die zwei Höfe des Buren im Tiefenbach als Pfand nahm.

Diese entgingen deshalb der Gantmasse und wurden den Kindern erhalten. Ihr Vater aber war ein armer Mann; doch er ließ, im Gegensatz zum Fürsten Andreas I., den Mut nicht sinken und noch weniger seine zweite Frau, eines armen Webers Tochter, aber ein Muster in Fleiß und Tüchtigkeit.

Dazu kam noch, daß sein Sturz allgemeines Bedauern und Mitleid hervorrief, weil er stets für sich ein anspruchsloser Mann und ein Freund der Armen und Bedrängten gewesen war.

Selbst der Massenpfleger seines Gantwesens, der kein anderer war als Theodor, der Seifensieder, bezeugt von dem Bur im Holdersbach, daß er »gut gegen die Armen gewesen sei und ein jeder Bettler bei ihm Obdach und reichliche Unterstützung gefunden habe.«

Seine einstigen Knechte, bei seinem Sturz vielfach Bauern, hielten treu zu ihm in seiner Not. So ward es ihm möglich, seinen Herrensitz und die Äcker und Matten desselben vom Fürsten von Fürstenberg zu pachten und Bauer im kleinen zu werden.

Er hatte zehn eigene und zwei Stiefkinder, aber alle, besonders die letzteren, halfen dem Vater so getreulich bei der Arbeit, daß bald wieder Friede und Freude einkehrte auf dem stattlichen Hof im Holdersbach.

Der Bur lud wieder wie ehedem die Kinder der Nachbarschaft ein, um an ihren Spielen sich zu erfreuen. Und wenn er die Kleinen auch nicht mehr so splendid bewirten konnte wie vormals, so gab er doch zum Abschied jedem ein Stück Brot. Und ein Stück »fremdes Brot« ist für ein Kind bekanntlich ein Leckerbissen.

Selbst der Pfiferjörgle erschien wieder und machte seine Späße und sang seine Lieder.

Eben, als sein liebster Meister um Hab und Gut gekommen, war der Jörgle, wie wir erwähnt, aus der Fremde heimgekehrt. Zu seinem alten Herrn konnte er aber nimmer; der brauchte keine Knechte mehr; seine eigenen Söhne waren seine Helfer.

Da der Jörgle jedoch ums Leben gern im Holdersbach gewesen wäre, so ging er zum Nachbar des Buren, zum – Bürle. Der nahm den geschickten Planeur, Weg- und Mattenmacher in seine Dienste und war so zufrieden mit ihm, daß er ihn behielt bis zum Jahre 1870.

146

Der Bürle, den wir bald kennen lernen, war ein tiefernster, strengreligiöser Mann, bei dem der lustige Jörgle nicht austoben konnte. Drum ging er an Winterabenden und an Sonntagnachmittagen hinüber zu seinem alten Bur und gab bei diesem und seinen Söhnen Gastrollen.

Kaum hatte er aber wieder beim Bürle einen festen Stand, als er an die Neugründung einer Musik ging; denn ohne Musik konnte der Jörgle nicht leben.

Es gelang ihm bald, einen Renchtäler, den Hodapp von Oppenau, einen Kinzigtäler, den Spieß aus Alpirsbach, und den Vizetoweis und den Steiglepold aus dem Wolftal unter seiner Direktion zu vereinigen.

Die neue Kapelle wurde noch berühmter als die alte, und der Jörgle spielte und sang bei Hochzeiten wie noch nie.

Wenn auf dem Tanzboden Pause war, so zog er in der Wirtsstube von Tisch zu Tisch und trug unter Begleitung seiner Geige Lieder vor.

Dabei richtete er den Text seiner meist selbst fabrizierten Gesänge stets ein nach den Personen, welchen er sie vortrug.

Saß an einem Tisch ein Bursche mit seinem Schatz, so begeisterte er beide durch folgenden Sang:

Meidle, wenn ich dich erblicke.
Find' ich keine Ruhe mehr;
Drum in meine Nähe rücke.
Denn ich lieb' dich gar so sehr.

Ich verlier' dich zwar aus meinen Augen,
Aber nicht aus meinem Sinn;
Liebster Schatz, du darfst mir's glauben.
Daß in dich verliebt ich bin.

Und so lang die Tannen rauschen
Und die Reben tragen Wein,
Und so lang die Wasser fließen.
Sollst und mußt mein eigen sein.

Und nicht bloß der Bursche, auch das Meidle gab dem Pfiferjörgle ein Stück Geld für das »schöne Lied«.

Dort hinten beim Ofen haben ein paar alte Soldaten, die noch unter Napoleon gedient und es nicht weiter gebracht als zu Taglöhnern oder

Knechten, Platz genommen. Auch diesen lockt der Jörgle das Geld aus den Kniehosen, indem er ihnen ein Soldatenlied aus der Napoleonszeit singt, das da anhebt:

> Ach Gott, wie geht's im Kriege zu.
> Was wird für Blut vergossen!

Vorn in der Herrgottsecke sitzen die Buren. Auf die hat's der Jörgle besonders abgesehen, denn die haben am meisten Geld in der Tasche.

Unter ihnen ist der lustigste der alte Bernetsbur aus der Sulz. Wenn dem der Jörgle dessen Lieblingslied singt, ist ihm ein Sechsbätzner gewiß. Des Bernetsburen Lieblingslied aber ist »Hans und Vrene«, dessen erste Strophe wie allbekannt lautet:

> Es g'fallt mir numme eine,
> Un selli g'fallt mir gwiß.
> O, wenn i doch des Meidle hätt',
> Es isch so hübsch un dundersnett,
> So dundersnett, so dundersnett,
> I wär' im Paradies.

Wenn der Jörgle so zu singen anfing, da sang der Bernetsbur jeweils mit ihm, und nachdem die elf Strophen des Liedes gesungen waren, da standen dem Bur die Tränen in den Augen, Tränen der Wehmut und der Lust.

Neben dem Bernetsbur saß ernst und feierlich des Pfiferjörgles Herr, der Bürle. Dem durfte sein Knecht nur was Ernstes singen, wenn er sein Wohlgefallen gewinnen wollte.

Aber auch für solche Fälle war der Jörgle gesattelt. Er fing also an:

> Wenn ich betracht' mein Lebenslauf,
> Erstarrt mir meine Zung';
> Es gehen mir die Augen auf.
> Ich zitt're um und um,
> Daß ich die edle Zeit verschwend't,
> So wenig an mein Gott gedenkt.
> Der Tod steht schon vor meiner Tür',
> Ach Gott, wie geht es mir!

Und dann sang er so schön von der Vergänglichkeit alles Irdischen, daß auch der Bürle gerührt seinen Geldbeutel auftat und seinen lustigen Knecht lohnte.

Auf diese Art ward der vielseitige Sänger und Musikant allen gerecht. Und wenn er sich müde gesungen, gespielt und deklamiert hatte bei einer Hochzeit, so lud ihn am späten Abend der »hintere Bur« im Tiefenbach regelmäßig ein zu einer Flasche – Kirschenwasser.

Wenn die getrunken war, bestieg der Bur seinen Fuchsen und ritt dem waldigen Tiefenbach zu, der Pfifer aber nahm seine Geige und wanderte singend in die Mulde im Holdersbach.

Wenn heutzutag, wo die liebe Kultur überall hinleckt und die Menschen zu Krüppeln macht, ein Bauer und ein Musikant am Abend, nachdem sie den ganzen Tag über Wein getrunken, noch eine Flasche Kirschenwasser vertilgten, könnte sicher der Bur nimmer sein Pferd besteigen und der Pfeifer nimmer singend heimwandern.

Während der Pfiferjörgle mit seiner neuen Kapelle Furore machte an der Wolf hin und Geld verdiente, gelang es auch seinem einstigen Herrn, dem Bur im Holdersbach, sich mehr und mehr wieder heraufzuarbeiten.

Er trat eines Tages vor den Repräsentanten des Fürsten von Fürstenberg, den Rentmeister zu Wolfe, und sprach: »Was kostet mein Hof ohne Wald? Ich will ihn wieder kaufen!« Die Fürstenberger, eingedenk dessen, daß sie des Bauern Hof mit den wunderbaren Waldungen so billig gekauft, machten seinem einstigen Besitzer einen billigen Preis. Um 10.000 Mark erhielt Simon, der Bauernfürst, seine Residenz und die meisten Äcker und Wiesen seines Fürstentums wieder. Er ward wieder ein Bur, wenn auch keiner, wie er gewesen.

So weit hatte es seine eigene Tatkraft, die im Unglück nicht untergegangen war, mit Hilfe seines braven Weibes und seiner wackeren Söhne gebracht.

Aber kaum hatte er sich seinen Hof wieder errungen, als 1864 der Tod kam und ihn fortholte dorthin, wo arm und reich, Bur und Knecht, Fürst und Bettler gleich sind, und wo es gar nicht darauf ankommt, was einer im Leben gewesen ist.

Seinen Kindern aber hinterließ er drei Höfe. Im Holdersbach sitzt sein Jüngster als Stammhalter und bedauert nur, daß die schönen Wälder zu seinen Häupten, die einst seinem Vater gehört haben, nicht die seinen sind.

Daß der Pfiferjörgle seinem alten Herrn »mit der Leich« ging, versteht sich von selbst.

Er spielte nach dem Tod seines braven Buren noch zu manch einer Hochzeit auf und sang noch manch ein Lied.

1870 schied auch er, zwar nicht aus dem Leben, wohl aber aus dem Holdersbach. Der Bürle hatte nichts mehr zu planieren: drum rief ein Sohn »des Buren«, der sich einen vierten Hof beim Bad in Rippoldsau erworben, den Geometer Jörgle dorthin, damit er auch ihm seine Matten in Plan lege.

Nebenbei fungierte der Jörgle noch in seinen alten Tagen als »Flötzer«, was er schon früher oft getan. Doch brach er bei diesem lebensgefährlichen Beruf eines Tages einen Fuß und wurde dauernd arbeitsunfähig.

Unterstützungswohnsitz, Unfall- und Krankenversicherung gab es damals noch nicht, was zu bedauern ist, nicht wegen der günstigeren Lage, in die der alte Pfeifer gekommen wäre, sondern weil der sonst sicher ein Lied gemacht hätte auf die verschiedenen Klebegesetze, die mehr Unheil als Heil gebracht, haben und die so kompliziert find, daß einer, der nicht mindestens Oberamtmann ist, sie gar nicht begreift.

Nur das begreifen die Leute, daß sie jahrelang schinden und schaffen und kleben können und, wenn sie dann einmal was wollen, von Pontius zu Pilatus laufen müssen, bis sie was bekommen.

Mir ist noch nie ein Mensch der Arbeit begegnet, der mit dieser ebenso bureaukratischen als unpraktischen sozialen Gesetzmacherei zufrieden gewesen wäre.

Als echter Musikant und Dichter, zwar nicht vom Nil, wohl aber von der Wolf, hatte der Jörgle keinen Pfennig erspart, da seine »Invalidität« eintrat. Drum nahm er, krank und alt geworden, sein Käs in ein Bündel, seine Geige unter den Arm und wanderte von Rippoldsau aufwärts dem Holzwald zu, wo einst seine Wiege gestanden. Hier in des Waldes düstern Gründen, aus deren Lichtungen malerische Hütten ins Tal herabschauen, ließ er sich nieder und wartete auf den, der allen Musikanten das Geigen und Pfeifen einstellt.

Die wenigen Buren und die zahlreicheren Taglöhner im Holzwald »hatten den Jörgle um«, und friedlich wanderte dieser von Hof zu Hof und von einer Taglöhnerhütte zur andern und fand seinen Unterhalt.

Er machte dann seinen jeweiligen Kostherren noch Besen oder spaltete Holz oder hütete die Kinder. Und am Abend, wenn alle beisammen in der Stube saßen, erzählte der greise Troubadour von seinen Sänger- und Spiel- und Bergmannsfahrten.

Er wurde warm dabei, und seine Zuhörer lauschten. Und begeistert von der Erinnerung an bessere Tage, griff dann der alte Barde nach seiner Geige und sang und spielte voll bacchantischer Lust.

Drum, wenn der Jörgle in ein Haus kam, da freute sich alt und jung; denn der Pfifer wußte zu erzählen und zu spielen, daß allen das Herz aufging. Ende der siebziger Jahre haben sie den großen Volksmann hinabgetragen zum Klösterle und ihn zur ewigen Ruhe gebettet.

Seine letzten Musikanten sind ihm längst nachgefolgt. Nur einer von ihnen lebt noch, der Steiglepold. Der ist Bauer weit drüben im südlichen Kinziggebiet, im Gremmelsbach, und zu seinem Hof gehört die sagenumwobene Burgruine Althornberg, von der ich anderorts schon erzählt und in deren Nähe mein Urahne gewohnt hat, der Vogelhans.

Der Steiglepold aber ist ein Bruderssohn des großen Erzbauern, auf den ich jetzt zu sprechen komme, des *Bürle* im Holdersbach.

5.

Man sagt mir im Kinzigtal nach, daß ich die Helden meiner Erzählungen bisweilen zu gut gemacht und einzelne ihrer Fehler und Mängel beschönigt oder verschwiegen hätte.

Ich gebe das zu. Es geht eben einem Schriftsteller meiner Art, wie dem Maler und dem Photographen, die ihre Bilder auch nach dem Leben aufnehmen. Sie machen ihre Porträts möglichst genau, glätten und retouchieren jedoch Falten und Warzen aus dem Gesicht des Originals, damit dieses nicht beleidigt und unzufrieden ist. Jedermann aber, der das Original kennt, wird das Bild getroffen finden, auch wenn die Verunstaltungen fehlen.

So muß auch ich es manchmal machen; aber mein Original bleibt doch ein solches, wenn ich auch der Nächstenliebe den gebührenden Tribut zolle und nicht von allen menschlichen Schwächen meines Helden rede. So was tut man in der Regel bei sich selber nicht, darf es also auch nicht bei andern tun. Wenn ich aber jetzt vom Bürle im Holdersbach rede, da brauche ich nicht zu retouchieren und nicht zu beschönigen. Von ihm kann man sagen, was Salomon im »Hohen Lied von der schönen Sulamith« sagt: »Ein Makel ist nicht an ihm.«

Der Bürle ist ein Erzbauer im besten und im einzigen Sinne dieses Wortes; er ist der Erzbauer aller Erzbauern, ein Muster- und Idealbauer, wie wohl kein zweiter im 19. Jahrhundert auf dem Schwarzwald gelebt hat. Wer seine Geschichte erzählen darf, der kann mit dem Dichter Bürger ausrufen: »Gottlob, daß ich singen und preisen kann, zu singen und preisen den braven Mann!«

Als ich im Mai 1897 in dem schon erwähnten Häuschen am Wolfbach saß, sprach ich mit meinem Gastgeber, dem Ochsenwirt, oft über die Bauern des Tales.

Da sagte er mir einmal: »Der Musterbauer unserer Gegend ist leider nimmer hier. Er privatisiert drunten in Wolfach. Es ist der Bürle, der da drüben im Holdersbach seinen Hof umgetrieben hat. Er ist der brävste Mann der beste Bauer, den ich im Leben kennen gelernt habe.«

So sprach der Ochsenwirt und nicht anders; denn er hat in Pruntrut im Jura die Kaufmannschaft gelernt, war im großen Krieg Einjähriger und spricht deshalb nicht bloß hochdeutsch, sondern auch französisch.

Seine Worte fielen auf gutes Erdreich bei mir, und sie trugen alsbald Früchte. Am andern Morgen schon schrieb ich hinab nach Wolfe an Theodor, den Seifensieder. Der hatte versprochen, am kommenden Sonntag mich in meiner Einsiedelei zu besuchen, und drum bat ich ihn, wenn immer möglich, den Bürle mitzubringen, da ich den Mann gerne kennen lernen möchte.

Es geschah. Ich sah den ernsten, stillen Mann mit dem Kopfe eines Fürstabts und ward von ihm so eingenommen, daß ich ihm keine Ruhe ließ, bis ich seinen Lebensgang so genau wußte, daß ich ihn auch meinen Lesern erzählen kann als das Leben eines Numero-Eins-Bauern und eines Christenmenschen, wie es wenige gibt.

Ein Numero-Eins-Mann hat sicher auch Eltern gehabt, die darnach waren; denn auch die Eigenschaften, die zu einem Idealmenschen gehören, bekommt man durch Erbschaft, so gut wie körperliche Vorzüge und Gebrechen.

Es kann allerdings vorkommen, daß kreuzbrave Eltern ein oder das andere ungeratene Kind haben; aber dann hat dieses Kind eben seine diesbezügliche Anlage von einem Vorahnen geerbt, der auch nicht vom besten Butter war.

Daß die guten und die schlechten Eigenschaften der Eltern auf die Kinder übergehen, dafür spricht auch die Tatsache, daß »ungeratene« Kinder in den Städten viel häufiger sich finden als auf dem Land, wo die Eltern nicht so vielen Lumpereien und Leidenschaften ausgesetzt sind als in der Stadt, und wo bei den Vätern und Müttern in alleweg noch mehr Gottesfurcht herrscht.

So waren auch der alte Bürle im Holdersbach, Jakob, und seine Ehefrau Luitgarde gar gottesfürchtige Eltern. Sie hatten elf lebendige Kinder. Und das jüngste war unser Held, der des Vaters Namen bekam und als der letztgeborene der Erbprinz des Hofes wurde.

Er war, als Simon, der Bur, 1829 Hochzeit hielt, vier Jahre alt und erinnert sich noch wohl daran, weil am gleichen Tage auch schon sein ältester Bruder, der Wendel, ein Weib heimführte und ein Taglöhner wurde in der Nähe des väterlichen Hofes.

Hirtenbub und »Schulerbub« wurde Jakob, der jüngere, zwei Jahre später, *anno* 1831. So gerne er das erste war, so beschwerlich ward ihm zur Winterszeit der Besuch der Schule.

Doch war der Schulbesuch in jenen Jahren noch praktisch eingerichtet für die Kinder auf dem Lande. Im Sommer hatten sie nur einen Tag in der Woche zur Schule zu wandern, im Winter dagegen fünf ganze Tage. So hatten die Bauern im Sommer ihre Kinder daheim, und die Kinder konnten den Eltern auf dem Felde behilflich sein, während sie im Winter nichts versäumten.

Aber die Buben und Meidle aus dem Holdersbach hatten zur Winterszeit einen beschwerlichen Weg hinauf ins Dorf Schapbach. Sie mußten bergauf und bergab drei Viertelstunden wandern bis zur Kirche und zum Schulhaus.

Da die Wege über die einsame Talmulde, »die Bäch« genannt, und von da über »die Steig« nur Pfade waren, konnte kein Bahnschlitten dieselben den Kindern gangbar machen, wenn Schnee im Lande lag.

Die Kleinen mußten dies selber tun und taten es auf sinnige Art. Auf dem Hof des alten Bürle sammelten sich sämtliche Kinder vom ganzen Tälchen Holdersbach, stets 6–8 an der Zahl. Und nun ging's, da noch die Nacht im Tale lag, im Gänsemarsch bergauf in die jungfräulichen Schneefelder.

Voraus schritt möglichst der älteste und stärkste Knabe; den Zug schlossen die Meidle. Oft war der Schnee fast meterhoch, und der Anführer mußte gewaltig stampfen, um sich und seinen Nachfolgern eine Gasse zu machen.

War er müde, so trat er zurück und sein nächster Hintermann mußte vor. So wechselten die wackeren Buben ab, bis alle todmüde und in Schweiß gebadet bei der Kirche ankamen.

»Das ärgste«, so sagt heute noch der Bürle, »war, daß wir zuerst in die kalte Kirche gehen und die heilige Messe anhören mußten. Wer nicht hinein ging, erhielt sechs Tatzen.«

Der Unsinn und die Barbarei, Schulkinder, die zur Winterszeit stundenweit durch den Schnee gestampft sind, alsbald nach ihrer Ankunft in die eisige Kirche zu zwingen, existiert heute noch in manchen Pfarreien des Schwarzwalds.

Das halte ich aber für keinen Gottesdienst, sondern für eine Sünde wider den heiligen Geist, der uns den gesunden Menschenverstand gegeben hat, um einzusehen, daß Kinderqual und Gefährdung von Kinderleben kein Dienst ist, der Gott gefällt.

Ähnlich tadelnswert ist es, wenn derartige Kinder in der Schule hart angefahren oder bestraft werden, wenn sie, nach langem Marsch in der Kälte draußen in die Schulstube gekommen, müde und schläfrig werden.

Über Mittag konnten die Holdersbacher so wenig als die andern Kinder, welche »ab den Bergen« kamen, heim zum Essen, wie ihre Genossen aus dem Dorf.

Sie hatten deshalb ein kaltes Mittagessen von daheim mitgenommen, und das bestand aus Brot und Äpfeln oder, wenn's hoch herging, aus Brot und einem Stückchen rohen Speck. Zu diesem Mahle setzten sie sich in einer »Rußhütte« nieder, die in der Nähe der Schule war und dem Bolderbur gehörte.

Da war es warm, und die Harzkuchen, welche zu Ruß gebrannt wurden, gaben einen Wohlgeruch, den die Kinder liebten.

Um eins ging die Schule wieder an, und um drei Uhr sandte der Lehrer Hirt, derselbe, welcher später das Musikkorps des Fürsten Andreas I. organisierte, einen Buben zur Kirche, damit er die Glocke läute und so das Zeichen gebe zum Schluß der Vorlesungen und zugleich den Eltern die Heimkunft der »Schuler« verkünde.

Alsbald brachen die Holdersbacher Studenten wieder auf, um ihren Gänsemarsch anzutreten. Daheim fanden sie »im Öfele« noch etwas Warmes, was die andern vom Mittagessen übrig gelassen hatten.

Wenn die Stadtjugend aus der Schule kommt, so hat sie Freipaß zum Spielen. Auf dem Land beginnt jetzt erst die Arbeit fürs Haus. So hieß es auch, wenn die Kinder des Bürle-Buren heimkamen und sich ein wenig erwärmt hatten: Holz tragen, Rüben und Erdäpfel schneiden und stampfen, Stroh holen, Ställe putzen, das Vieh an den Brunnen jagen!

Während die gesottenen Kartoffeln für die Schweine zerstoßen wurden, eine leichte Arbeit, mußte, so war's Übung auf dem Bürlehof, nebenher gebetet werden.

Um sechs Uhr zur Winterszeit wurde zu Nacht gespeist: Kartoffeln und Gerstensuppe und zum Dessert süße Milch. Dann kam das Nachtgebet des Gesamthauses. Dieses bestand vom Rosenkranzsonntag im Oktober bis zum heiligen Ostertag in einem Rosenkranz und dem *Salve regina*. Von Ostern bis Herbst wurde wegen der vielen Feldarbeiten nur an Samstag- und Sonntagabenden der Rosenkranz gebetet, an den übrigen Tagen waren die Leute müde und deshalb das Gebet ein kürzeres.

So verband man damals und verbindet heute noch das Landvolk auf dem Schwarzwald das tägliche Gebet mit der täglichen Arbeit, die Erde mit dem Himmel. Es erhebt sich dadurch unendlich hoch über gar viele Stadtmenschen, die keine andere Abwechslung kennen als die zwischen Arbeit und Genuß und vom täglichen Gebet so wenig mehr wissen als ihre Hunde und Katzen.

Besser waren die Tage und Stunden, welche der Benjamin des alten Bürle als Hirte verlebte. Etliche zwanzig Stück Großvieh waren dem Schulknaben anvertraut, und er weidete sie getreulich auf den Höhen über seines Vaters Hof.

Wie alle Hirten im Schwarzwald, vertrieb er sich die Zeit mit Singen. Die Lieder lernte er von seinen Brüdern, die an Winterabenden regelmäßig ihre Konzerte gaben in des Vaters Stube.

Mit der Zeit konnte der kleine Jakob fünfzig Hirtenlieder, die er abwechselnd von der Höhe in die Mulde »der Bäch« zu Tal sandte.

Auch an das Spottlied erinnert er sich noch, das in jenen Tagen die Bauern und ihre Söhne und Knechte über die Schifferzunft von Wolfe sangen.

Diese hatten, wie ich in den »Waldleuten« erzählt, das Privilegium, daß die Bauern der einstigen Grafschaft Fürstenberg ihr Holz nur ihnen, den Schiffern von Wolfe, verkaufen durften.

Sie beanspruchten dieses Monopol noch lange, nachdem Land und Leute badisch geworden waren, und die Bauern mußten sich von den privilegierten Wolfachern den Preis für ihre Tannen machen lassen. Sie erhielten für die floßbare Tanne kaum 18–20 Gulden; wenn sie ihre Waldbäume zum Harzen aufrissen, lösten sie mehr aus dem Harz als aus dem Holz.

Überall regten sich die Bauern in den zwanziger und dreißiger Jahren gegen das alte Monopol. Droben im Kaltbrunn warf es, wie wir wissen, der Fürst Andreas nieder, im Schappe und seinen Tälern der »Ferdisbur«.

Er baute, weil er sein Holz nicht »verflößen« konnte, ohne den Schifferherrn in Wolfe, die auch das Monopol der Flößerei auf der Kinzig hatten, in die Hände zu fallen, im Wildschapbach eine Sägmühle. Auf dieser schnitt er sein Holz zu Brettern und verkaufte diese über den Berg hinüber an die Holzhändler im Renchtal.

Als die Schiffer dahinterkamen und Lärm schlugen, machte der Ferdisbur alle Buren im Wolftal rebellisch und beschritt den Rechtsweg.

Der damalige Obervogt Müller in Wolfe, ein braver Mann, hielt es mit den Buren und bestimmte die fürstenbergische Standesherrschaft, die dem Privileg der Schifferschaft sich bisher auch unterworfen hatte, mitzumachen.

Die Sache wurde – so mächtig waren die Schifferherren damals noch so geheim betrieben, daß ein alter Jude, der in der Gegend mit Bändeln handelte, heimlich die Korrespondenz der Buren mit dem Obervogt und den Fürstenbergern besorgte.

Im Jahre 1833 gewannen die Buren den Prozeß. Flugs entstanden die Spottlieder, die von des Bürles erwachsenen Söhnen komponiert und bald überall an der Wolf hin gesungen wurden.

Leider ist es mir nur gelungen, zwei Zeilen eines dieser Lieder zu erfahren:

Den Schiffern geht's wie dem Bonapart,
Der einst auch so florieret hat.

Jetzt florierten die Bauern; denn für das »Hundert-Holz«, wie sie die floßbare Tanne hießen, erhielten sie fortan 38–40 Gulden.

Der Erbprinz, Jakob der jüngere, war kaum zehn Jahre alt, als sein Vater das Zeitliche segnete, und er hatte das zwölfte noch nicht erreicht, als die Mutter dem Vater nachfolgte. »Da war es geschehen um die

Heimat; die selige, gute Mutter hatte alles mit ins Grab genommen«, sagt heute noch der Bürle.

Da unter den elf Kindern vier unmündige waren, mußte der Bürlehof versteigert werden. Draußen im Ochsen war die Versteigerung. Der junge Stammhalter war auch dabei, wurde aber plötzlich so krank, daß er im Wirtshaus zu Bett gebracht werden mußte.

Der Wundarzt Dimmler, der damals im Schappe funktionierte und zu meiner Knabenzeit in Hasle praktizierte, rettete das Büble von der Lungenentzündung und zwar zur rechten Zeit; denn bei der Steigerung war er Hofbauer geworden.

Sein Vormund, der »Xaverisbur« im Schappe, ein gescheiter Mann, hatte gesteigert, bis der Bürlehof ihm blieb für seinen Mündel. Er konnte am meisten geben, weil sein Schützling als Jüngster den »Vorteil«, d. i. das Erbrecht auf den Hof hatte und deshalb von der Kaufsumme den achten Teil abziehen durfte.

Gesteigert hat der Xaverisbur den Hof für 21 500 Gulden und dafür erhalten: 250 Morgen Äcker, Wiesen, Waldungen und Reutfeld nebst Haus und Garten. Den gleichen Hof hatte der Großvater des Mündels um 1200 und sein Vater um 2800 Gulden von den Eltern übernommen.

Das Trauerjahr nach der Mutter Tod blieben die Kinder noch auf dem Bürlehof beisammen: aber im Frühjahr 1838 gingen sie auseinander. Die erwachsenen Söhne heirateten und wurden Taglöhner oder kleine Buren, und die Meidle gaben solchen die Hand.

Der drittälteste, Markus, nahm Haus und Wiesen und Felder vom Erbprinzen in Pacht: dieser selbst aber kam hinauf ins Wolftal, wo oberhalb des Dorfes der Vormund seinen Hof hatte.

Eines Aprilmorgens im Jahre 1838 verließ er mit dem Schulsack den Holdersbach und sein Eigentum. Tränen in den Augen und Weh im Herzen, und ging zur Schule.

Als diese zu Ende war, zog er mit den Kindern seines Vormunds ins neue Heim, in welchem eine Schwester seiner Mutter Büre war. Diese versüßte ihm bald das Weh, das ihn ergriffen hatte.

In die Schule war jetzt der Weg besser, und im Frühjahr und Herbst konnte er oft auf den Flößen, die den Wolfbach herab- und am Hof seines Vormunds vorbeikamen, hinabfahren ins Dorf.

In der freien Zeit wurde er wieder Hirte und Treiber bei den vielen Holzfuhren, die der Xaverisbur zu machen hatte, um Flußholz auf die Spannstatt zu bringen.

Keine Arbeit aber wurde dem zukünftigen Bürle erspart, als er im Jahre 1840 der Schule entlassen ward, und jede Knechtsarbeit in Feld und Wald ihm zugemutet; denn er war groß und stark. Am meisten aber wurde er verwendet zum Waldgeschäft, zum Tannenriesen und zum Floßeinbinden.

Auf den Spannstätten, wo die Flöße eingebunden wurden, gab es nicht bloß schwere Arbeit, sondern auch entsprechend Essen und Trinken.

Da sott damals drunten im Dorf Schappe der Valeri, den ich noch wohl kannte, ein trefflich Bier, die Maß um fünf Kreuzer. Der Valeri war der Schwager des Bockhansen, der in meiner Knabenzeit in Hasle das erste Bockbier schuf.

Beim Valeri holte der junge Bürle täglich ein Fäßlein für die Mannen auf der Spannstatt, und sie tranken nach Herzenslust und er mit ihnen.

So gedieh er bei harter Arbeit bis zu seinem 17. Lebensjahr, als dem Vormund einfiel, seinen Mündel auf eine bessere Schule zu bringen und ihn noch mehr ausbilden zu lassen.

So was wäre im Jahr 1842 keinem Bur um Hasle rum eingefallen, einen zukünftigen Hofbesitzer noch in ein anderes »Studie« zu geben als in das der Volksschule.

Droben im Wolftal waren aber damals schon Herrenbauern, die sich empfänglich zeigten für höhere Bildung. Seitdem das Holzmonopol der Wolfacher Schifferzunft aufgehört, bekamen jene Waldbauern schweres Geld, und mit diesem wächst bekanntlich der Drang nach Kultur und die Lust, für unnötige Dinge Geld auszugeben.

Die ersten Kulturhuber in solchen Gegenden sind in der Regel die Dorfwirte, welche neben ihrer Wirtschaft noch ein Hofgut besitzen.

So hatte auch als der erste der Adlerwirt im Schappe zwei seiner Buben ins Studi gegeben und zwar bei den – Herrenhutern.

Acht Stunden oberhalb des Wolftals, im östlichen Schwarzwald, ließen sich zu Anfang des 19. Jahrhunderts die Herrenhuter, damals noch unter württembergischer Landeshoheit, nieder. Sie hatten mitten in einem Waldmeer einen großen Bauernhof gekauft, den Hurulinshof, und hier eine Kolonie gegründet mit dem Namen Königsfeld.

An einem Augusttag des Jahres 1865 betrat ich diese Kolonie auch einmal und staunte über den kleinen, aber feinen, stadtähnlichen Ort. Allein es kam mir darin so still und einsam vor wie auf einem Kirchhof, und das machte mir den Aufenthalt fast unheimlich.

Über den Wäldern ringsum lag der hellste Sonnenschein, aber Natur und Menschheit schienen in seiner Wärme zu schlafen. Die sauberen Häuser glänzten friedlich im Lichte, doch Menschen sah ich keine. Im Wirtshaus gab mir ernst, feierlich und wortkarg ein Mann einen Labetrunk, und dann schied ich nicht ungern aus dem toten Felde und durch den Wald hinab ins Tennenbronner Tal.

Allen Respekt vor dem Ernste und der Sittenstrenge der Herrenhuter, aber mir ist diese Auffassung der christlichen Religion nicht sympathisch!

Ich bin zwar Pessimist und der Ansicht, daß wir Menschen keinen Grund hätten, heiter und lustig zu sein; aber in seinem Benehmen und in seinem Gesichte stets zeigen, daß man keine Lebensfreude aufkommen lassen will, das behagt mir nicht.

Es gibt auch viele sogenannte fromme Seelen unter den Katholiken, die jahraus jahrein ein Gesicht machen, als ob sie mit Gott und der Welt zerfallen wären.

Das ist keine gottgefällige Frömmigkeit, und wenn man bei diesen Leuten hinter die Kulissen sieht, so findet man fast ausnahmslos, daß sie mürrisch, hochmütig, lieblos – also alles sind, nur keine echten Christen.

Ich halte es mit unserm Herrgott, der in seiner großen Schöpfung, Natur genannt, stürmen und donnern und blitzen und regnen und schneien läßt, aber zwischenhinein uns auch seine lachenden Frühlingstage schickt, wo alles summt und blüht und jauchzt, und seine Sommerabende mit ihrem heiteren Frieden.

Und drum hat der allzeit lustige und doch ernstgestimmte Abraham a Santa Clara recht, wenn er einmal predigt: »Lustige Leute gefallen mir wohl. Es ist ein Zeichen, daß Gott in ihnen und mit ihnen ist.«

Also zu den Herrenhutern kam unser Jakob. Am 1. Juli 1842 – der zukünftige Bürle war gerade 17 Jahre alt – nahm der Vormund in aller Frühe seinen Mündel auf sein Bennewägele und kutschierte ihn über Berge und Täler bis nach Königsfeld. Zu des Jungen Leid hatte er ihn zuvor in eine »Stadtmontur« gesteckt und ihm dadurch seine schöne Schapbacher Volkstracht zeitlebens genommen; denn wer einmal lange Hosen getragen, der bleibt dem Modeteufel verschworen und trägt keine kurzen mehr, obwohl diese tausendmal schöner sind.

Was dem jungen Schapbacher nicht gefiel, war die Zumutung, daß er als 17jähriger, starker Bursche mit seinen viel jüngeren Kameraden spielen sollte. Er meinte, die Zeit der Kinderspiele sei für ihn vorüber, und tat drum nicht mit.

Sonst war er zu allem erbötig und mit allem zufrieden. Er lernte jeden Morgen vor dem Frühstück, wie es Vorschrift war, einen Vers aus dem Gesangbuch der Brüdergemeinde auswendig und sagte ihn einem der Lehrer vor, besuchte die Schul- und Betstunden, hörte die Predigten der Brüder an und machte ihre Liebesmahle mit. Diese letztern bestanden in einer Tasse Tee und einem feinen Brötchen.

Nie Frömmigkeit und Sittenstrenge der Leute imponierte ihm, und heute noch geht durch den alten Bürle ein Zug des Ernstes, den er sicher von den Herrenhutern angenommen hat.

Was ihm aber auch Respekt einflößte, war die Verfassung der Brüdergemeinde. Diese hatte keinen Bürgermeister, keinen Gemeinderat, keinen Polizeidiener und keinen Oberamtmann. Sie stellte auch keine Soldaten. Es ging, sagt der Bürle, bei ihnen her wie in einer Klostergemeinde.

An Ostern 1843 sandten die Brüder die Schapbacher Studenten heim, damit sie ihre religiösen Pflichten erfüllten. Es lag noch überall Schnee auf dem Schwarzwald und selbst in den Tälern der Wolf und Kinzig.

Am Osterdienstag nahm der Vormund den zukünftigen Hofbauern im Holdersbach im Schlitten mit hinab zum Ochsen, wo er Zeuge sein sollte, wie ein Stück seines zukünftigen Reiches versteigert wurde.

Zum Bürleshof gehörte noch ein kleines Taglöhnergütle, zwei Stunden vom Holdersbach entfernt – im Wildschapbach gelegen. Dieses verkaufte der Vormund, weil es zu weit entfernt war und der Student in Königsfeld Geld brauchte.

Doch die Studienzeit war bald zu Ende. Nur bis 1. Juli sollte er noch bei den Herrenhutern bleiben, und drum eilte er gleich wieder Königsfeld zu.

Seine liebste Erinnerung an die letzten Monate im Studi ist ihm heute noch eine Reise, die sämtliche Zöglinge mit ihren Lehrern nach Stuttgart machten.

Am 1. Juli 1842 hatte der Xaverisbur seinen Studenten gebracht, und am gleichen Tag des folgenden Jahres holte er ihn wieder. Der Student wäre damals gerne noch länger geblieben, ist aber in seinen alten Tagen der Meinung, es sei gut gewesen, daß der Vormund ihn geholt, denn er habe »seither erfahren und gesehen, daß es mit den studierten Bauern nicht weit her und daß praktiziert für den Landmann besser ist als überstudiert.«

»Wenn man«, so sagt er in seiner schlichten Art, »alle Arbeiten, die man in unseren Bergen kennen muß, beim Bauer selber mitschafft, ist es etwas anderes, als wenn man's aus den Büchern lernt. In unseren Bergen gibt es viel mehr und mannigfaltigere Arbeiten als auf dem ebenen Lande, die man nur körperlich ausführen und nicht theoretisch lernen kann. Es ist bei uns gar nicht möglich, daß man einem jungen Menschen sage, so und so mußt du es machen, sondern man muß es ihm selber vormachen können, wenn er es lernen soll.«

Sein Vormund weihte den Studenten auch gleich wieder in die Praxis ein. Schon am zweiten Tage nach seiner Rückkehr aus dem Studi gab er ihm die Sense in die Hand und stellte ihn neben seine Knechte zum Mähen.

Als der Heuet vorüber war, ging's ans Floßmachen, und der bei den Herrenhutern am Liebesmahl gesessen im stillen Frieden von Königsfeld, saß nun wieder auf der Spannstatt bei den Flößern bei derbem Trunk und Mahl und bei den Flößerzechen in Wolfe; denn im gleichen Spätjahr wurden noch vier große Flöße die Wolf hinunter in die Kinzig spediert.

In Königsfeld hatte der zukünftige Bürle auch etwas Musik gelernt und zwar auf dem Waldhorn.

Im ersten Winter nun, da er wieder daheim war und der viele Schnee die Arbeit in Wald und Feld einstellte, ging er mit seinen Kameraden an die Neugründung einer »türkischen Musik«.

Die Schapbacher Buren wetteiferten allezeit mit den Städtchen des Kinzigtales, wenn es galt, etwas Neues einzuführen.

So hatten sie in den zwanziger Jahren schon eine türkische Musik gehabt und in den dreißiger auch Bürgermilitär.

Die Musik hörte Ende der dreißiger Jahre aber wieder auf, da der Pfiferjörgle mit seiner Volksbande Musik für alle machte. Doch seine Kapelle bestand eben nur aus »Schnurranten«, und ihre Volksweisen waren den Schapbachern nicht neumodisch genug. Sie wollten drum wieder eine türkische Musik haben, mit der man auch bei Prozessionen und an Kirchenfesten ausrücken konnte.

Die alten Türken im Schappe saßen nun mit den angehenden Jungtürken im Winter 43 auf 44 zusammen und übten wieder Parademusik.

Schon am Fronleichnamsfest 1844 ließen diese Türken sich hören, und alle Wälder, Berge und Täler an der Wolf hin lauschten mit den Buren und ihren Völkern, die vom Kupferberg, vom Hirschberg, von der Sulz, aus dem Wildschapbach, aus dem Tiefenbach und Holdersbach ins Dorf geströmt waren, um die Prozession mitzumachen und die neue türkische Musik zu hören.

In jenen Jahren wurden die Waldungen vom großen Schmidsberger Hof ausgeschlachtet, und der Xaverisbur hatte es übernommen, das Holz zu Tal zu schleifen und zu verflößen.

Nicht weniger als zehn große Flöße und anderthalb tausend Klafter Holz wurden aus jenen Wäldern geschafft, und vom frühesten Morgen bis in die sinkende Nacht hinein mußte der Student von Königsfeld bei dieser Arbeit sein.

Mit Wehmut gedenkt er heute der fröhlichen Kameraden, die mit ihm die zehn Flöße verschifften und die alle längst tot sind: seines Vormunds Söhne, der Andres und der Gordian, des Bühlburen Buben, der Philipp, der Gottfried, der Sepp und der Severin, die zwei vom Vize-Buren, der Korneli und der Cölestin, der alte Zanger-Michel und sein Sohn, der Jörg, der kleine Kohler, der schon droben im südlichen Schwarzwald auf der Wutach geflößt hatte, der alte Günter-Bartle und seine Buben, der Joks (Joachim), der Marx und der Jakob.

Hei, war das eine lustige, durstige, schaffige, kräftige Schar von Naturmenschen! Sie alle, bis auf einen, hat der Tod geholt: die Wasser der Wolf aber rauschen noch unentwegt und erzählen den Erlen am Bache hin von den lustigen Flößern, die nicht mehr sind und nie mehr kommen werden.

Der Xaverisbur hatte nicht bloß Buben, sondern auch Meidle. Und diesen letztern war es sicher nicht zu verübeln, wenn sie ein Auge hatten für den jungen, stattlichen Vetter und angehenden Großbauer im Holdersbach. Der aber merkte die Absicht und wurde verstimmt. Die Meidle wurden auch verstimmt und schwatzten, ihr Vater versäume viel Zeit mit der Vormundschaft und schade sich so selber. Drum verließ der Jakob im Frühjahr 1845 das Haus des Vormunds und ging hinab in sein Eigentum im Holdersbach.

Hier war aber bis zur Volljährigkeit des zukünftigen Buren sein Bruder Marx noch Herr und Pächter. Dem half er nun arbeiten wie ein Knecht, und nebenbei beaufsichtigte und beforstete er die Waldungen seines Hofes, die nicht verpachtet waren.

Wenn aber der Vormund ein Floß zu machen und zu verschiffen hatte und er seinen Mündel berief, so kam dieser jeweils mit Vergnügen; aber den Sirenen auf dem Hofe des Xaverisburen ging er gründlich aus dem Weg.

Im Herbst 1845 wurde er Rekrut und bei der »Assentierung« zum Leibdragoner-Regiment gezogen. Doch als er im Frühjahr einrücken sollte und zu gleicher Zeit volljährig und sein eigener Herr geworden war, nahm er einen Beutel voll Geld in die Tasche und reiste gen Karlsruhe. Hier suchte und fand er in der Schwadron, welcher er zugeteilt war, einen Einsteher, einen Trompeter namens Ditt aus Rauenberg. Dem bezahlte er 600 Gulden und war damit für alle Zeiten frei von jeglichem Kriegsdienst.

Das ist eines der wenigen Verdienste, die ich an den Preußen lobend anerkenne, daß sie das Loskaufsrecht, das aus napoleonschen Tagen stammte; abgeschafft haben und jeden zwingen, sein Blut und Leben dem »Vaterland« oder richtiger der Monarchie und Dynastie zum Opfer zu bringen.

Früher hatte der arme Teufel allein zu bluten, und bei den Preußen waren unter dem großen Fritz und seinen königlichen Vorfahren die Söhne vermöglicher Eltern gesetzlich frei. Heute muß auch der vermögliche Bauernsohn und der protzige Bourgeois-Sprößling Soldat werden. Und das ist umsomehr recht und billig, als der arme Teufel weder Haus und Herd, noch seinen Geldsack zu verteidigen hat, wenn »der Erbfeind« kommt, sondern nur anderer Leute Hab und Gut schützen und verteidigen hilft.

Bei den Herrenhutern hatte der Jakob aus dem Holdersbach das Reisen gelernt. Drum fuhr er auch nicht gleich von Karlsruhe wieder heim, sondern tat noch eine Reise nach Mannheim, Heidelberg, Bruchsal und Straßburg.

Nach Mannheim ging er wegen der berühmten Kettenbrücke über den Neckar, die damals für eines der wenigen badischen Wunderwerke galt. Neben dem Freiburger Münster und den schon genannten Kirchen von Oberharmersbach und Schiltach sprach man vor fünfzig und mehr Jahren im Kinzigtal nur noch von dieser Kettenbrücke als einem Wunderbau.

Die Mannheimer hielten ihre Kettenbrücke natürlich selbst auch dafür, und wer über dieses Wunderwerk auch nur gehen wollte, mußte Brückengeld bezahlen. Auch ich zollte dem Mannheimer Stadtsäckel und seinem Neckarwunder meinen Tribut, als ich anno 1863 das erstemal in Mannheim war. Denn wer in jener Zeit in diese einförmige Stadt kam und die »berühmte« Kettenbrücke nicht besichtigte, war in Rom gewesen und hatte den Papst nicht gesehen.

Heimgekehrt mit leeren Taschen, zog der junge Bur in seine Waldungen im Hirschbach und schlug Tannen nieder, damit er wieder zu Geld käme.

Aber die Herrschaft konnte er nicht gleich antreten, da sein Bruder Marx noch Pächter war bis zum 1. Januar 1847. Bis dahin half der kommende Mann seinem Pächter schaffen und andern Flöße machen.

Nun zog der Marx aus, hinüber an die Steig, wo er ein eigen Gut gekauft, und fortan war der Jakob alleiniger Herr im Elternhaus; er bekam jetzt auch den alten Hofbesitzers-Titel und ward »der Bürle« genannt bis zur Stunde.

Aber es fehlte die »Bürlese«. Doch auch für die war schon gesorgt. Droben im Schappe, beim Bierwirt Valeri hatte der junge Holdersbacher sie gefunden. Der Valeri war Musikant bei den Türken, und bei ihm hielten diese ihre »Proben« ab. In seiner Wirtschaft aber befand sich des Vogtsbure Heli (Helene) von Rippoldsau.

Der Vogtsbur hatte das Anwesen des verstorbenen Bäckers und Wirts vor dem Burgbach-Tälchen bei Rippoldsau gekauft und für seine Tochter bestimmt. Da sie also eine Wirtin werden sollte, sandte er sie ins Bad Rippoldsau damit sie das Kochen lerne und dann zum Valeri, der noch einen Kaufladen neben seiner Wirtschaft hatte, auf daß sie die nötigen Kenntnisse für eine Wirtin erwerbe.

Hier nun sah der junge Bürle das Meidle, und ihr braves, schaffiges Wesen gefiel ihm, bevor noch des Valeris Weib ihm gesagt hatte, die Heli sei's bravste Meidle, das sie je im Hause gehabt.

Kaum Bürle geworden, ging er am Dreikönigstag 1847 hinauf nach Rippoldsau zum Vogtsbur, hielt um die Heli an und bekam das Jawort; denn der Bürle im Holdersbach war zwar kein Bauernfürst wie sein Nachbar Simon, der Bur, aber doch einer der größeren Buren im Wolftal. Auf solch einen Hof zu kommen, besinnen sich in der Regel weder die Meidle, noch deren Eltern. Drum waren viele Meidle im Schappe auch wild, daß der Bürle hinaufgezogen war ins Rippoldsau und keine von ihnen genommen hatte. Er und seine Heli wurden deshalb scharf durch die Hechel gezogen, als es laut wurde, daß sie sich versprochen.

Es ging ihnen nach den im oberen Kinzigtal üblichen Sprichwörtern:

Wenn man tut wibe oder manne,
So treit man d'Luge in der Wanne.[2]

Wenn einer wibe tut
Oder eine manne.
So bringt man das Gute im Fingerhut
Und das Böse in der Wanne.

Drum beeilte sich das junge Paar, möglichst bald zu heiraten und so den Hecheleien ein Ende zu machen. Am 8. Februar 1847 wurden der Jakob und die Heli »zusammengegeben« z'Schappe in der Kirche.

Es besteht im Wolftal von altersher und bis heute die schöne Sitte, daß der Hochzeitszug, ehe er das Haus Gottes betritt, auf dem Kirchhof Halt macht. Hier werden fünf Vaterunser und »Herr gib ihnen die ewige Ruhe und das ewige Licht leuchte ihnen« gebetet für die verstorbenen Angehörigen der Brautleute.

So Haben auch die Toten in sinniger, christlicher Art ihren Anteil an dem Festtage.

Von der Kirche ging des Bürles Hochzeitszug unter Begleitung der Türken das Tal hinab in den Ochsen.

Von allen Seiten kamen zahlreiche Gäste, wie es Mode ist bei einer großen Bauernhochzeit. Von Rippoldsau, Kniebis, Freudenstadt, Wolfe und Oberwolfe, Kinzigtal, St. Roman, Schenkenzell, Schilte, Kaltbrunn, Schramberg und Peterstal waren so viele Leute gekommen, daß sie kaum Platz fanden in dem großen Wirtshaus, und um ins Freie zu sitzen, dazu war es zu kalt.

Während der Hochzeitstafel konzertierten die Türken in einem Nebenzimmer. Da meldete man dem Hochzeiter, der Kapellmeister habe seinen Musikanten gedroht, wer von ihnen mit der Hochzeiterin tanze, werde von der Musikbande ausgestoßen.

Der Kapellmeister war der Andres, des Xaverisbure Sohn, und der hatte einen Zorn, weil der Bürle keine seiner Schwestern, sondern eine »Fremde« genommen.

2   Ein riesiges, korbähnliches Geflecht zum Putzen der Frucht.

Trotz dieser Kränkung hielt aber der Hochzeiter Frieden; denn im Volksmund heißt es, wenn's bei einer Hochzeit Streit und Händel gebe, so sei das kein gutes Zeichen und es folge darauf eine unfriedliche Ehe.

Für diese Riesenhochzeit, bei der nicht einmal alle Gäste an der »Hochzeitstafel« Platz hatten, bezahlte der Bürle bei der Abrechnung nur 55 Gulden; so billig war's dazumal noch in der Welt.

Jetzt waren ein Bur und eine Büre auf dem Bürlehof. Der Bur war aber noch nicht 22 und die Büre erst 19 Jahre alt. Aber wenn je einmal das Sprichwort: »Jung gefreit, hat noch niemand gereut«, in Erfüllung ging, so war's bei dem jungen Ehepaar im Holdersbach.

6.

Es war eine harte Zeit, die vom Jahre 1847. Der Hunger ging im Winter und Frühjahr durchs Land und kehrte fast überall ein, selbst auf großen Bauernhöfen. Nur auf dem Bürlehof gab's keine Not. Der Bruder Marx hatte bei seinem Wegzug so redlich geteilt mit dem Erbfürsten, daß dieser und sein junges Weib und ihre Knechte und Mägde zu leben hatten und noch andern geben konnten.

Denn barmherzig zu sein gegen Arme und Notleidende, das war beim Bürle von Anfang an ein Hausgesetz und blieb es.

Ein armer Zimmermann, welcher der teuren Zeit wegen keine Arbeit finden konnte, nahm Knechtsdienste auf dem Bürlehof und machte dem jungen Bur nebenher all' die Werkzeuge, die man auf einem Bauernhof braucht und die dem Anfänger fehlten.

Wie billig die Knechtsdienste in jenen Tagen noch waren, zeigt die Tatsache, daß der Jahreslohn eines Knechtes 36 Gulden, d. i. 62 Mark, betrug, heute hat ein solcher das Vierfache, aber, wie ich schon oft gesagt, am Ende des Jahres weniger Geld in der Tasche als sein Kollege vor fünfzig und sechzig Jahren.

So traurig das Jahr 1847 in seiner ersten Hälfte war, so freudig gestaltete es sich im Sommer und Herbst. Es war das beste Ernte- und Weinjahr des Jahrhunderts in Bezug auf die Quantität.

So groß die Not gewesen, eben so groß war der Segen. »An allen Hecken hingen Früchte«, erzählt heute noch der Bürle, »und ich weiß in meinem Leben noch kein besseres Jahr.«

Zu gleicher Zeit wollte aber auch sein Vormund nochmals ernten und sandte seinem einstigen Mündel, entgegen aller Vereinbarung und trotz der vielen Arbeit, die er ihm geleistet, eine Kostgeld-Rechnung für die sieben Jahre, die der Jakob bei ihm zugebracht. Er rechnete allerdings pro Tag nur sechs Kreuzer; es machte aber doch eine hübsche Summe, die der Bur im Holdersbach ohne Widerrede und ohne Prozeß bezahlte.

Zweifellos stunden die jungen Wibervölker des Xaverisburen hinter dem Streich. Sie wollten sich rächen, weil er keine von ihnen genommen hatte. Doch das Geld wollte der Bürle wieder verdienen, und dazu war ihm keine Arbeit zu schwer, trotzdem er einen Hof von weit über 209 Morgen sein eigen nannte.

Rindenhändler aus dem Renchtal hatten im Hirschbach Fichten schälen lassen, und die Rinde führte der Bürle über den steilen Freiersberg hinüber ins Renchtal. Für eine Rindenwelle, sechs Fuß lang und drei Fuß dick, bekam er drei Kreuzer, und er brauchte vier starke Ochsen, um einen Wagen voll über das Gebirg zu bringen.

Aber der brave junge Mann dachte, als Anfänger könne er das wenige Geld wohl brauchen und der Weg zum Gulden führe durch die Kreuzer.

Still und friedlich wie der Bürle all seiner Lebtag war, nahm er keinen Anteil, als es im März 1848 auch im Wolftal hieß: »Die Franzosen kommen!« – und der Bürgermeister von Schappe in den Holdersbach einen Boten sandte mit dem Befehle, alle verfügbare Mannschaft ins Dorf zu schicken. Vom Bürlehof kamen nur zwei Knechte, mit Heugabeln bewaffnet, und bald zog ein »Bataillon Franzosenwehr« aus dem Schappe dem Kinzigtal zu.

Der Kommandant war ein alter Bauer, der schon einmal genannte Vernet aus der Sulz, welcher noch unter Napoleon Schlachten hatte schlagen helfen und nun, mit einem mächtigen Schleppsäbel umgürtet, an die Spitze der tapferen Schar trat, am Abend aber von Hasle her wieder mit ihr heimkehrte, da der Lärm ein blinder gewesen war.

Es kamen indes bald wieder schlechte Zeiten, die Revolution und die ersten fünfziger Jahre mit ihren kalten Wintern und ihren nassen Sommern. Viele Bauern, große und kleine, gingen in diesen Jahren zugrunde. Der Bürle aber machte sich in dieser Zeit; er bezahlte mit dem Erlös aus seinen Flößen seine Schulden, baute sein Haus um, legte einen schönen, großen Garten bei demselben an und Wege und Stege auf seinem Gut, um es zu verbessern.

Wie war das möglich? Durch Gebet und Arbeit. In diesen beiden häuslichen Tugenden gingen der Bur und die Büre auf dem Bürlehof allen ihren Knechten und Mägden voran.

Morgens, mittags und abends war gemeinschaftliches Gebet vor und nach dem Essen. Erst Dank für Speise und Trank und dann noch besondere Gebete: am Morgen zu Ehren des allerheiligsten Sakraments, dieser Speise zum ewigen Leben, hierauf zum hl. Joseph, dem Haupt der heiligen Familie zu Nazareth, und dann zum hl. Wendelin, dem wunderbaren Hirten und Patron des lieben Viehes; am Mittag ward wieder gebetet »Gelobt und gebenedeit sei das allerheiligste Sakrament des Altars!« und dann das *Salve regina*; am Abend das Gebet zu den fünf Wunden des Heilandes und vom Rosenkranzsonntag bis zum weißen Sonntag noch ein Rosenkranz.

Bei keiner dieser drei Gebetszeiten wurden die armen Seelen vergessen; auch für sie ward jeweils ein Vaterunser gebetet und ein »Herr gib ihnen die ewige Ruhe und das ewige Licht leuchte ihnen!«

Muß auf solchem Gebet, des Tages dreimal gesprochen von Menschen, die im Schweiße ihres Angesichts ihr Brot verdienen, nicht der Segen des Himmels ruhen?

Dem Gebet entsprach auf dem Bürlehof die Arbeit. Und auch hier waren Bur und Büre die ersten; zur Sommerszeit um 3 Uhr und im Winter um 5 Uhr morgens.

Bei der schwersten Arbeit, beim Mähen, war der Bur stets vorne dran und schwang die Sense, 45 Jahre lang, d. i. so lang er auf dem Hof regierte. Im Winter aber drosch er mit seinen Knechten Tag für Tag vom frühen Morgen, bei Laternenschein, bis zum Abend das Getreide des Sommers aus. Vom Musikmachen bei den Türken war schon im ersten Jahre seiner Bauernschaft keine Rede mehr. Auch am Pflug und beim Säen stand der Bürle in erster Linie an der Arbeit. Er hielt sich allzeit an das Sprichwort:

> Wenn der Bauer sich nicht bückt,
> Wird der Acker nicht gepflügt.

Selbst mitschaffen, meint er heute noch, sei für einen Bur das beste. »Wenn ein Bur mitschafft«, sagt er, »so kann er seine Leute übersehen; dann ist jedes mehr oder weniger angewiesen, seine Pflicht zu tun, und es unterbleiben Schwätzereien und schlechte Reden.«

An Sonntagen ließ der Bürle seine Knechte ins Wirtshaus, und er blieb daheim, damit ein Mannsbild auf dem Hof sei. Wenn er dann am Werktag Lust hatte zu einem Schoppen, so ging er am Abend das Tal hinaus und trank einen beim Ochsenwirt.

»Die Frau«, so sagt ein französisches Sprichwort, »ist nach dem Mann zu taxieren.« Dies Wort traf auch auf dem Bürlehof zu.

Keine Magd arbeitete so, wie die Büre, eine kleine Frau mit einer erstaunlichen Schaffens- und Willenskraft. Sie brachte jährlich bis zu tausend Mark ins Haus für Butter, den sie im Sommer ins Bad Rippoldsau und im Winter über den Kniebis hinüber nach Freudenstadt verkaufte.

Noch weit mehr Geld schaffte sie auf den Hof durch ihre Schweinezucht, die sie allein überwachte und besorgte; oft blieb sie, wenn notwendig, in den Schweineställen übernacht, um bei ihren Pfleglingen zu sein.

Je mehr Gottes Segen kam, um so mildtätiger öffnete die Büre ihre Hand. Brot, Milch, Speck, Eier, Schmalz wanderten in ungezählter Menge in die Schürzen der Bettlerinnen, die namentlich zur Winterszeit vom Kniebis herabkamen und »um Gottes willen« ein Almosen »heischten«. Ein Pfarrer, der jahrelang im Schappe amtete, sagte mir, auf dem Bürlehof sei stets eine Kuh gestanden, deren Milch den Armen gehörte.

Auch jenes Werk der Barmherzigkeit, das da heißt »Fremde beherbergen«, übte man fleißig im Holdersbach. Handwerksburschen, »Buckelkrämer« (Kranitzer) und Söhne Israels, welch' letztere mit Bändel oder Vieh handelten – sie alle fanden Kost und Wohnung beim Bürle und seiner Frau um Gotteslohn.

Doch den Gerechten blühen auch Heimsuchungen, und darum blieben die zwei braven Leute im Holdersbach von solchen gleichfalls nicht verschont. Nicht weniger als fünf Mann erhoben eines Tages gegen sie die Anklage, sie hätten von dem Großvater der Frau, dem »alten Jochemsbur«, 2800 Gulden Geld erhalten und nicht heimbezahlt.

Das Aufstreben des Bürle im Holdersbach, der Segen, den er hatte und verdiente, schrieben die Leute einem Betrug zu, und das war hart für den braven Mann und sein ebenso braves Weib, die ihrer ehrlichen Arbeit und dem Segen Gottes alles verdankten.

Es kam zum Prozeß beim Hofgericht in Karlsruhe, das bei der Verhandlung den Angeklagten den Offenbarungseid zuschob, den sie besten

Gewissens schworen, worauf die fünf Biedermänner abgewiesen wurden. »Sie sind schon längst alle tot, meine Widersacher«, so spricht der Bürle heute noch, »unser lieber Herrgott aber möge es ihnen verzeihen. Ich habe es ihnen auch verziehen, trotzdem sie mich an Ehre und Gut schwer schädigen wollten.«

War die Bosheit so besiegt, ging der Bürle aufs neue daran, seine Habe zu mehren. Von den großen Bauernhöfen auf dem Schwarzwald zweigten sich frühzeitig, wie ich schon anderwärts erzählt, kleinere Güter ab, welche die Großbauern ihren Taglöhnern verliehen. Diese, oft die Brüder des regierenden Herrn, mußten dem Bur gewisse Dienste leisten und hatten dafür das Gütchen unbelastet zu Lehen. Dasselbe fiel aber, wenn die Familie des Gütlers ausstarb, an den Bur zurück.

Oft verkaufte dieser solche ihm zurückgefallene Lehen an einen seiner enterbten Brüder, und so kamen die »Gütle« als Eigentum weg vom Hof, wurden von den ersten Besitzern oft wieder verkauft und gelangten in fremde Hände.

Diese Gütle, soweit sie zu seinem Hof gehört hatten, suchte der Bürle wieder zu erwerben und zu seinem Hof zu schlagen. So saß auf einem die Tochter des ehemaligen Waldfürsten vom Seebenhof, von dem wir noch mehr hören werden. Sie war wegen ihrer verkrüppelten Leibesgestalt an einen Taglöhner verheiratet worden. Bald abgehaust, verfiel das Paar der Armut, bis es nach dem Tod der Waldfürstin Apollonia, die wir auch noch kennen lernen, wieder zu einigem Gelde kam.

Mit diesem kaufte es ein Gütle beim Bürlehof. Aber die Prinzessin vom Seebenhof, Crescentia war ihr Name, tat auch hier nicht gut. In Saus und Braus erzogen, war sie ein flottes Leben gewöhnt; sie rauchte wie eine russische Großdame – und so wurde den Leuten auch im Holdersbach wieder verkauft.

Käufer war der Bürle. Als aber wenige Jahre später eine Tochter der Verarmten krank und elend und arbeitsunfähig aus der weiten Welt, in der sie gedient hatte, in den Holdersbach zurückkehrte, nahmen der Bürle und sein Weib das unglückliche Meidle in ihr Haus auf und pflegten es um Gotteslohn bis zu seinem Tode.

Ein zweites Gütle erwarb der brave, unermüdliche Mann bald darauf im Jahre 1859. Und als in diesem Jahre der österreichisch-italienische Krieg ausbrach und alle Geschäfte still standen, keine Tanne geschlagen wurde und die Arbeitskräfte brach lagen, stellte der Bürle arbeitslose

Leute an. Die halfen ihm seinen Hof planieren und arrondieren und demselben das Gekaufte einverleiben.

Obmann dieser Arbeiter war der Pfiferjörgle, der vor und nachher, wie wir wissen, in des Bürles Diensten stand.

Nach alter schöner Sitte, die sich schon im dreißigjährigen Kriege findet, ziehen die Buren des Kinziggebiets in Kriegszeiten nach dem Bergdorfe St. Roman, um den Frieden zu erbitten.

Auch im Sommer 59 taten sie dies, und unter den Wallfahrern befand sich natürlich auch der Bürle mit seinen Völkern. »Acht Tage später«, so äußert er heute, »hieß es, der Krieg habe ein Ende. Wir Buren glaubten stark, wir hätten es erbetet. Damals war alles bei der Prozession, reich und arm; aber ich meine, wenn man heute so was anordnen würde, es gäbe kaum ein Dritteil von Teilnehmern gegen dazumal.«

Der Bürle hat hier ein wahres Wort ausgesprochen. In den Jahrzehnten, die seit jener Prozession nach St. Roman verflossen sind, hat nicht bloß im Kinzigtal, sondern auch sonst überall das religiöse Leben an Tiefe und Umfang bedeutend abgenommen. Und wer vierzig und fünfzig Jahre zurückdenken kann, wie der Bürle und ich, der wird uns recht geben.

Was ist aber schuld daran? Die Bildung und die Kultur, die überall die Genußsucht und die Lebsucht wachgerufen und das Christentum mit seiner Entsagung und Selbstverleugnung zurückgedrängt haben.

Der Bürle war nicht rechtskundig wie sein Nachbar, der Bur, oder wie der Fürst im Kaltbrunn, welch' beide die Berater ihrer Mitburen gewesen waren in allen Prozessen und Rechtssachen, – aber er galt als der praktischste und erfahrenste Landwirt ringsum.

Sein Hof war ein Musterhof geworden und der Bürle ein Musterbur, der in allem, was zum Umtrieb eines Waldhofes gehörte, durch und durch bewandert war und jedem, der es verlangte, Bescheid geben konnte.

Er zählte zu den Wildschapbacher Waldburen. Diese, dreiundzwanzig an der Zahl, deren Höfe alle im Wolftale gelegen sind, haben ihren Hauptwaldbesitz im Wildschapbach, wo sie etwa 1.000 Hektar in unzähligen Tälchen und »Döbeln« ihr eigen nennen.

Daß diese dreiundzwanzig Buren nicht zu den kleineren Leuten ihres Standes gehören, ist leicht ersichtlich. Ihr Besitz im Wildschapbach repräsentiert gegenwärtig einen Holzwert von zwei Millionen.

Diese Buren sind aber von jeher auch tüchtige Forstmänner gewesen und haben ihre Waldungen musterhaft bewirtschäftet. Mit Recht behauptet der Bürle heute noch: »Wenn die studierten Forstleute glauben, sie müßten die Buren belehren, wie sie den Wald ›beförstern‹ sollen, so sind sie weit hinten dran.« Schon vor 60 Jahren haben die Buren im Wolftal den Ausspruch getan: »Wenn die Förster des Fürsten von Fürstenberg walden täten wie wir, so könnte der Fürst so viel Holz flößen lassen, daß wir Buren das ganze Jahr hindurch keinen Platz hätten auf dem Bach. Und es ist drum ein Glück für uns, daß die studierten Förster so verkehrt walden.«

»Wer«, so fragt der Bürle, »hat bei uns zuerst neue Wälder angesetzt? Wer in den Wäldern zuerst gestümmelt? Antwort: Die Buren, denen die Förster es nachgemacht haben.«

Der Mann hat sicher recht: denn alle Kunst und alle Wissenschaft ging in ihren Anfängen nicht von der Schule, sondern vom Leben, nicht von den Professoren, sondern vom »gemeinen« Volk aus.

Trotzdem die dreiundzwanzig Bauern heute für zwei Millionen Mark Holz in ihren Wäldern haben, meint der Bürle: »Der Waldbur soll nie übermütig werden; denn alles, was schon dagewesen ist, kann wieder kommen, also auch die niederen Holzpreise. Und nichts spürt's eher als das Holz. Wenn es Krieg oder sonst schlechte Zeiten gibt, so sinken vorab die Holzpreise.«

Drum wurde der Bürle nie übermütig in guten und nie kleinmütig in schlechten Zeiten. Seinen Wald behandelte er wie ein Kleinod und fuhr in keinem Jahr mit mehr als einem Floß den Wolfbach hinab. Im Jahre 1881 hat er das letzte Floß auf den Bach gebracht, und er bedauert, wenn auch aus anderen Gründen als ich, daß die Flößerei aufgehört hat und die Buren ihr Holz jetzt im Wald verkaufen an die Sägmüller. »Es ging durch das Aufhören der Flößerei viel Arbeit verloren für die ärmere Klasse«, meint er; »das Holz kam früher rascher aus dem Wald und wurde auf einmal bezahlt. Der Bauer bekam für sein Floß gleich ein groß Stück Geld in die Hand und konnte Schulden und Zinsen zahlen, was für die jungen Buren, die ihre Höfe erst angetreten, von großem Werte war.«

Das Ansehen, dessen der Bürle sich unter seinen Standesgenossen erfreute, brachte ihm auch alle Ehrenämter in der Gemeinde, soweit er sie nicht ausschlug. Und als in den siebziger Jahren ein neues Steuerkataster angelegt und alle Güter und Felder neu eingeschätzt wurden, war der Bürle einer der Vertreter des Bauernstandes für die Einschätzung des oberen Kinzigtales.

Mannhaft hat er sich als solcher jeweils gewehrt, wenn die dabei tätigen Staatsbeamten es versuchten, möglichst hoch einzuschätzen – und dankbar gedenkt er des Oberförsters Schätzle von Wolfe, der in jenen Tagen unentwegt auf der Seite der Bauern stand und allzeit ein Freund des Volkes gewesen ist.

Merkwürdig findet es der Bürle, daß er, obwohl 45 Jahre Bur im Holdersbach und einer der Höchstbesteuerten der Gemeinde, nie zum Geschworenen gewählt wurde. Der brave Mann übersieht dabei, daß die Geschworenen durchs Los gezogen, die Lose aber mit den Namen der zu Kürenden erst nach weiser Beratung in die Urne geworfen werden und daß der Göttin mit der Binde bisweilen Röntgenstrahlen aus ihren Augen strömen, welche sie schwarz und rot erkennen lassen. Wer das fassen kann, der fasse es.

Die Buren im mittleren Kinzigtal fahren sehr gern »z'Märkt« nach Hasle, und es gibt manchen Bur, der keinen Wochenmarkt, und sehr viele, die keinen Jahrmarkt dort versäumen.

Die Waldburen im obern Wolftal, trotzdem sie geldkräftiger sind, lieben es gar nicht, in ihr nahes Amtsstädtle Wolfe auf den Markt zu fahren und verachten selbst den Kuchenmarkt, den einzig namhaften Jahrmarkt in Wolfe.

Der Bürle war 45 Jahre Bur im Holdersbach und kam in dieser Zeit nicht dreimal auf den genannten Markt. Dagegen liebte er, wenn auf dem Hofe nichts versäumt wurde, größere Reisen. Seit dreißig Jahren hat er fast alle Katholikenversammlungen im deutschen Reiche mitgemacht, am Rhein, am Bodensee und am Main. Zweimal war er in Oberammergau beim Passionsspiel und oft schon in Einsiedeln, wobei er jeweils Umwege machte, um Land und Leute kennen zu lernen.

Kein Pfarrer und kein Pfarrverweser amtete in den vergangenen vierzig Jahren im Schappe, den er nicht besucht hätte, nachdem derselbe aus dem Wolftal wieder fortgekommen war.

Der Bürle war Freund und Berater aller dieser geistlichen Herren, die in alleweg an ihm eine starke, treue Stütze hatten. Für die Pfarrkirche, ihre Verschönerung, ihre Paramente gab er immer und immer wieder Hunderte von Gulden. Viele Tausende aber stiftete er für den Neubau einer Kirche im Schappe, für den Bonifazius-Verein, für die Trappisten-Niederlassungen in Bosnien und für die Kretinenanstalt in

Herthen. Arme Studenten, bedrängte Witwen und Waisen fanden und finden bis heute bei ihm stets eine offene Hand.

So hat er allezeit nicht bloß im Wort fest und unentwegt seine katholische, religiöse Gesinnung gezeigt, sondern auch in der Tat und in den Werken der Barmherzigkeit.

Und mit Recht konnte das kinderlose Ehepaar auf dem Bürlehof sagen, ihre Kinder seien die Armen und die Waisen.

Nahezu ein halbes Jahrhundert haben beide so gearbeitet und gewirkt und Wohltaten gespendet im Holdersbach. Die Büre war indes eine Sechzigerin geworden und konnte die strenge Arbeit, an die sie gewöhnt war, nicht mehr bewältigen. Sie hatte zudem in letzter Zeit noch einen Arm gebrochen.

Drum trachteten beide darnach, sich in die Ruhe zu begeben an einen Ort, wo sie, der Kirche nahe, ihrem Seelenheil leben und sich auf den Tod vorbereiten könnten.

Ein kleines, sonniges Häusle im Städtle Wolfe, unfern der Pfarrkirche an der Landstraße ins Wolftal gelegen, wurde feil und gekauft. Nachdem es her- und eingerichtet war, wurde der musterhaft angelegte und ebenso bewirtschaftete Hof einer Bruderstochter des Buren, die sie erzogen hatten, und einem Bruderssohn der Büre übergeben um einen Preis, wie ihn die Eltern den Kindern machen

Das junge Paar hielt am 26. Oktober 1891 seine Hochzeit, und zwei Tage später verließen der alte Bürle, wie er jetzt hieß, und sein braves Weib die liebgewordene Heimat.

Acht Tage zuvor hatte der wackere Mann die Waldburen vom Wildschapbach alle zu einer Abschiedsfeier eingeladen hinaus in den Ochsen. Hier gastierte er seine Kollegen und hielt eine Ansprache, in der er sie mahnte, die Einigkeit, auf die er stets gedrungen habe, zu bewahren. Als er mit seiner Helene den Holdersbach verließ und auf einem Wägele talab fuhr Wolfe zu, hatte er im »Sitztrögle« sein bares Geld. Und da er seinem Weib die vielen, vielen Tausende nannte, auf denen sie jetzt saßen und die sie beide in mühsamer Arbeit erworben hatten, meinte es mit Recht: »Was nützt das viele Geld, wenn man krank und alt ist.«

Und in der Tat, die brave Frau konnte sich der wohlverdienten Ruhe nicht allzulange freuen. Näher und näher kam der Tod, und immer wieder meldete er sich an durch Krankheitsfälle.

Sie sah ihm aber entgegen mit dem Mut einer wahren Christin. Gestärkt mit dem Brote des ewigen Lebens, verschied sie unter dem lauten Gebet ihres Mannes am Christtag 1896 unter dem »Hirtenamt«.

Seitdem lebt ihr Mann, jetzt ein Siebziger, einsam in seinem stillen Häusle, betend und Wohltaten spendend, bis auch ihn der Tod holt. Nie versäumt er, so oft das Glöcklein von der nahen, altersgrauen Kirche zum Gottesdienst oder zum Gebet ruft, diesem Ruf zu folgen, sei es am Morgen, am Mittag oder am Abend.

Ist jemand im Städtle gestorben und das Glöcklein tönt am Abend zum Rosenkranz für die Heimgegangene arme Seele, so fehlt dabei nie der Bürle, und er betet stets am Schluß der Andacht die Litanei.

Zur Sommers- und Winterszeit aber, jeden Tag, den Gott vom Himmel gibt, wandert am frühen Nachmittag ein großer, starker Mann mit dem Kopf eines heiligmäßigen Abts oder eines Bischofs des Mittelalters einsam und allein durchs Städtle Wolfe und hinaus in Feld und Wald, beschauend, betrachtend und sinnend.

Nach der Wanderung kehrt er ins Städtle zurück und trinkt bald in diesem, bald in jenem der vielen Wirtshäuser ein Glas Wein. Es ist der Privatier Jakob Dieterle, genannt der Bürle aus dem Holdersbach.

Von seinen zehn Geschwistern sind alle tot bis auf einen Bruder, Franz. Wer zur Sommerszeit das Wolftal hinauffährt mit dem eleganten Postwagen des Badbesitzers Göringer, der sieht, an der Station Schapbach angekommen, einen greisen Mann mit einem vornehmen Rassekopf die Dienste des Postexpeditors versehen. Das ist der Bruder des Bürle, einst Drechsler, jetzt längst Kleinbauer und Postagent im Schappe.

Nicht vergessen darf ich, daß der Bürle verwandt ist mit dem Waldhüter Dieterle, dem Nachfolger des Fürsten vom Teufelstein. Der Großvater dieses geistreichen Waldmannes, des »Bürles Hannesle«, war der leibliche Bruder des Vaters unseres Erzbauern gewesen und hatte das Taglöhnergütle im Hirschbach besessen, auf dem der heutige Teufelsteiner geboren ist und das einst zum Bürlehof gehörte.

Der Hannesle war es, der das Gütle kaufte, als der Vormund des Erbprinzen vom Bürlehof es versteigern ließ, da dieser bei den Herrenhutern im Studi war.

Und der Kapuzinerpater Fidelis Dieterle, Guardian im Kloster Sigolsheim im Elsaß, fulminanter Fastenprediger an St. Martin zu Freiburg und am Münster in Straßburg ist ein Neffe des Bürle, der Sohn des Forellenwirts in Gremmelsbach unterhalb Triberg.

Auch der Pfarrer Jonas Dieterle, Dekan in Dogern bei Waldshut, ein feuriger Engel Gabriel vor dem Herrn, – ist ein Bruderssohn. Sein Vater war der Markus, der den Bürlehof umtrieb, bis der Erbprinz Jakob ihn selbst übernahm.

So sehen wir, daß der Stamm Dieterle große Männer hat, denen man allen schon im Gesicht die Abstammung von Erzbauern und Bauernfürsten ansieht. Aber ihr Geschlecht ist auch zahlreich. Von drei Menschen im Wolftal heißen zwei sicher Armbruster und der dritte ebenso sicher Dieterle.

Die Buren am Wildsee

1.

Ganz oben im Schapbacher Tal, im Zinken Seebach, liegt, nahezu tausend Meter über dem Meere, der Wildsee. Er ist wohl der kleinste, aber nach meinem Geschmack der feinste Bergsee des ganzen Schwarzwalds und zwar deshalb, weil er der düsterste ist und voll von einer Melancholie, die es einem förmlich antut, in seinen Wassern sterben zu wollen.

Wie der Dichter einmal sagt von der Gewalt einer Wasserfee:

> Halb zog sie ihn,
> Halb sank er hin
> Und ward nicht mehr geseh'n

so zieht der Wassergeist, der über dem Wildsee schwebt, einen an, in seinen kühlen Fluten alles heil zu sehen und zu suchen.

So wirkte auf mich der Wildsee, als ich vor Jahr und Tag einmal mutterseelenallein an seinem Ufer saß. Daß auch die Volksseele die gleiche Empfindung hat, das bezeugt die Sage von der Nixe im Wildsee, die mir erst nachher bekannt wurde.

Aus den stillen Wassern des düstern Sees, so erzählt der Volksmund, taucht bisweilen ein Wasserfräulein mit einer goldenen Leier auf und lustwandelt, auf der Harfe spielend, an den Ufern hin.

Sobald es seine Saiten und seine Stimme ertönen läßt, eilt alles, was hören kann, dem Wildsee zu; selbst das scheue Reh kommt und schmiegt sich an das schöne Fräulein an.

Die Hirtenbuben, welche vor dem Wald draußen ihre Herden weiden, springen heran und werden bezaubert vom Sang und von der Schönheit der Nixe.

Eine innere Stimme sagt ihnen: Fliehet, es naht euch Verderben! Umsonst, die Macht des Gesangs und die Schönheit der Gestalt reißt sie hin zur Zauberin.

Liebkosend umfängt diese die frischen Knaben, zieht sie dem See zu und verschwindet mit ihnen in den Fluten.

Über das Wasser hin aber klingt noch einmal Saitenspiel wie Totenklage.

Wie schön malt die Volksseele in dieser Sage den verlockenden, melancholischen Geist, der über den stillen Wassern schwebt.

Die Wasser des Wildsees sind schwarzbraun, und gen Westen schließt ihn eine dunkle, breite Felswand ab wie eine Mauer ewigen Schweigens.

Zwergföhren keimen aus den Ritzen der düstern Steinwand, während sonst ringsum greise Tannen Wache halten und vergeblich in den dunkeln Wassern sich zu spiegeln suchen.

Nichts regt sich über diesen Wassern, und kein Sonnenstrahl badet in des Seeleins Spiegel. Schrecklich unheimlich und gerade deshalb so zauberhaft anziehend liegt der kleine See da – unbeweglich wie ein Stück Ewigkeit.

Unter diesem schauerlich schönen See lagen tief drunten im Tale einst zwei stolze Bauernhöfe, und auf ihnen residierten im 19. Jahrhundert noch zwei Bauernfürsten, die zweifellos zu den Erzbauern gezählt werden müssen. Drum darf ich sie in diesem Buche nicht übergehen.

Auf dem einen, der Seebenhof oder wegen seiner Größe auch der Elefantenhof genannt, waltete in den zwanziger Jahren des genannten Jahrhunderts ein Erzbauer, namens Hansjörg, und eine Erzbüre, die den Namen Apollonia hatte, jenen schönen Namen, der früher im Landvolk so häufig war und jetzt so selten geworden ist, weil er nicht neumodisch klingt.

Die Apollonia, eine Königin an Gestalt und Angesicht, hatte schon einen Mann verloren. Er war an einem Kuchenmarkt nach Wolfe gefahren und nimmer heimgekommen. Auf dem Weg von einem Wirtshaus zum andern hatte er die Kinzigbrücke mitten im Städtle passiert, war über das Geländer hinunter gestürzt und ertrunken.

Jetzt heiratete die noch sehr stattliche junge Witwe einen galanten, flotten Müllerssohn aus dem Schappe und machte ihn zum Fürsten auf dem Seebenhof, der über tausend Morgen Wald, Feld und Weide umfaßte.

Der junge Müller durfte stolz sein: denn mit dem Tag, da die Apollonia ihm die Hand reichte, war er, wenn auch nicht der erste, so doch der größte Bur im Gebiet der Kinzig.

Der erste war damals, im zweiten Jahrzehnt des 19. Jahrhunderts, schon Andreas I. von Kaltbrunn, der wenige Jahre später ein nicht viel kleineres Fürstentum sein eigen nannte.

Aber der Elefantenbur war der größte Bur, soweit die Kinzig ihre Wasser führt von Freudenstadt bis hinab unter Millstätt, und das war Ehre und Ansehen genug für einen Müllerssohn.

Und hatte er auch nicht die wahrhaft fürstlichen Eigenschaften des Vogtsburen im Kaltbrunn, so war der Hansjörg doch nicht ganz ohne Bildung. Er konnte geigen und auch etwas Klavier spielen, was er in seinen jungen Jahren beim Schullehrer im Schappe gelernt hatte.

Geigen und Klavierspielen sind zwar zwei Künste, die einem Bauern am wenigsten von Nutzen sind; aber der Hansjörg wurde ja Elefantenbur, und der konnte sich's leisten, daß er Geige spielte und ein Klavier sich anschaffte und darauf hämmerte.

Zu seiner Herrschaft gehörten nicht weniger als fünf Taglöhnergüter, deren Besitzer alle Vasallen des Großburen auf dem Seebenhof waren und diesem alljährlich gewisse Dienste zu leisten hatten.

Knechte und Holzhauer dienten in schwerer Menge dem Fürsten Hansjörg unter dem Wildsee. Sie schlugen alljährlich in den herrlichen Waldungen ringsum und weithin Tausende von Großtannen, rieften sie zu Tal, banden sie auf dem Wasser ein und führten sie in stattlichen Flößen der Kinzig zu.

Eine eigene Sägmühle gehörte zum Hof. Auf ihr wurden Tag und Nacht Stämme zu Brettern geschnitten und diese auf den Flößen weiter expediert.

Das gab ein Heidengeld, und die Schifferschaft in Wolfe mußte tief in ihre Kronentaler langen, wenn der Elefantenbur im Städtle angefahren kam, um sich seine Flöße bezahlen zu lassen.

Hatte er dann seinen Schatz gehoben und heimgebracht, so tat die Apollonia die silbernen Taler auch in eine Schiede, wie einst die Mutter des Fürsten Andreas im Kaltbrunn. Aber die Fürstin auf dem Hof unter dem Wildsee stellte die Schiede nicht wie jene unter die Himmelbettlade, sondern schüttete sie im Angesicht ihrer Völker auf den Boden der Stube und sprach: »So, jetzt hemmer wieder Geld!«

Die Mägde halfen ihr die glänzenden Dinger aufheben, und dann ward ein Herrenleben geführt, wie es sich geziemt für Leute, die Geld genug haben.

Aber die Seebenbüre machte es nicht, wie viele andere reiche Leute, die bloß sich was gönnen; sie ließ auch ihre Mitmenschen und vorab die Armen teilnehmen an ihren Kronentalern und an dem Überfluß, der auf dem Hofe herrschte.

Ganze Scharen von Bettlern und Landstreichern kamen auf den Elefantenhof und holten bei der Büre Essen und Trinken und Geld und gingen davon, die Wohltäterin preisend, der sie oft unter allerlei Lügen reichliche Gaben abgeschwindelt hatten.

Die besten Geschäfte machten bei ihr die Hausierer: denn die größte Büre im Tal wollte auch den größten »Staat«. Tücher, Bänder, Spitzen, Seidenwaren kaufte sie nur, wenn sie ihr nicht zu billig angeboten wurden. Das merkten sich die wandernden Krämer bald und machten sich gut bezahlt für den weiten Weg nach dem weltfernen Seebenhof. Überallhin, wo es Vergnügen und »Welt« gab, hatten der Hansjörg und seine Apollonia weit, sehr weit, selbst ins Städtle Wolfe vier Stunden. Nur zur Sommerzeit war ganz in der Nähe ein Vergnügungsort ersten Ranges – das Bad Rippoldsau.

Den ganzen Winter freuten sich der Seebenbur und sein Weib auf die Maienzeit. Im Winter waren sie eingeschneit, und es tönten tagsüber nur die Dreschflegel aus der Tenne oder die Streiche der Äxte aus den Wäldern an ihr Ohr.

Wenn aber die Bächlein wieder sprangen vom Wildsee her, wenn die Mattengele blühten und die Kirschbäume, wenn der Schnee Abschied nahm vom Kniebis und vom Glaswald und wenn draußen im Wolftal die Extra-Chaisen durchfuhren mit Fremden, dem Sauerbrunnen zu – dann kam für den Bauernfürsten und seine Gattin eine fröhliche Zeit.

Jeden Sonntag fuhren sie fortan hinauf »ins Bad« und aßen »an der Tafel«. Und es ging lustig her im Bade in den Jahren nach den Befreiungskriegen. Es kamen lauter Fremde, die den Kriegstrubel der vergangenen Jahrzehnte mitgemacht oder miterlebt hatten und drum doppelt fröhlich waren in der wonnigen Waldeinsamkeit am Fuße des Kniebis.

Da knüpften die zwei Bauernhoheiten allerlei Bekanntschaften an mit großen und kleinen Herren und Damen. Noch kam in jenen Jahren der Fürst von Kaltbrunn nicht über die östlichen Berge, und nie stiegen der Hansjörg und die Apollonia so hoch in der Gunst der im Sauerbrunnen anwesenden Fürsten, wie später der Vogtsbur, Andreas I.

Doch erschien in den zwanziger Jahren der Markgraf und spätere Großherzog Leopold mit seiner Frau und seinem Gefolge auch zu Besuch auf den Seebenhof.

Das Volk erzählt sich heute noch, bei der Seebenbüre habe der Markgraf die ersten »gebrägelten« (gebratenen) Erdäpfel gegessen und sie vortrefflich gefunden.

Sehr gut stand der Hansjörg mit den Damen der Badewelt, selbst mit den Hofdamen, denn er war ein flotter Tänzer. Während der Saison in Rippoldsau waren er und seine Apollonia mit den Damen und Hofdamen bei allen Bauernhochzeiten. Selbst ins Renchtal hinüber zogen die Badgäste mit dem Elefantenbur zu »Hosigen«.

Die Hofdamen müssen damals noch nicht so zimpferlich und so nervös gewesen sein, wie heutzutag. Sie hatten ihre helle Freude, wenn der Hansjörg während des Tanzes sie in die Höhe warf und wieder auffing.

Heute würde keine Hofkammerjungfer, noch viel weniger eine Hofdame mit einem Bur tanzen; aber wenn der seltene Fall einträte und der Bur die Tänzerin in die Höhe werfen würde, bekäme sie Krämpfe und Ohnmachten.

Unsere Zeit ist eben viel kultivierter als vor achtzig und mehr Jahren; drum sind die Menschen auch stolzer, blasierter und nervöser.

Aber es fuhren nicht bloß der Hansjörg und die Apollonia an Sonntagen ins Bad an die Tafel, die Badegäste kamen auch, wie schon angedeutet, an Werktagen zu Wagen und zu Fuß hinab in die lauschige Mulde, in welcher der Seebenhof lag.

Und da ging's hoch her. Die Apollonia ließ kochen und braten; denn auf dem fürstlichen Bauernhof gab es nicht nur allerlei Geflügel, der Hansjörg hatte neben dem Hof auch einen Fischweiher und unter dem Hause einen famosen Weinkeller. Er fuhr jedes Jahr selbst in den Herbst, hinab ins Kinzigtal, und holte ganze Wagenladungen vom Besten.

Auch ein Tänzchen wurde jeweils arrangiert, wenn die Badegäste da waren, und der Hansjörg machte dann den Spielmann. Draußen auf dem Hausmättle drehten sich die Reigen zu den rauschenden Weisen seiner Geige.

Die Gesellschaft wurde so lustig, daß manchmal auf dem Heimweg die Kutscher, welche auch nicht müßig gewesen waren im Trinken, draußen im Wolftal ihre Wagen umwarfen und die Insassen in dem unschuldigen Wolfbach ein abkühlendes Bad nehmen ließen.

Noch heute erzählen die Leute, wie am Morgen nach einer solchen Fahrt im Bach und auf der Straße Geld und sonstige Wertsachen lagen, die von den Anwohnern strandrechtlich behandelt und behalten wurden.

So vergingen dem Elefantenbur und seiner Frau wie den Badgästen die Sommertage in süßem Vergnügen. Indes hatten des Buren Holzhauer wieder Flöße zusammengebunden und waren mit ihnen hinabgefahren gen Wolfe, und da jedes Floß wenigstens 5.000 Gulden wert war, so konnten der Seebenbur und sein Weib schon lustig sein.

Die Badgäste waren dankbare Leute und vergaßen ihre Freunde am Wildsee auch nicht, wenn sie vom Sauerbrunnen fort waren. Wenn die Herbstnebel über dem Glaswald lagen oder die Tannen unter der Schneelast seufzten, kamen in späteren Jahren nicht selten Einladungen von den lieben Sommergästen nach Straßburg, Stuttgart und Karlsruhe.

Der Hansjörg und die Apollonia waren galant genug, den Einladungen zu folgen, und bald ging's in die eine, bald in die andere der genannten Städte, wo ihre Badfreunde bei allen ihren Bekannten »Staat machten« mit ihren bäuerlichen Gästen.

All' diese Dingen kosteten Geld, viel Geld, und nicht selten waren deshalb der Fürst und die Fürstin auf dem Seebenhof in Geldverlegenheit. Allein das genierte sie nicht. Sie machten es wie die andern Fürsten auch; sie pumpten bei ihren Untertanen, der Hansjörg bei seinen Vasallen und Taglöhnern und die Apollonia bei ihren Mägden.

Wenn dann wieder Geld für die Flöße ins Haus kam, schüttete es die Büre vor ihren und ihres Mannes Gläubigern in die Stube und sprach: »So, jetzt hemmer wieder Geld, leset ouf, was ihr z' guat henn!«

Die Dienstboten hatten Herrentage auf dem Seebenhof, besonders wenn die Herrschaft sich auf Reisen befand und die erwachsenen Kinder mitgenommen hatte. Da war dann die Köchin Meister, wie denn der Seebenhof der einzige Hof war, auf dem die Büre nicht selber kochte, sondern eine Köchin hielt. Diese bekam in Abwesenheit der Büre sämtliche Schlüssel, auch die für den Keller. Und Knechte und Mägde jauchzten bis in die tiefe Nacht hinein, so oft die Köchin das Regiment im Hause führte.

Der Stellvertreter des Buren nach außen war der Hauslehrer: denn einen solchen hielten die Fürstlichkeiten am Wildsee und zwar keinen Burenschulmeister, sondern einen »g'studierten«.

Droben auf dem Roßbergerhof, wo Andreas' I. Bruder Bur war, hielten sie damals auch einen eigenen Lehrer; aber das war nur der

»Stelzenmichel«, ein armer Teufel aus der Gegend, der, weil er nur *einen* ganzen Fuß hatte und nichts Wichtiges arbeiten konnte, Besenbinder und Schulmeister geworden war.

Und draußen im Seebach, wohin der Seebenhof gehörte, amtierte der »Schulmeister-Simme« als Volksbildner, ein Bauernsohn vom Kupferberg bei Schapbach. Er hatte nur *eine* ganze Hand, die andere war »verdolpt«. Drum lernte er lesen und schreiben und wurde Schulmeister bei den Buren im »Säbe«.

Er war, wie die alten Buren, seine Schüler, jetzt noch sagen, ein Hauptkerl im »Spezies- und Kopfrechnen«.

Der Simme bekam 100 Gulden Lohn und, wenn die Buren metzgten, die Metzelsuppe. Er hielt ein Kühlein und hatte einige Felder gepachtet und war ein stiller, bedürfnisloser Mann mit einem Weib und zwei Kindern.

Seine Dolphand benützte er merkwürdiger Weise nur, wenn er einem Schüler Ohrfeigen geben wollte, und die waren dann saftig und drum gefürchtet.

Der Schulmeister-Simme im Säbe und der Stelzenmichel auf dem Roßberg hatten eine Art Kartell geschlossen. Wenn der eine krank war, trat der andere für ihn ein.

Beide aber waren dem Hansjörg und der Apollonia auf dem Seebenhof zu wenig. Sie engagierten einen »g'studierten«, einen »verbrannten Studenten«, wie die Kinzigtäler »vergratene« Musensöhne zu nennen pflegen.

Seine Herkunft, seinen Namen und sein Schicksal werden wir bald erfahren. Während der Simme und der Stelzenmichel im Wolftale fortleben im Munde ihrer Schüler und deren Nachkommen, fehlt heute dort fast jede nähere Kunde über den Professor auf dem Seebenhof. Nur das wissen die Leute noch, daß derselbe bald Hahn im Korb war bei der Apollonia und damit auch beim Hansjörg; denn »sie« hatte den Bur zum Fürsten erhoben von seines Vaters Mühle weg.

Kamen Holzhändler aus dem Renchtal herüber oder von Wolfe herauf, und der Bur war nicht da oder hatte keine Lust, die Leute in den Wald zu führen, so besorgte das der Professor. Er zeichnete die zu fällenden Stämme an, vereinbarte die Preise und nahm später auch das Geld ein.

Er soll drum, als seine Zöglinge wußten, was zu wissen nötig war, nicht als ein armer Mann den Seebenhof verlassen haben.

Der Hauslehrer und Hofmeister war auch ein großer Freund von Jagd und Schießerei. Er übte vorzugsweise das Weidrecht auf dem großen Waldhofe aus und hatte sich dazu einen eigenen Büchsenspanner erkoren, den Waidele-Iörg. Der war der Sohn eines der Vasallen des Hofes und später selbst Vasall, und heute noch sitzen seine Kinder auf seinem Taglöhnergut.

Der Jörg bekam den Titel Oberjäger und begleitete den Schulmeister nicht bloß in den Wald, sondern auch weithin auswärts auf Schützenfeste und Scheibenschießen.

Anfangs der dreißiger Jahre, da seine Zöglinge ausgebildet waren, kam der Haushofmeister als Schullehrer nach Gremmelsbach bei Triberg, wo ich durch einen seiner alten Schüler noch mehr von ihm erfuhr.

Er war der Sohn eines Zuckerbäckers in Oppenau und hieß mit seinem Geschlechtsnamen Advokat. Er kam als der erste »studierte« Lehrer nach Gremmelsbach, wo er aber noch kein Schulhaus antraf, sondern in einem kleinen Häusle neben dem »Rößle« seine Schule aufschlagen und bei einem Bauern logieren mußte.

Er imponierte nicht bloß durch sein »Studium«, sondern auch durch seine stattliche, wohlbeleibte Figur, die er in seinen Hofmeisterstagen auf dem Seebenhof sich angelegt hatte.

Daß er Hofmeister in einer waldfürstlichen Residenz gewesen war, geht auch daraus hervor, daß sein eben erwähnter Schüler, ein alter Bauersmann, heute noch erzählt, wie der Advokat vor allem seinen Schülern »die Anstandslehre« vorgetragen und eingeübt habe.

Er gab auch Fleiß- und Betragenszettel aus als Quittungen seiner Zufriedenheit und zugleich als Wertzeichen, mit denen die Schüler später die Befreiung von Tatzen sich erkaufen konnten.

Ein solcher Zettel galt für vier Tatzen, und wer zu solchen verurteilt war, zog seine Zettel aus der Schultasche und rechnete dann mit dem Advokat ab.

Unter ihm ward ein Schulhaus gebaut, in das er gleich mit einem jungen Weib einzog. Er hatte nämlich das Herz des schönsten Meidles im Kirchspiel erobert, das der Rußbärbel, die noch bei ihm in die Schule gegangen war.

Er war hoch angesehen bei den Buren, denen er den Winkeladvokaten machte und ihre Tannen abkaufte, weil er den Holzhandel vom

Seebenhof her gewohnt war. Auch unterhielt er sie im Wirtshaus aufs beste.

Ja, er kaufte selbst eine Wirtschaft drunten im Tal vom Stumpenwirtle, verkaufte sie aber wieder an einen Bruder des Bürle im Holdersbach.

Beliebt war er bei den Bauern auch, weil er meisterhaft die Orgel schlug. Bei Kindstaufen war es damals im Schwarzwald üblich, daß der Lehrer beim Anmarsch des Taufzugs ein »Märschle« und beim Abmarsch ein »Tänzle« spielte. Dies Spielen verstand der Advokat virtuosenmäßig. Von den Bauern bekam er dann Würste, Speck und Chriesewasser. Und wenn ihm der Speck ausgegangen war, so pflegte er in der Schule zu sagen: »Kinder, i sollt' Holz mache und ha kei Speckschwarte meh' zum Sägeschmiere.« Die Kinder und ihre Eltern verstanden den Wink, und es regnete Speck ins Schulhaus.

In seinen besseren Tagen hatte er auch seinen Oberjäger nach Gremmelsbach kommen lassen, ihm bei den Bauern als Holzhauer Arbeit verschafft und ihn nebenbei wieder benutzt als Büchsenspanner und Jagdaufseher.

Was nicht in das Fach eines fürstlichen Hofmeisters schlägt, trieb er auch, nämlich die Demokratie, und das gereicht ihm zur Ehre.

Anno 1849 machte der Advokat in Gremmelsbach, wie fast alle Demokraten in Baden, auch in Freiheit, Gleichheit und Brüderlichkeit. Bei einer Volksversammlung in Triberg, wo vor der Apotheke im Freien eine Kanzel errichtet war, stellte sich als zweiter Redner[1] auf dieselbe unser Advokat. Er predigte obige Tugenden und meinte namentlich, »die Pfaffen hätten zu viel und die Schullehrer zu wenig.«

Für seine Freiheits- und Gleichheitsschwärmerei wurde er nach der Revolution abgesetzt. Jetzt kaufte er einen Hof auf dem Rendsberg, Gemeinde Schonach, Gremmelsbach gegenüber, und wurde ein Bur und Holzhändler.

Es behagte ihm aber nicht lange; er war zu weit ab von der Gesellschaft. Drum verkaufte er mit Profit den Hof wieder und wurde Sonnenwirt tief unten im Tal, in Niederwasser oberhalb Hornberg, wo er durch sein Unterhaltungstalent und durch sein gelegentliches Orgelspiel alle Buren für sich begeisterte.

---

1 Der erste war der damalige Rechtspraktikant und spätere Pfarrer Fackler, den ich noch wohl kannte.

Doch der Sensenmann kam frühe zu ihm, und in den ersten April-tagen des Jahres 1853 haben sie den Hofmeister vom Seebenhof begraben.

Schön war es noch von ihm, daß er trotz seines Schwärmens für Revolution der alten Tracht treu blieb und stets in Dreispitz, Kniehosen, Schnallenschuhen und langem Rock durch die neue Zeit wanderte.

Seine junge Witwe, die Rußbärbel, hinterließ er in Armut. Sie mußte als Taglöhnerin ihr Brot verdienen, und sie tat es in Geduld und ohne Klage, Ihre Schönheit gewann ihr aber noch zwei Männer und bessere Tage, und sie starb erst vor wenigen Jahren gottselig »im Schönwald« bei Triberg.

Und nun zurück zum Wildsee.

Der Fürst auf dem Seebenhof, der kein Freund der Jagd war und sie dem Hofmeister überließ, beschäftigte sich dagegen gerne mit der Heilkunst. Er war, wie die Leute heute noch erzählen, ein halber Doktor. Wenn einem was fehlte, ging er zum Seebenbur, und der kurierte ihn. Namentlich verschrieb er gerne guten, alten Wein, und da er den besten selbst im Keller hatte, kredenzte er als Apotheker auch gleich die Medizin.

Er bekam deshalb vielen Zulauf von Patienten, auch von solchen, die nur ein fieberhaftes Verlangen nach dem Wein des Bauernfürsten hatten.

Auch Zähne zog dieser gerne. Jedem, dem er einen Zahn gezogen, ließ er als Schmerzensgeld einen Schoppen Wein aufstellen.

Während der Fürst so für die Kranken sorgte, war die Fürstin Apollonia, wie schon erwähnt, die Mutter der Armen. Sie hörte es gerne, wenn Bettler kamen und sie mit »Mutter« anredeten. Die Gabe fiel unter diesem Titel viel reichlicher aus. War sie aber übel gelaunt, und es redete sie jemand so an, dann konnte sie auch aufbrausen und sagen: »Wenn ich nur müßt' jedem Esel und jedem Bettler Mutter sein!«

Sonst arbeiteten die zwei Hoheiten auf dem Seebenhof, wie es Fürstlichkeiten geziemt, nicht allzuviel. Ihre Arbeit beschränkte sich, soweit der Schulmeister das dem Fürsten nicht abnahm, auf die Inspektion in Feld und Wald beim Hansjörg und auf die Nachschau in Haus und Stall bei der Apollonia.

»Den Völkern nachzusehen, genüge auf dem Seebenhof, wenn man auch selbst nicht mitarbeite«, meinte mit Recht die Fürstin. Und sie forderte von ihren Völkern emsige Arbeit.

»Im Seebenhof«, so pflegte sie zu sagen, »gibt es nur ein ruhiges Plätzle, und das ist der Stuhl, auf dem ich sitze.« Und wenn sie auf ihrem Ruheplätzle saß, durfte man nur in Strümpfen in die Stube treten.

Während aber der Hansjörg, der Fürst, mit seinen Knechten gut auskam, war die Büre stets auf dem Kriegsfuß mit ihren Mägden, denen sie nur mit Mißtrauen entgegentrat. Drum wechselten die Meidle oft auf dem Hof, während die Knechte jahrelang blieben.

Es ist das eine Erscheinung, die man heutzutag auch in den Städten beobachten kann. Während der Herr des Hauses mit seinen Untergebenen aufs beste auskommt, hat seine Frau jedes Ziel andere Mädchen. Es spricht dies für die bekannten Eigenschaften des weiblichen Geschlechtes, welches da, wo es zu kommandieren hat, unausstehlich wird.

Ich will die heutigen Dienstmädchen gewiß nicht verteidigen. Sie verlassen meistens ihre Heimat auf dem Lande, weil sie da die tüchtige Arbeit scheuen und, dem Zug der Zeit folgend, ein besseres Dasein suchen, d. h. wenig Arbeit und hohen Lohn.

Aber an der Klage über schlechte Dienstboten sind die heutigen Damen vielfach selbst schuld; sie selber wollen gar nichts mehr tun in der Haushaltung und verstehen davon meist auch nichts. Sie laden darum ihren Mädchen alles auf: Putzen, Waschen, Kochen, Kinder hüten, während sie Klavier spielen, Romane lesen, durch die Straßen fegen und Rad fahren.

Klagt dann »der Herr« über schlechtes Essen und Verwahrlosung der Kinder, dann ist das Dienstmädchen an allem schuld, das oft noch Hunger leiden soll, damit das gespart wird, was die Dame sonst zu viel und unnötig braucht.

Wenn drum in einem Hause Herrin und Dienerin sich stets in den Haaren liegen, so dürften sich statt des Haderns beide friedlich die Hände reichen und sagen: »Wir sind beide nichts nutz!«

So ist es; die Hausfrauen sind nimmer, was sie waren und sein sollten, und die Dienstmädchen auch nicht. Beide haben ihren guten Anteil an der allgemeinen Lumperei unserer Tage.

Die Fürstin Apollonia unter dem Wildsee ließ ihre Mägde oft allein, wenn sie »an die Tafel« fuhr hinauf ins Bad oder eine größere Reise tat. Wenn sie dann heimkam und den Schaden besah, so fiel sie über ihre Wibervölker her, die doch nur getan hatten, was die Mäuse tun, wenn die Katze nicht im Hause ist.

So ging's auf dem Seebenhof zu jahraus jahrein. In den Wäldern tönten die Axthiebe, über den Tannen zogen die Rauchsäulen der Holzmacherfeuer in den Äther, am Seebächle und an der Wolf hantierten die Flößer, in der großen Sägmühle am Bach knarrte die Säge, der Kinzig zu fuhren die Flöße, in der oberen Stube dozierte der Professor und in der untern ruhte die Büre auf ihrem Sorgenstuhl, während der Hansjörg daneben Kranke heilte. Droben am Wildsee jauchzten die Hirtenbuben und drunten beim Hof zur Sommerszeit die Kurgäste vom Sauerbrunnen. Und Gottes Sonne ging auf und unter über fröhlichen, glücklichen Menschenkindern.

Da kam im Frühjahr 1833 aus dem obern Kinzigtal herüber ein Fremdling und führte den Hansjörg und die Apollonia in Versuchung. Sie unterlagen derselben und legten damit den Grund zum Untergang des Seebenhofs.

2.

Längst gelten die Schwaben oder, wie sie heute heißen, die Württemberger als Leute, die früher aufstehen als ihre badischen Nachbarn. Drum waren auch, ehe das Tal badisch wurde, die Schwaben, so an der Kinzig wohnten, schlauer als die Fürstenberger im gleichen Flußgebiet.

So war auch die Schifferschaft im württembergischen Waldstädtle Alpirsbach von jeher die reichste im Kinzigtal, weil die rührigste und klügste.

Von dieser Schifferzunft nun waren es Leute, die anfangs der dreißiger Jahre hinüberschielten über den Kniebis und hinab ins Wolftal und nach den größten Waldhöfen ausguckten.

Sie wußten, daß die Besitzer derselben Bauernfürsten waren und einzelne von ihnen wie Fürsten lebten; denn auch sie, die Alpirsbacher, kamen zur Sommerszeit hinüber ins Rippoldsauer Bad und sahen an der Tafel die Buren vom Seebe, vom Kaltbrunn und vom Dollenbach. Und sie dachten bei ihrem Anblick, die Leut' brauchen sicher Geld, und um Geld ist alles feil, auch Waldhöfe, die wir am besten ausnutzen könnten.

Sie redeten mit den Buren vom Holzgeschäft und von allerlei, was diese interessieren konnte, und wurden so gut bekannt mit ihnen wie die andern Kurgäste, die den Erzbauern hofierten wegen der schönen Ausflüge auf ihre Höfe.

An den Fürsten Andreas I. hätten sich die Alpirsbacher damals noch nicht gewagt, wohl aber versuchten sie es beim Hansjörg unter dem Wildsee.

Eines Tages – es war, wie schon gesagt, im Frühjahr 1833 – kam einer von ihnen auf den Seebenhof. Er hieß mit dem Vornamen Christian und war ein angesehener Mann im Städtle Alpirsbach, wo er als frei resignierter Schultheiß und Holzhändler lebte.

Er fragte den Hansjörg, ob er kein Floßholz habe, er suche schöne, starke Holländer den Rhein hinunter.

»Wirklich sind meine Leut' am Riesen, und wenn's Holz am Bach liegt, könnt ihr's beschauen«, meinte der Seebenbur.

Dann holte er eine Flasche Durbacher und setzte sich mit dem Christian zu ihr an den Tisch, an dem auch die Büre Platz nahm; denn der Herr Schultheiß von Alpirsbach war ja eine Badbekanntschaft, und wenn jemand von dieser kam, durfte er stets auf gute Aufnahme rechnen auf dem Seebenhof.

Sie redeten und tranken Durbacher dazu, und der Christian spielte den Charmanten, so gut er konnte. Endlich rückte er heraus und sprach:

»Seebenbur, wenn ich euch und euere Frau wär', ich tät mich nit so Plagen mit dem Umtrieb des großen Hofes, Ich tät' mir 's Leben leichter machen.«

»Ja, wie meinet ihr das, Schultheiß?« fragte der Hansjörg erstaunt.

»Wie ich das mein'? Ich mein', ihr solltet den Hof verkaufen, ein großes Kapital einstecken, aufs Leibgeding gehen und dann erst recht ein Herrenleben führen.«

»Ich glaub', ihr seid nit g'scheit, Herr Schultheiß«, fiel die Büre dem Christian ins Wort. »Glaubt ihr denn, wir haben keine Kinder? Acht lebendige, drei schon g'heiratet und im Haus neben zwei Meidle noch drei Bube, von denen einer größer ist als der ander' und jeder Seebenbur werden möcht'. Das wär a Schand', seine Kinder 's Brot ous der Tischlad zu verkoufe.«

»Frau«, gab der Christian zurück, »wenn ihr glaubt, ihr verkaufet euern Kindern das Brot aus der Tischlad, wenn ihr den Hof verkauft, so habt ihr den Finger am letzten Ort verbunden. Im Gegenteil, wenn ihr verkauft, so bringt ihr euern Kindern Brot, statt es ihnen zu nehmen.«

»Wie so denn?« fragte jetzt Frau Apollonia.

»Wie so denn?« erklärte ihr der Christian. »Wenn ihr den Hof einem Sohn übergebt, so bekommt er ihn, wie üblich auf dem Schwarzwald, um den dritten Teil seines Wertes und die andern Kinder verlieren zwei Drittel.«

»Verkauft ihr aber den Hof, so bekommt ihr Geld genug, um jedem einen schönen Hof kaufen und jedes eurer Kinder glücklich machen zu können.«

»Des wär 'nit so letz«, meinte, nachdenklich geworden, die Bure.

»Aber den Hof könnt' ihr nit kaufen, Schultheiß!« fiel jetzt der Hansjörg ein. »So viel Geld bringt ihr nit auf. So viel ist nit in ganz Alpirsbach.«

»Ich bin nit allein, wenn ich kauf'«, antwortete der Schultheiß. »Wir sind eine Kompagnie, und Geld, Seebenbur, liegt g'nug in Basel und in Mülhausen im Elsaß. Wie taxiert ihr euern Hof?«

»Den hab' ich noch nit taxiert; aber Geld, viel Geld ist er wert«, erwiderte der Hansjörg. »Und feil ist er auch nit, gel' du, Büre?«

»Feil ist er nit«, gab die Apollonia zurück, »aber wissen möcht' ich doch, was er wert wär', und was man dafür kriege könnt.« »Da ist gut helfe, Frau«, meinte der Christian. »Ihr erlaubt mir, euern Hof zu beschauen, Wälder und Felder, und in vierzehn Tagen komm' ich und sag euch, was er wert ist. Dann könnt ihr immer noch machen, was ihr wollt.«

»Auf des wollet mir eingehe, Hansjörg«, entschied die Fürstin. Der Hansjörg nickte Beifall und holte noch eine Botell' Durbacher; es war die dritte.

Schmunzelnd schied eine Stunde später der Christian über den waldigen Roßberg dem Kinzigtal zu.

Am kommenden Sonntag ging der Hansjörg, wie üblich, hinab nach Schapbach in die Kirche. Denn der Seebenbur war ein frommer Mann und hielt viel auf Gebet und Gottesdienst. Und wenn er jemanden geheilt oder einen Zahn gezogen hatte und der Patient nach der Schuldigkeit fragte, so war die Antwort des Buren: »Betet für mich einen Rosenkranz!«

Vor der Kirche versammelten sich, ehe es zusammenläutete, wie herkömmlich die Buren und diskurierten mit einander. Der Hansjörg trat zum alten Schmidsberger, dem ersten Waldfürsten nach ihm im Wolftal, und sprach: »Jakob, ich könnt' mein' Hof verkaufen an die Alpirsbacher. Sie wollen viel Geld dafür geben. Was meinst du?«

»Schäm' dich, Hansjörg«, gab sein Mitfürst ihm zur Antwort, »ein rechter Bur verkauft keinen Hof. Und wenn du auch im Geld steckst bis an die Ohren, hast aber den Hof nimmer, dann bist du auch nimmer Seebenbur und hast Namen und Ansehen und Heimat verloren.«

»Wenn mir einer käm' und wollt' mir den Schmidsberg abkaufen, ich tät' ihn zur Stub' nauswerfen«, sprach der wackere Bauernfürst und schritt der Kirche zu; denn der Schulmeister läutete eben zusammen.

Er ahnte wohl nicht, der brave Schmidsberger, daß wenige Jahre später sein eigener Hof der gleichen Kompagnie, die mit dem Hansjörg verhandelte, in die tannenmordenden Hände fallen werde.

Der Jakob hinterließ eine junge Witwe, sein drittes Weib, als lebenslängliche Nutznießerin seines Besitzes, und diese führte den Waidele-Hans, den dicksten Mann im Tal – er wog drei Zentner – auf den Schmidsberg heim.

Nach ihrem Tode sollten zwei Dritteile des Hofes an den »Bur« im Holdersbach, als den Schwiegersohn des alten Schmidsberger, fallen. Der Bur verkaufte, wie wir wissen, seinen Anteil an die Hofmetzger in Alpirsbach für 120.000 Gulden mit der Bedingung, daß sie gleich bar bezahlten und den Hof erst antreten dürften nach dem Tod der jungen Witwe des verstorbenen Erzbauern. Bald nach diesem Kauf fuhr der dicke Bur vom Schmidsberg mit seinem Weib hinüber nach dem Kaltbrunn zu einer Hochzeit. Am Abend bringt er die Büre, die gesund und froh daheim fortgegangen war, krank heim, und in wenig Tagen ist sie eine Leiche.

Die Hofmetzger konnten jetzt den Hof antreten und die Wälder niederschlagen; das Volk aber sagte, es sei der Frau auf jener Hochzeit im Wein »vergeben« worden.

In fünf Jahren waren die herrlichen Tannen von zwanzig Holzhauern niedergeschlagen und verflößt, der Wald gänzlich verwüstet! Aber in den Taschen der Käufer klingelte es von Gold und Silber.

In den Waldungen am und unter dem Wildsee ging es lebhaft her in den folgenden Wochen. Der Christian und seine Konsorten schlichen von Tanne zu Tanne und taxierten. Am Abend verschwanden sie in irgend einer Herberge im Wolftal drunten, und am Morgen kamen sie wieder. Den Seebenhof mieden sie, um nicht vorher gefragt zu werden oder gar hören zu müssen, es werde nicht verkauft.

Als sie fertig waren mit ihrer Beschau, erschien eines Nachmittags der Christian wieder auf dem Hof, und Bur und Büre setzten sich mit ihm an den Tisch. Der Durbacher Wein kam auch, und gespannt losten der Hansjörg und die Apollonia, was ihr Hof wert sein möchte.

»Ich hab' jetzt den Hof Schritt für Schritt durchgangen«, also begann der Christian, »und gefunden, daß er viel, viel Geld wert ist, mehr Geld, als ich geglaubt habe. In den Waldungen steht noch Holz wie in den Urwäldern von Amerika.«

»Und ihr habt recht, Seebenbur, so viel Geld, als euer Hof wert ist, wär' nit leicht aufzubringen, weder in Basel, noch in Mülhausen. Er ist 200.000 Gulden wert!«

Der Apollonia lief jetzt das Wasser im Mund zusammen. Zur Zeit, da der Christian also redete, lag ohnedies nicht viel Geld im Haus; es war noch kein Floß in diesem Jahr den Bach hinunter, und schon fuhren draußen durchs Tal hinauf die Extraposten mit den Fremden dem Sauerbrunnen zu. Die Badesaison ging an.

»Des hätt' ich nit glaubt, Hansjörg«, sprach die Büre, »daß unser Hof so viel Geld wert wär'.«

»Ich hab's ja gleich g'sagt, als der Schultheiß das erstemal da war, daß er mehr wert ist, als die Alpirsbacher Geld haben. Aber so hoch hätt' ich ihn doch nicht taxiert, so viel Geld gibt's gar nit«, – also meinte der Hansjörg, und sein Angesicht strahlte.

»Wert ist er so viel, ich sag's ehrlich«, nahm der Christian wieder das Wort, »und ich geb's auch. Greift zu, und dann erst seid ihr die reichsten Leut' weit und breit, und mit Ausnahm' vom Großherzog und vom Fürsten von Fürstenberg sitzt niemand an der Tafel im Bad droben, der so viel Geld hat wie ihr zwei.«

Der Hansjörg wurde nachdenklich und schwieg und die Apollonia auch. Der Geldteufel hatte in ihre Seelen geschlagen, und sie fanden beim ersten Ansturm desselben keine Worte. Die Bure fand sie zuerst.

»Des isch a fürchterliche Versuchung, Hansjörg«, so brach sie das Schweigen, während der Christian seine hellen Schwabenaugen ebenso schlau wie bieder hypnotisierend auf die Sprecherin leuchten ließ. »Do verliert unsereins ganz den Verstand, wenn's von so vielem Geld hört. Was meinst du, Hansjörg?«

Jetzt richtete der Christian seine hypnotisierenden Blicke auf den Hansjörg, und der rief rasch entschlossen: »Wib, um des Geld verkoufe mir: zahle kann er's doch nit, und wenn er's zahlt, isch's guat zahlt!« »Aber vom Hof gang ich nit«, erwiderte die Büre, der die Rede ihres Mannes gar nicht ungeschickt vorkam.

Der Christian, erfreut, daß die Fische angebissen, wußte gleich Rat für den Wunsch der Büre, auf dem Hof bleiben zu wollen.

»Ihr zwei«, sagte er, »zieht hinüber ins Leibgedinghaus, wo ihr Ruhe habt, und ich geb' euch noch ein Leibgeding, so lang ihr lebt, was und wie viel ihr wollt. Besinnt euch, und in acht Tagen komm' ich wieder.«

Diese Worte gefielen den beiden über die Maßen, und die Apollonia sprach: »Ehrlich und guat meint's der Schultheiß mit îs, und niemand soll den Hof ha als er.«

»Die Hand drauf«, rief der Christian und streckte jedem seine Biedermannsrechte hin.

Jetzt kam noch eine Flasche Durbacher, und dann noch eine und wieder eine, und feuchtfröhlich und seiner Sache gewiß zog der Christian gegen Abend dem Kinzigtal zu.

Der Bur und die Büre konnten nicht schweigen über die Riesensumme, die ihnen für den Hof geboten worden war, und als der Hansjörg am Sonntag wieder auf den Kirchenplatz kam, wußten die meisten Buren, was der Seebenhof wert sein sollte, und daß der Christian mit dem Hansjörg im Handel stehe.

Der Schmidsberger wiederholte seine Warnung; der Hansjörg aber lachte und meinte: »Wenn ich verkauf', muß der Schultheiß in vier Terminen zahlen, jedesmal 50.000 Gulden in lauter Kronentalern. Bringt er den zweiten Termin nicht rechtzeitig auf, so ist der erste verfallen und der Hof und 's Geld mein; denn so viel Kronentaler bringen die Alpirsbacher nicht auf.«

»Die sind nit so dumm, Hansjörg«, mahnte der Schmidsberger, »die Alpirsbacher stehen früher auf als du und haben dich schon am Morgen vor der Supp' zum Narren, ohne daß du es merkst.« »Für a Narre het mi der Schultheiß nit, er isch fadegrad und gibt mir noch a Libding, so groß i will« – entgegnete der Hansjörg.

»Dann isch der Hof scho z' billig, sonst tät dir der Schultheiß nit noch a Libding anbiete«, lachte der Jokelesbur, der auch dabei stand. »D' Alpirsbacher sind mir die Letzten, die was anbieten, wenn kein Profit dahinter steckt.«

Eben kam der Vogt dazu, der Bur im Holdersbach, Er hatte auch schon von der Sache gehört, gratulierte dem Hansjörg und meinte, er würde an seiner Stelle losschlagen, denn Geld regiere die Welt.

»Du bist auch so ein neumodischer Bur«, fuhr der alte Schmidsberger auf diese Worte hin seinen Schwiegersohn an, »Wald und Feld sind des Buren Welt; sie und nit das Geld heben die Familie zusammen und erhalten den Stammen.«

Eben läutete der Schulmeister wieder zusammen, und die Buren gingen auseinander. Nach dem Gottesdienst aber saßen noch einige beisammen im Adler und redeten ernstlich von der Neuigkeit, daß die Alpirsbacher den Seebenhof kaufen wollten.

»Können die ihn brauchen«, meinte der Hasebur unter Seebach, »dann sollt' er's uns auch wert sein. Wir Buren wollen in den Kauf stehen, das Geld können wir auch verdienen, wenn wir den Wald nit unter uns verteilen wollen.«

Damals stand im Kinzigtal noch das schöne, altfürstenbergische Gesetz in Ehren, daß kein Fremder etwas in einer Gemeinde kaufen durfte, wenn ein Bürger derselben die gleiche Summe bot.

Dies treffliche Gesetz hat man längst abgeschafft zum Schaden der Bauern und zum Nutzen der Kinder Israels und anderer Hofmetzger.

»Der Hasebur hat recht«, nahm jetzt der Hanschristesbur, sein Nachbar, das Wort; »zusammenstehen sollten wir Buren und die Württemberger nit in unsere Gemeinde lassen.«

»Ich bin auch dabei«, riefen der Jokelesbur, der Waidelebur und andere. Und ehe sie auseinander gingen, ward beschlossen, die Waldungen auf dem Seebenhof auch zu taxieren und je nach Befund den Alpirsbachern in den Kauf zu stehen. Es ward gleich der Tag bestimmt, an dem sie aus- und in die Wälder des Seebenburen einrücken wollten.

Gesagt, getan. Eines schönen Tages ziehen die Buren in die Wälder um den Seebenhof und fangen an zu taxieren, ohne den Hansjörg lange zu fragen. Der bekam Wind davon, nahm es ungut auf, bewaffnete seine Knechte und seine Holzhauer, rief seine Vasallen auf den Kriegs-Pfad und zog an der Spitze der mit Flinten, Pistolen, Spießen, Gabeln und Sensen bewehrten Rotte in den Wald, um die Schapbacher und Seebacher Buren daraus zu vertreiben. Denn die sollten seinen Hof nie und nimmermehr haben.

Darin ist der Bauersmann eigen; er verkauft lieber an einen Juden als an seinen Nachbar und meint, es sei eine Schande, an den letzteren seine Sache abzugeben. Seinesgleichen gönnt der Bur nit gern eine Vermehrung des Besitzstandes durch den Verkauf seines eigenen. Auch Ehrenstellen gönnt nicht leicht einer dem andern, drum wählen Bauern auch viel lieber einen Herrn in den Reichs- oder Landtag als einen Mann aus ihrer Mitte.

So zog auch der Hansjörg mit Waffengewalt gegen seine Standesgenossen, als diese ebenfalls tun wollten, was die Alpirsbacher getan.

Er traf sie gerade, wie sie, von der Arbeit ruhend, unter seinen Tannen saßen und ihren Speck verzehrten und ihren Schnaps tranken.

Schapbacher Buren erschrecken nicht gleich, und so empfingen sie den Seebenbur und seinen Landsturm mit Humor. Sie luden den Hansjörg und seine Krieger ein, es mit ihnen zu halten am Speck und am Schnaps und den Kriegspfad zu verlassen.

Der Hansjörg und seine Mannen ließen sich einladen, verlangten aber nach dem Friedensmahl trotzdem energisch, daß die Buren den Wald verlassen sollten.

»Es hat ja doch keinen Wert für euch, mein Holz abzuschätzen«, sprach der Seebenbur zu seinen Kollegen; »der Hof ist zu teuer für Buren, und das Geld, 50.000 Gulden auf den ersten Termin, bringt ihr nicht auf.«

»Wir wollen sehen, ob wir's nit aufbringen«, erwiderte ihm der Hasebur. »Aber entweder behaltet ihr den Seebenhof, oder wir treten in den Kauf ein, wozu wir ein Recht haben.«

»Ja, ja, das tun wir«, riefen die andern.

Das erzürnte den Hansjörg, und er bestand jetzt erst recht auf der Räumung seines Eigentums.

Die Buren, wehrlos, wie sie waren, ließen sich hinausdrängen bis auf die Grenze ihres Eigentums; aber sie hatten genug gesehen und waren auch gereizt genug, um in den Kauf zu stehen.

Sie legten zusammen, borgten bei andern Buren und trugen nach wenig Tagen 50.000 Gulden nach Wolfe, damit der Kassier der Schifferschaft, Maier, sie ihnen aufhebe, bis sie das Geld brauchten; denn in jenen Jahren waren die nächsten Bankiers für die Bauern im Wolftal die Schifferherren zu Wolfe.

Der Landsturm des Seebenburen gegen die Schapbacher wurde aber alsbald in Spottversen besungen. Leider hab' ich davon nur noch Bruchstücke entdecken können, da Dichter und Sänger längst zu den Toten gehören. So hieß es von einem der Vasallen:

Der Hohwill-Michel mit sim rostige Kummisg'wehr
Lauft neben dem Seebebur her.
Als wenn er gar si Schutzengel wär'.

Und von einem andern:

Der Fidele mit sine krumme Füeß'
Trägt nur einen langen Spieß.

Während die Buren Geld sammelten und die Volksdichter Spottverse fabrizierten, legten sich der Fürst aus dem Seebenhof und seine Frau das Leibgeding zurecht. Sie bedingten für sich und die ledigen Kinder lebenslänglich freie Wohnung im Nebenhaus, im Hofgebäude eine eigene Stube, eigenen Herd mit Brutofen, im Stalle Platz und Futter für ein Pferd und vier Kühe, im Wald Brennholz, so viel sie brauchten und vors Haus geführt.

Edelmütig, wie Fürsten sein müssen, nahmen sie sich auch ihrer Vasallen an und bedingten ausdrücklich, daß dieselben in ihren Privilegien geschützt und keiner von seinem Gütchen vertrieben werden sollte.

Der Christian kam wieder, nahm die Kleinigkeit des Leibgedings mit Vergnügen an, und jetzt konnten der Bur und die Büre nimmer widerstehen. Sie schlugen den Hof zu, in vier Terminen à 50.000 Gulden in Kronentalern zahlbar.

Aber nun galt es, die Schapbacher Buren aus dem Feld zu schlagen; der Kauf mußte bekannt gemacht und die Bürger eingeladen werden, ob einer in denselben eintreten wolle.

Die Kunde von den 50.000 Gulden, die in Wolfe lagen, war auch zum Hansjörg gedrungen und die Gefahr groß, daß die aus dem Wald Vertriebenen in denselben als Herren wieder einziehen könnten.

Doch der Christian von Alpirsbach wußte Rat, er nahm den Hansjörg mit sich, und beide fuhren talabwärts zum Vogt im Holdersbach. Dem trug der Christian die Bitte vor, ihn, den frei resignierten Schultheißen von Alpirsbach, doch als Bürger von Schapbach aufzunehmen.

Der Vogt, welcher den »kaiben« Buren den Hof auch nit gönnte, nahm noch einige Gemeinderäte, die ebenfalls waldneidig auf die anderen waren, dazu und erkor durch Gemeinderatsbeschluß den Christian zum Bürger, der als solcher den Seebenhof alsbald kaufen konnte.

Im Juli 1833 war der Kauf gebucht, und die schneidigen Buren hatten das Nachsehen. Daß sie dem Vogt und seinen Räten, dem Christian und dem Hansjörg Loblieder sangen, konnte ihnen niemand zumuten.

Aber zum Schaden kam noch der Spott. Sie ließen die 50.000 Gulden noch ein Jahr »am Zins« in Wolfe, Im Herbst 1834 gingen sie erst wieder hinunter, um den Mammon zu holen samt Zins. Doch statt des Zinses eröffnete ihnen der Kassier, daß sie 700 Gulden Verwaltungsspesen zu bezahlen hätten.

Als sie dagegen remonstrierten, meinte der boshafte Wolfacher: »hättet ihr das Geld auf's Adlerwirts Matten gelegt, dann könntet ihr es jetzt holen ohne Spesen und Vierunddreißiger dafür trinken.«

Dieser Spott kam aus, und die wackeren Buren, welche den Seebenhof gerne dem Bauernstand erhalten hätten, wurden noch ausgelacht.

Doch den Vierunddreißiger ließen sie sich beim Rinkenwirt, wie der Adlerwirt auch genannt wird, baß schmecken, und mehr als einen Bur hat in jenem Herbst der starke neue Wein umgebracht.

3.

Jetzt saßen der Hansjörg und die Apollonia als mediatisiertes und pensioniertes Fürstenpaar im Leibgedinghaus unter dem Wildsee.

An Geld fehlte es nicht. Die Alpirsbacher hatten nach Wunsch abgeliefert und bezahlt. Es war den Zweien nach Tilgung der Passiva noch eine schöne Summe für sich und ihre Kinder übrig geblieben. Auch an die Tafel ins Bad konnten sie noch fahren mit eigener Equipage und auch noch Gäste empfangen auf ihrem Altenteil.

Aber das merkten beide doch bald, daß sie keine regierenden Fürsten mehr seien, daß das Fürstentum fehlte und sie Herrschaften ohne Land geworden waren.

Auf dem Hof saß ein Verwalter der Alpirsbacher und der kommandierte die Knechte, die Mägde, die Holzhauer und die Flößer und gab den fünf Vasallen seine Befehle. Leute aber, die nichts mehr zu kommandieren haben, gelten auch in der Welt nichts mehr.

Was für »ein großes Tier« ist ein kommandierender General, so lange er aktiv, und wie klein und unbeachtet ist der Mann, sobald er als einfacher Zivilmensch herumläuft!

Was für einen Respekt genießt ein Oberamtmann, so lange er im Dienst ist und die Bauern angstvoll an seine Türe klopfen, und wie wenig gilt er noch, sobald er pensioniert ist!

So ging es auch dem Hansjörg und der Apollonia. Bis vor kurzem das angesehenste bäuerliche Paar, weil es den größten Hof besaß, galten beide jetzt im Volke als gefallene Größen, und die Warnung des alten Schmidsberger, daß der Hansjörg sein Ansehen verliere, ging nur zu bald in Erfüllung.

Dazu schimpften und räsonierten die Schapbacher über den Seebenbur, weil er seine Wälder an Fremde verschachert habe. Und wo er sich bei seinesgleichen sehen ließ, hörte er unliebsame Reden.

Die Alpirsbacher, denen sich auch noch ein Polizeikommissär aus Mülhausen, ein Verwandter des Christian, als Teilhaber angeschlossen hatte, trieben aber auf dem stolzen Seebenhof den habgierigsten Raubbau.

Rastlos schlugen ihre Holzmacher die stolzen Tannen nieder, rieften sie zu Tal und flösten sie die Wolf hinab. Fünf Jahre lang gingen alljährlich zehn mächtige Flöße aus den Wäldern des Seebenhofs der Kinzig und dem Rheine zu.

Und während da oben in den Wäldern die Axthiebe ertönten und die Tannen stürzten, hörte unten im Tal die Büure, in einsamer Stube sitzend, das Rauschen der stürzenden Tannen, und es tat ihr in der Seele weh.

Sie sah und hörte die Verwüstung ihres einstigen Fürstentums, und es reute sie, dasselbe verkauft zu haben. Das »drückt ihr das Herz ab«, sagten die Leute im Volk, und als die fünf Jahre um, die Wälder verwüstet waren und die Alpirsbacher daran dachten, den »ausgeschundenen« Hof wieder zu verkaufen, da legte sich die Erzbäuerin Apollonia zum Sterben nieder.

An einem schönen Maientag des Jahres 1838 haben sie die Seebenbüre begraben. Ihre Kinder setzten ihr einen Grabstein auf dem luftigen Kirchhof zu Schapbach, und heute noch ist auf demselben zu lesen:

Mutter, deine Laufbahn ist vollendet.
Manche Trübsal mußtest du ersteh'n:
Noch der Tod hat jede Pein beendet,
Ruhe sanft zum Wiederseh'n.
Dein Gedächtnis bleibet stets im Segen,
Deine Lust war immer wohlzutun;
Du eiltest jener bessern Welt entgegen
Und zugleich der edlen Taten Lohn.

Einige Jahre später legten sie den Hansjörg neben sie, und seine drei dankbaren Söhne ließen auf einen Stein schreiben, daß er neben »seiner Gattin« ruhe, und wünschten »Ruhe seiner Asche«.

Dankbare Kinder sind stets die Zeugen guter Eltern, und gut war das letzte Herrscherpaar auf dem Seebenhof, gut mit seinen Kindern, gut gegen Arme, gut gegen des Hauses Gäste. Daß sie sich ihres Fürstentums freuten und an der Tafel saßen im Bad und Reisen machten, wer mag ihnen das verübeln!

Ihren ältesten Sohn, den Toni, hab' ich noch wohl gekannt. Er war in meiner Knaben- und in meiner ersten Studienzeit Posthalter im Städtle Husen ob Hasle, und ich habe, wie wir sehen werden, Grund, ihm ein dankbares Andenken zu bewahren.

Als seine Eltern den Fürstenhof verkauften, war der Toni 22 Jahre alt. Zwei Jahre später trat er zum alten Posthalter Nietinger in Husen, dem sein Geschäft feil war, stellte sich ihm vor und fragte ihn, was er dafür wolle, daß der Fragende der Sohn des Seebenburen war, imponierte dem alten Posthalter; denn auch er wußte, daß der Seebenhof ein Riesengeld gegolten habe und daß somit der Liebhaber seines Anwesens zahlungsfähig sei. Drum wurden sie einig, und der junge Bauersmann aus dem Seebach, der aber einen eigenen Haushofmeister gehabt hatte und sich in jeder Hinsicht zu benehmen wußte, ward Posthalter von Husen.

Die Post in Husen war ein altes, aber großes Anwesen mit schönen Äckern, Wiesen und Wald und damals und noch lange nachher eine Hauptstation für alle Eilwagen und für alle Extraposten, die von Frankfurt, Karlsruhe und Straßburg durch das Kinzigtal gingen, Konstanz und der Schweiz zu.

Das war, wie die alten Kinzigtäler zu sagen pflegten, ein »Lebis«, und der Posthalter nahm Geld ein wie Heu.

Der junge Besitzer der Post holte eine Frau in seiner Heimat, eine Tochter vom reichen Ferdishannes im Schappe, ein bildschönes Meidle, und beide wurden ein Wirtspaar, wie es stattlicher keines gab, soweit der Eilwagen fuhr von Offenburg bis Konstanz.

Aber zu einem so jugendlich schönen Paare paßte das alte, unschöne Posthaus nimmer; drum ward es abgerissen und ein neues, monumentales erstellt.

Fast zu gleicher Zeit bauten zwei Wirte, der eine in Hasle, der andere in Husen, die ersten Hotels im Kinzigtal; in Hasle mein Taufpate, der Adlerwirt, und in Husen des Seebenburen Toni. Beide gingen zugrund.

Mit dem neuen Prachtbau und dem daran anstoßenden geräumigen Tanzsaal kam neues Leben ins Geschäft, Nicht bloß alle Postwagen und alle Extrachaisen hielten bei »der Krone« an, auch alle Fuhrleut' kehrten jetzt ein beim jungen Posthalter und nahmen Vorspann bei ihm, und alle großen Bauernhochzeiten wurden in der Post gehalten schon wegen des vornehmen, riesiggroßen Tanzbodens. Kellner, Köche, Mägde, Postillone fungierten in Menge in dem neuen Posthause, in welchem manche Nacht 40–50 fremde Pferde mit ihren Lenkern rasteten und vornehme Herrschaften, selbst der Großherzog und der Fürst von Fürstenberg, Quartier nahmen.

Mit jedermann aber konnten der Toni und sein Weib verkehren, und bei hoch und nieder fanden sie das rechte Wort.

Die damaligen Posthalter hatten auch zugleich die Postexpedition. Sie hielten, um letztere zu besorgen, irgend einen verbummelten Studenten oder eine arme Schreiberseele und gaben diesem ihrem Postexpeditor Kost und Wohnung und einige Batzen Geld in der Woche.

So hatte auch der alte Posthalter Nietinger seinem Nachfolger den Expeditor übergeben. Der Mann – ich kannte ihn auch noch – hieß Gabriel Dummel und war ein Original, aus Beuren an der Aach im Hegau gebürtig.

Zu tun hatte der Gabriel nicht viel; Briefe wurden in jener guten, alten Zeit blutwenig geschrieben, und Husen war allzeit ein Totenstädtle, still und friedlich und einsam. Drum' kam wenig »Post« dahin, und nur der Umstand, daß Wolfe damals noch eine Filiale von Hufen war, gab dem Gabriel in den ersten Jahren seines Expedierens einige Arbeit.

Die gelesenste Zeitung jener Tage im Kinzigtal, die in Hufen vielleicht fünf und in Hasle sechs Abonnenten hatte, brachte ein Haferfuhrmann, der jede Woche einmal nach Hasle auf den Markt kam, in einem

Fruchtsack von Oberndorf her. Diese Zeitung war der »Schwarzwälder Bote«.

So hatte der Expeditor mehr Durst als Arbeit und stillte den ersten in der Wirtsstube seines Posthalters, wo immer Bürger, Bauern und Fremde saßen, die er unterhielt und dafür manchen Gratistrunk eroberte. Der Gabriel war berühmt im Dichten, oder wie das Volk sagt – im Lügen. Aufschneiden wie er konnte weit und breit kein zweiter.

Selbst der Fürst von Fürstenberg und der Großherzog Leopold, die oft auf ihren Fahrten talauf und talab in der Post anhielten, ließen sich vom Gabriel zur Unterhaltung was vorlügen.

Fürsten werden ja bekanntlich am meisten angelogen in wichtigen und ernsten Dingen; drum war es schön von den genannten, hohen Herren, daß sie sich auch, weit weniger gefährlich, im Spaß vom Gabriel einen Bären aufbinden ließen.

Der Großherzog Leopold, ein sehr leutseliger und herablassender Fürst, fragte, so oft er in Hufen abstieg, alsbald nach dem Gabriel und seinen neuesten – Dichtungen.

Wie einst auf dem Seebenhof, so hatten auch in der Post zu Hufen die Dienstboten aller Art ihre guten Tage. Herr und Frau ließen bei dem Flor ihres Geschäftes auch ihre Mithelfer leben.

Diese mißbrauchten aber die Güte und suchten bald nur ihr Interesse. Kellner, die als Habe nichts mitgebracht als einen Frack und einen Stock, zogen als vermögliche Leute ab, und die Pferdeknechte stahlen den Hafer ihres Herrn sackweise und machten Geld daraus.

Dazu kam noch als weitere Schädigung die Eisenbahn, welche Mitte der vierziger Jahre bis Basel ging und viele Fremde, die bis dahin durch das Kinzigtal hinauf in die Schweiz gereist waren, nach jener Richtung ablenkte.

Bald darauf wurde in Baden in Revolution gemacht: gleich nachher kamen politisch und ökonomisch ungünstige Jahre, und der flotte Posthalter wankte und schwankte.

Trotzdem hat er in dieser bedrohlichen Zeit ein gutes Werk verrichtet und zwar an mir, dem Schreiber der Erzbauern.

Eines Augustabends des Jahres 1853 rückte der Posthalter, ein behäbiger Mann mit vollem, glattem, rotem Gesicht, wie gewöhnlich beim »Spesenhans«, der unten im Städtle ein gutes Bier schenkte, zum Trinken an.

Als er in die Stube getreten war, sah er einen blutjungen, blassen, mageren Menschen, der zu viel getrunken hatte und nimmer auf den Füßen sich halten konnte.

Er erkundigt sich, wem er gehöre, und vernimmt es von dem Begleiter des Trunkenen. Alsbald verläßt der Posthalter das Haus wieder, kommt gleich darauf mit einem seiner Knechte und einem Einspänner zurück und schickt das verunglückte Bürschchen seinen Eltern zu.

Das lumpige Bürschchen war ich, den, wie ich in meiner »Jugendzeit« erzählt habe, die Großmutter am andern Tag seinen Geschwistern als den »Schandpfahl« und »Abschaum« der Familie hinstellte.

Ich schämte mich daraufhin so, daß ich jahrelang Husen und den Speckenhans mied und dem braven Posthalter nie mehr unter die Augen trat, noch weniger mich bei ihm bedankte.

Zwei Jahre später kam der Mann um Hab und Gut. Er fiel jener kreditlosen Zeit zum Opfer, wie der Vogtsbur im Kaltbrunn. Die Generalwitwen-Kasse in Karlsruhe, der er den Zins nicht mehr zahlen konnte, stürzte ihn, konnte aber das Anwesen nur um einen Spottpreis anbringen.

Doch der Gestürzte ging nicht ganz unter. Zu gleicher Zeit mit seinem großen Posthaus wurde das kleine Wirtschäftle »zur Eiche« in Husen um billiges Geld versteigert, und ein Bruder der Posthalterin, der junge Ferdishannesbur im Schappe, kaufte und übergab es dem Schwager und der Schwester.

Die Poststation kam nach Hasle; den Gabriel jedoch, der unterdes alt geworden, wollte niemand mehr als Expeditor. Da übten die, welche soeben Edelmut von einem Dritten erfahren hatten, an dem alten Lügenfürsten die gleiche Tugend; sie nahmen ihn, der von ihnen sich nicht trennen wollte, mit in die Eiche.

Der Posthalter aber krankte sich über seines Geschäftes Untergang und starb schon im zweiten Jahr darnach, noch nicht fünfzig Jahre alt. Wenige Monate später folgte ihm der Gabriel ins Grab, fast ein Achtziger, und was er noch sein eigen nannte, ein kleines Kapital, vermachte er den Kindern seines einstigen Herrn.

Kaum war der gute Posthalter tot, als ich fortan bis zum Ende meiner Studienzeit oft in das kleine, sonnige Häusle zur Eiche kam. Es lag oberhalb des Städtchens, wenige Schritte von der Landstraße im lichten Schatten einer großen Linde.

Da kredenzte die Posthalterin, immer noch eine schöne Frau, mit ihren noch schöneren Töchtern ein gutes Hornberger Bier, und oft fuhr ich am Nachmittag oder am Abend mit meinen jetzt seit Jahren auch toten Freunden, dem Arzt Feederle und dem Notar Serger, nach Husen; und wenn der Doktor seine Patienten besucht hatte, setzten wir uns zu den Damen in der Eiche und tranken eins.

Die älteste der vier Töchter hieß wie ihre Großmutter, die Fürstin unter dem Wildsee, Apollonia und eine andere nach dem Vater Antonie.

Husen war von jeher noch unberühmter durch weibliche Schönheiten als Hasle; aber damals wohnten die Grazien des Kinzigtals in der Eiche, echtem Bauernfürstenblut im Wolftal entsprossen.

Zwei dieser Grazien waren stets daheim, die zwei anderen suchten ihr Brot in der Fremde. Die Mutter aber, eine stattliche Vierzigerin, eine Juno, fand einen zweiten Mann, einen braven, stillen Schweizer.

Unfern der Eiche bestand damals noch das fürstenbergische Hammerwerk; die Männer am Feuer und auf dem Bureau hatten Durst und löschten ihn bei den Elfen im Schatten der Linde.

So war immer Leben in dem kleinen Häuschen, bis die Hämmer still stunden und die besten Trinker, die Hammerschmiede, in die weite Welt zogen.

Zwei der schönen Meidle waren aber schon verheiratet, die eine unglücklich an einen Musiker und Lumpen in Zürich, wo sie bald starb: die andere hatte einen Sattler genommen aus St. Georgen im Schwarzwald und war mit ihm nach Amerika gezogen.

Als wenige Jahre später die zwei andern Grazien, darunter auch die schönste, die Mina, sich in der Nähe von Frankfurt gut verheirateten, und als auch der stille Schweizermann das Zeitliche gesegnet hatte, verkaufte die alte Posthalterin ihre Eiche und zog zu ihren Töchtern. Dort starb sie vor wenig Jahren hochbetagt und erblindet.

So oft ich in meinen alten Tagen an dem kleinen Häuschen in Husen vorüberfahre, gedenke ich der sonnigen Tage und der dämmerigen Abende, an denen ich in der Eiche mit nun längst toten Freunden Bier trank, und erwäge in der Bitterkeit meiner Seele, wie viele seitdem den Tod geschaut, die sich damals gefreut im Tale und in der Eiche. Selbst die große Linde vor dem Häuschen ist seitdem gestorben, und die schönen Meidle in der Eiche sind, wenn sie noch leben, sicher jetzt auch alte, greise Damen geworden.

Das ist der Welt Lauf.

Aus jenen Glanztagen in der Post zu Husen lebte an der Jahrhundertwende von den Hausgenossen nur noch ein Mensch, der Fidele, einst Stafettenreiter und Hausknecht bei den zwei letzten Posthaltern.

Er ritt jeweils den fürstlichen und anderen Extraposten voraus und bestellte die Pferde, damit diese bereit wären, wenn die Herrschaften ankämen. Und wenn der Fidele im gelben Frack durch Hasle galoppierte, so paßte man auf, denn er war das Zeichen, daß demnächst was Vornehmes durchfahre.

Der Fidele kam oft wochenlang in kein Bett und wurde trotzdem so alt. Als ich im Frühjahr 1898 Kunde erhielt von seinem Dasein und zwar einem höchst armseligen, sandte ich ihm sofort ein gutes Trinkgeld. Es war nämlich alsbald in mir die Ahnung aufgestiegen, der Fidele möchte mich damals mit dem Einspänner des Posthalters nach Hasle spediert haben. Denn er war nicht Postillon und besorgte darum in rittfreien Stunden die Einspännerfuhren.

Bei dem Schrecken und bei der Empörung, welche meine Großmutter, bei der er mich ablud, erfaßt haben mögen, hat sie jedenfalls vergessen, dem Fidele ein Trinkgeld zu geben, darum hab' ich's fünfundvierzig Jahre später selbst besorgt.

Wenn ich aber wieder einmal nach Husen komme und der Fidele lebt noch, will ich die Sache, die ich jetzt nur vermute, festzustellen suchen bei ihm selber. Bestätigt sich meine Ahnung, so soll's der Brave nicht bereuen, mich Lumpen einst nach Hasle geführt zu haben.

Es ist merkwürdig, wie man in der Jugend falsche Ehrbegriffe hat. So lang ich ein junger Mensch war, hätt' ich mich geschämt, dem Posthalter von Husen oder dem Fidele unter die Augen zu treten und von jener Begebenheit zu reden.

Heute würde ich es mit Freuden tun und mich erkenntlich zeigen in Wort und Tat. Warum? Weil einem, der das Menschenleben in semer ganzen Armseligkeit durchgekostet hat, die Jugendzeit in solch einem Glorienschein vorschwebt, daß dieser goldene Zauber selbst die Lumperei jener Tage verklärt.

Das war das Schicksal des ältesten Sohnes vom Waldfürsten Hansjörg. Einzelne seiner Geschwister erfuhren ein ähnlich herbes Los, verarmten und zogen mit ihren Kindern nach Amerika.

Die Schwestern waren meist Bürinnen, die Brüder, wie er, Wirte im nördlichen Schwarzwald.

Am besten ging es noch dem Augustin. Er heiratete, nachdem er erst eine Papiermühle am Wolfbach betrieben, die verschuldete »römische Kaiserwirtin« in Nußbach bei Triberg, an der Straße nach der Sommerau.

»Durch seine scharfe Umsicht«, so schrieb mir ein heutiger Nußbacher, »und durch seinen Herrschaftsgeist brachte er die Schuld zum Sinken. Als der Bahnbau durch den Schwarzwald und damit Verdienst kam, verfuhr er so strenge mit der Abzahlung der Schuld, daß er ein vermöglicher Mann wurde.«

Von 1848–1860 war der Augustin ununterbrochen Bürgermeister, ein Beweis, daß er nicht umsonst den Advokat zum Hofmeister gehabt.

Fast ein Siebziger, übernahm er dies Amt noch einmal von 1883–1886 und starb kinderlos erst 1896 als allgemein geachteter Mann.

In Wolfe lebt heute noch eine arme, greise Waschfrau, die eine Enkelin des Fürstenpaares auf dem Seebenhof ist.

Und dieser Hof selbst? Von ihm ist kein Stein mehr auf dem andern. Die Residenz des größten bäuerlichen Waldfürsten im Kinziggebiet und wohl im ganzen Schwarzwald ist vom Erdboden verschwunden wie die des Bauernfürsten von Kaltbrunn.

Nachdem der Christian und seine Teilhaber die Waldungen ausgeraubt und für 200.000 Gulden Holz daraus verkauft hatten, traten sie den Seebenhof für 155.000 Gulden an den Fürsten von Fürstenberg ab. Sie bekamen also für den ausgeplünderten Hof fast so viel, als sie selber bezahlt hatten. Das Geschäft war nicht schlecht gewesen.

Die Herrschaft Fürstenberg ließ nach dem Tode des Hansjörg, der lebenslänglich Wohnung hatte, alle Gebäulichkeiten niederreißen; nur der einstige Garten, jetzt eine Waldbaumschule, ist noch zu erkennen.

Im Volke aber geht heute noch im Wolftal die folgende Sage: Auf den Seebenhof sei vor alter Zeit aus dem Wildsee herab jeden Morgen ein Männlein gekommen mit großem Bart und alten, abgetragenen Kleidern. Dieses habe das Vieh gefüttert und sich im Futterstock und in den Ställen tagsüber aufgehalten. Am Abend sei das Seemännle, wie die Leute es nannten, jeweils wieder heim in die Flut.

Es gab auch auf die Kinder acht, wenn keine erwachsene Person im Hause war, und wenn geflößt wurde, – eine gefährliche Arbeit – stand das Seemännle auf die abgehenden Flöße, bis die gefährlichsten Stellen passiert waren.

Sein Essen habe man ihm – aber nur Milch und Brot wollte es – unter die Stiege gestellt. Dort habe der Kobold es geholt und unbeschrieen verzehrt und dann die leere Schüssel wieder an den Platz, auf dem sie gestanden, gebracht.

So war das Männlein der gute Geist des Hofes und die Leute ihm dankbar. Eines Tages aber legte ihm die Bäuerin einen neuen Anzug unter die Stiege und gab ihm auch ein besseres Essen.

Als es kam, um seine Nahrung zu holen, und das neue Gewand und das gute Essen sah, ward es traurig, jammerte und sprach: »O je, jetzt muß ich fort, wieder für immer in den See zurück.« Von Stund an verschwand es, und mit ihm wichen das Glück und der Segen vom Hofe, bis er unterging.

Wenn man nicht wüßte, wie vielen Sinn das Volk in seine Sagen zu legen pflegt, aus dieser einen Sage vom Seemännle könnte man es lernen.

Welches ist kurz die Lehre, welche die erwähnte Sage allen Bauern gibt, groß und klein? Der Volksmund will durch die Erzählung vom Seemännle sagen: »So lange der Bauer an der alten Einfachheit festhält im Essen, Trinken und in Kleidern, wird er bestehen; geht er vom Alt-Erprobten und Bewährten ab, so weicht der Geist des Segens, und der Bauer geht zugrunde.«

So ist die Sage Wasser auf meine Mühle und predigt, was ich in meinen Volkserzählungen schon oft gepredigt habe.

Es schleicht sich mehr und mehr ein anderer Geist in die Bauernhäuser ein; es ist der Kobold der modernen Kultur; der will aber nicht, wie das Seemännle, einfache Kleidung und einfache Kost. Dieser neuzeitige Hausgeist will modische Kleider, gut' Essen und Trinken und allerlei unnötige Dinge, die Geld kosten. Er verführt auch Knechte und Mägde, in die Städte und in die Fabriken zu ziehen, um besser leben zu können.

So ruiniert er den Bauer, und seinem Unsegen verfällt in unseren Tagen mancher Hof und manche Familie, weil der gute Geist der alten Zeit mit seiner Einfachheit und Zufriedenheit weichen muß vor der dreifachen Teufelin, die da heißt: Kultur, Halbbildung und Genußsucht.

4.

Saß unter dem Wildsee auf dem Seebenhof eines Müllers Sohn, der Hansjörg, als größter Waldfürst im Wolftale, so residierte im Tälchen nebenan, im Dollenbach, ein ehemaliger Bäcker als Kollege im Bauernfürstenstand.

Sein Name war Athanasius oder, wie die Kinzig- und Wolftäler sagen, Athanazi und sein Waldhof, wenn auch nur halb so groß als der seines Nachbars, doch einer der schönsten und holzreichsten im Tale.

Der Athanazi war ein Glückskind. Lebte er da, ein Dreißiger, um das Jahr 1829 im Wildschapbach in einem kleinen Häuschen als Kleinbäcker und Witwer, als die einzige Erbin des »Ameisenhofs« im Dollenbach, kaum einige zwanzig Jahre alt, die Augen auf ihn warf und ihn zum Waldfürsten machte.

Es ist ein merkwürdig Ding mit der Liebe der Wibervölker. Sie mögen oft einen, der sonst niemanden gefällt und dem alle Zeichen fehlen, die einen Mann liebenswert machen. Aber es ist dies eine alte Geschichte; drum sagt ein sinniges Volkssprichwort: »Wo die Liebe eines Wibervolks hinfällt, da bleibt sie liegen, selbst wenn sie auf einen Misthaufen gefallen ist.« Item die Liebe der Waldprinzessin im Dollenbach fiel auf den Bäcker und Witwer Athanazi.

Das war aber zu viel Glück für einen Bäcker, und dies Glück kam mit solcher Macht über ihn, daß er später sich bisweilen als den Glücklichsten der Sterblichen pries.

Wenn er hinaufkam ins Wirtshaus »zum letzten G'stör« im Burgbach oder hinab in die Schenke »vor Seebach«, wo die Buren und die Taglöhner seiner Nachbarschaft saßen und eins tranken, da überkam den Athanazi oft das Delirium seiner Herrlichkeit und seines Glücks. Und in diesem Stadium pflegte er zu sagen: »I bin a riche Ma un a Waldfürst, mi sollt ma mit Gold ifasse.«

Und die Buren und noch mehr die Taglöhner glaubten es und gaben ihm, wenn der Kurfürst vom Seebenhof, der Hansjörg, vor dem auch der Athanazi geschwiegen hätte, nicht in der Stube saß, ihren Beifall. Der Athanazi aber lohnte diesen Beifall mit vollen Maßbotellen; denn die erste Eigenschaft eines Fürsten muß die Freigebigkeit sein.

Und der Waldfürst im Dollenbach sagte es so oft, was für ein Mann er sei, und so lange, bis alle Buren und alle Taglöhner vom Kniebis

bis zum Dollenbach es glaubten und den »riche Ma« zu ihrem Vogt erkürten.

Der Hansjörg konnte ihm bei der Vogtswahl keine Konkurrenz machen; denn zwischen ihren beiden Fürstentümern lag die Gemarkungsgrenze, und des Athanazis Waldhof gehörte nach Rippoldsau, der Seebenhof aber in den Schappe.

Doch der Hansjörg hätte, als sein Nachbar Athanazi anfangs der vierziger Jahre zum Vogt gewählt ward, diesem auch nicht mehr schaden können in der gleichen Gemeinde; denn damals war der Seebenbur bereits depossedierter Fürst, hatte seinen Hof verkauft und damit sein voriges Ansehen eingebüßt.

Jetzt war der Athanazi, da auch der alte Schmidsberger das Zeitliche gesegnet hatte, der einzige Waldfürst im obern Wolftal und dazu noch Vogt von Rippoldsau, zu dem der Sauerbrunnen gehörte, wo die höchsten Herrschaften verkehrten.

Wäre zur Zeit der Mittagshöhe seines Glückes dem Athanazi im Bad Rippoldsau nicht noch der Fürst von Kaltbrunn in der Sonne gestanden, so wäre seine Freude vollkommen gewesen.

Doch eine der Fürstlichkeiten, die nach Rippoldsau kamen, gewann der Athanazi fast ausschließlich für sein Haus, die Großherzogin Witwe Stephanie, die Adoptivtochter des größten Mannes des Jahrhunderts, des Kaisers Napoleon I.

Die Fürsten schenkten ihre Gunst Andreas I., der auch fürstliche Manieren und fürstlichen Geist hatte, die Hofdamen dem Waldfürsten auf dem Seebenhof; die Großherzogin Stephanie aber weilte gerne und oft im Dollenbach, nicht ausschließlich des Athanazis wegen, sondern auch zu Ehren seiner Waldfürstin, der Katharine, die, wie wir sehen werden, echt fürstliche Allüren hatte.

Hatte sich der Athanazi früher stets gebeugt vor dem Hansjörg wegen des viel größeren Fürstentums, so ließ er jetzt dem Vogtsbur von Kaltbrunn nicht bloß aus einem ähnlichen Grund den Vorzug, sondern auch, weil er fühlte, daß Andreas I. ihn eine Haupteslänge überrage als Mann und Mensch, und weil dessen Ruhm schon strahlte, als der Athanazi noch Brot buk und Brezeln machte.

Aber kollegial verkehrte er doch mit ihm, und sein Leibspruch an den Würdenträger im Kaltbrunn war: »Wir Waldfürsten müssen zusammenhalten; denn von unserer Sort' gibt's nimme viel.«

Wenn es sich um irdische Größe handelt, sind die Weiber bekanntlich eifersüchtiger als die Männer. So war es auch bei den zwei benachbarten Waldfürstinnen auf dem Seebenhof und im Dollenbach.

Die Ameisenbüre wußte, daß im Seebenhof einst viele Gäste ein- und ausgingen; darum machte auch sie ein offenes Haus, und jeden Tag war bei ihr »*jour fixe*«, und Weiß- und Rotwein, Kaffee, Küchle und Schinken gab es für jedermann, der kommen wollte.

Es erschienen aber mit der Zeit nicht bloß Badgäste, sondern auch verdächtige Fremde, die Nachtquartier erbaten und erhielten und bald dieses, bald jenes mitgehen hießen bei ihrem Scheiden. Auf dem Seebenhof machten, wir wissen es, die Hausierer gute Geschäfte, aber noch bessere auf dem Ameisenhof. Wenn sie jammerten über schlechten Geschäftsgang und mit beweglichen und zierlichen Reden der Waldfürstin zusetzten, so pflegte sie zu sagen:»Laßt alles da, was ihr habt, ich kann alles brauchen.«

Den Weibern, die mit Küchengeschirr, das sie auf der Steingutfabrik Kornberg geholt, hausieren gingen, nahm die Büre, wenn sie zu reden wußten, jeweils den ganzen Korb voll ab.

Der Hansjörg und die Apollonia fuhren nur in den Sauerbrunnen und tafelten da mit den fremden Herrschaften, Das genügte der Ameisenbüre nicht. Sie war, wie echte, fürstliche Wibervölker sein sollen, von schwächlicher Gesundheit und vertrug zur Stärkung derselben das Sauerwasser in Rippoldsau nicht gut.

Da hörte sie von Badgästen, daß Wildbad mit seinen warmen Quellen ein Kurort sei, wie sie ihn brauchen könnte. Flugs machte sie eine Badereise dahin. Es ist ja nicht so weit ab, in zwei Tagen fährt sie bequem hin mit ihren stolzen Braunen.

In Freudenstadt wird genächtigt, am andern Tage das Ziel erreicht und im ersten Hotel,»zum Bären«, abgestiegen. Es geht der Ameisenbüre eine neue Welt auf in dem schwäbischen Kurort an der Enz mit seinen vielen Fremden. Gegen Wildbad ist Rippoldsau klein und die Büre dort auch viel mehr ästimiert, weil kein Prophet was gilt in seinem Vaterland und keine Bauernfürstin verehrt ist unter dem Landvolk, wie sie es wünscht.

Was die Ameisenbüre in der Fremde allein genierte, war ihre Bauerntracht. Die fiel dummerweise auf an der Enz, wo noch nie eine Bäuerin aus dem Wolftal als Kurgast geweilt hatte.

Heimgekommen, erzählt sie dem Athanazi entzückt von dem neu entdeckten Bad. »Das nächste Jahr mußt du auch mit: aber wir beide kleiden uns dann nach der Mode« – so schließt die Katharine ihren Badbericht.

Der Athanazi ist mit allem einverstanden, was sein Weib beschließt: denn – und das war ein großer Zug von ihm – er blieb seiner Gattin unentwegt dankbar dafür, daß sie ihn von der Backstube weg zum Fürsten erhoben hatte. Und er bezeugte diesen Dank durch unbedingte Unterwerfung unter den Willen seines Weibes.

Friedrich der Große hat zwar den Ausspruch getan: »Wer sich dem Willen eines Weibes unterwirft, ist ein elender Wicht.« Es ist dies nicht durchweg richtig. Ich meine, ein Mann, der seinem Weibe sich unterwirft, ist nicht immer ein Pantoffelheld, sondern gar oft ein wirklicher Held.

> Tapfer ist der Löwensieger,
> Tapfer ist der Weltbezwinger,
> Tapferer, wer sich selbst bezwingt

sagt der Dichter. Mancher Mann, der ein böses Weib hat und um des lieben Friedens willen ihr nachgibt, während er sie lieber prügeln möchte, zeigt die Tapferkeit der Selbstbezwingung und verdient deshalb Bewunderung.

Ferner sind Pantoffelhelden vielfach die reinsten Märtyrer, und Märtyrer muß man achten und Mitleid haben mit ihren Peinen.

»Aber wo rechte, schöne Modekleider bekommen?« so frägt die Waldfürstin im Dollenbach, als es Frühling geworden war und die Wildbad-Reisezeit sich näherte. »In Wolfe drunten«, so meint sie weiter, »oder in Freudenstadt drüben bekommt man nichts Rechts.«

Der Athanazi besinnt sich und hat bald eine Auskunft, welche der Katharine vollauf genügt. Er kennt alle Schifferherren in Wolfe; denn dorthin verkauft er seine Flöße, und die Schiffer kommen »in der Welt rum« und wissen, wo man die schönsten Modekleider macht. Der Waldfürst fährt also hinab nach Wolfe zum »Schang« (Jean), dem Vater von Theodor, dem Seifensieder. Dieser und alle Schifferherren hatten immer eine Freude, wenn der Athanazi kam. Er hatte bei ihnen aber längst einen eigenen Namen, sie nannten ihn nur den Mantelnazi.

So oft nämlich der Bur vom Ameisenhof einen schönen, blauen Tuchmantel, wie die Bauernfürsten ihn damals trugen, nötig hatte, ging er nach Wolfe und verkaufte ein Floß, bedingte sich aber in den Kauf noch einen Mantel aus. Drum hieß er bei der Schifferschaft der Mantelnazi.

Der Schang wußte dem braven Manne, der auf Modekleider fahndete, alsbald den besten Rat und sprach: »Da ist gut helfen. Ihr und eure Frau reisen nach Straßburg. Die Straßburger bekommen die neueste Mode direkt von Paris, und diese macht von Straßburg aus den Weg ins deutsche Land.«

»Aber dort«, meinte der Athanazi, »bin ich wildfremd und mein Weib auch, und wenn so einfache Bauersleut' kommen, werden sie ausgelacht und über den Löffel barbiert und bekommen doch nichts Rechts.«

»Dann geht ihr mit mir«, beruhigte der Schang; »ich muß fast jede Woche einmal Geschäfte halber nach Straßburg. Es kommt jede Woche ein Floß von uns in Kehl an, und da muß ich dabei sein.«

»Kommt am nächsten Dienstag beizeiten hierher, und dann könnt ihr zwei mit mir fahren nach Straßburg. Bis Husen nehmen wir eure Fuhre, und dann geht's mit dem Eilwagen. In Straßburg will ich euch schon an den rechten Ort bringen. Nehmt nur einen Sack voll Fünflivres-Taler mit!«

Jetzt war dem Athanazi aufgeholfen. »Schang«, rief er, »des isch a Red', die isch zwei Botelle Zehner wert, und die zahl' i sofort drübe im Salmen!« Die Schifferherren taten den Waldfürsten gern jeden Gefallen; drum ging auch der Schang gerne mit dem Mantelnazi in den Salmen hinüber, trank mit ihm die zwei Botellen und redete von Straßburg und seinen Modeläden.

Seelenvergnügt fuhr der Bur vom Dollenbach am Nachmittag das Wolftal hinauf, so schnell seine Braunen laufen konnten: denn es drängte ihn, seiner Käther die frohe Botschaft zu bringen.

Diese strahlte, als er heimgekommen, ihr von Strasburg und Paris erzählte und die Begleitung des Schiffers Schang in Aussicht stellte.

»Des isch a ang'sehener Ma, der Schang, in Stroßburg und überall, wohin er kommt, und ist bekannt, so wit das Wasser im Rhi louft. Do were die Stroßburger Respekt ha, wenn wir mit dem Schang komme«, also schloß der Athanazi seinen Bericht.

Und Beifall nickte die Büre, die den großen Floßkapitän von Wolfe wohl kannte und von seinen Rheinfahrten nach Holland schon viel gehört hatte.

Kaum war es recht Tag am folgenden Dienstag, so fuhr der Athanazi schon beim Schang vor. Es war ein duftiger Frühlingsmorgen. Leichter Nebel lag über dem Tal; aber die Sonne schaute schon über den »Siechenwald« her durch den Nebel ins Städtle.

Der Schang war gleich reisefertig, und fort ging's Husen und der Poststation zu. Am Nachmittag schon rollte er mit seinen zwei Wolftälern über die Kehler Brücke gen Strasburg.

Während der Hansjörg und die Apollonia, so auf dem Seebenhof residierten, in Straßburg wie daheim waren, kam der Athanazi mit seiner Waldfürstin zum erstenmal in die »wunderschöne Stadt«. Denn als armer Bäcker war er nie so weit gekommen: er hatte seine Wanderjahre in Schilte, Schramberg und Rottweil zugebracht, und seiner Käther erste größere Reise war die Tour nach Wildbad gewesen.

Beide kamen auch erst recht in Flor, nachdem das Fürstenpaar auf dem Seebenhof abgeblüht hatte.

Wildbad und Straßburg, welch ein Unterschied! Jetzt gingen der Ameisenbüre erst die Augen auf, und immer und immer wieder begleitete sie ihr Staunen mit der Wehklage: »Zua was sind ou wir Leut im Dollenbach ouf der Welt!«

Der Schang, der mit ihnen im »roten Haus« am Kleberplatz abgestiegen war, zeigte ihnen alle Sehenswürdigkeiten, führte sie in alle berühmten Cafés und Restaurants und vorab in die Läden mit Modewaren, zu den Herren- und Damenschneidern und zu den Modistinnen.

Die Büre konnte sich nicht satt sehen und nicht satt kaufen. Am Mittag des andern Tages schon waren dem Athanazi die Fünflivres-Taler ausgegangen; aber der Schang half aus, denn er hatte Geld und Kredit im Überfluß zur Verfügung bei den Straßburgern.

Die Kleider wurden angemessen und nachgeschickt, für den Athanazi einen Herren- und für die Käther drei Damenanzüge nach der neuesten Pariser Mode.

Was man gleich mitnehmen konnte, Hüte, gewirkte Schalen, Schürzen und was sonst das Herz begehrte, wurde alsbald verpackt.

In der Nacht des dritten Tages kamen der Bur und die Büre auf den Ameisenhof zurück mit ganz neuen Ideen und mit dem süßen Gefühle, bald als Pariser auftreten zu können.

Das geschah um das Jahr 1840.

Die Büre konnte es, wie alle Wibervölker, nicht erwarten, bis sie sich in den Modekleidern zeigen konnte. Der Bur genierte sich daheim noch vor seinen Standesgenossen; auch paßte die Pariser Herrenkleidung nicht zu seinem Leibspruch: »Bin i nit a riche Bur un a Waldfürst?« Nenn echte Buren und Waldfürsten laufen nicht in der Welt rum wie Pariser Bummler.

Aber in Wildbad, wohin er fortan alljährlich mit der Gattin reiste, trug er stets nur Modekleider.

Die Büre hatte sich bei ihrer ersten Badreise den »Comment« badender Herrschaften wohl gemerkt, und fortan zeigte sie, was ich anderwärts schon gesagt, daß jedes Weib von Natur aus befähigt ist, sich in jede Rolle zu finden und dieselbe mit Takt und Anstand zu spielen.

Die Ameisenbüre nahm drum, so oft sie ins Bad reiste, außer ihrem Pariser Anzug und ihrem modernisierten Athanazi noch eine Kammerjungfer mit. Diese hieß Regine und war ein nettes, zimpferliches Meidle, das vor wenig Jahren noch lebte und von den schönen Tagen im Wildbad erzählte.

In das Fremdenbuch mußte der Athanazi schreiben: »Athanasius Armbruster, Gutsbesitzer aus dem Dollenbach, mit Frau und Bedienung.«

Auch das hatte sich die Büre bei ihrer ersten Badekur gemerkt, daß bessere und feinere Herrschaften nicht immer an der großen Tafel essen, sondern sich bisweilen auf dem Zimmer servieren lassen. Demgemäß taten auch der Athanazi und sein Weib. Sie erschienen nur zwei oder dreimal die Woche an der Tafel und nahmen dann an diese jeweils auch ihre Zofe mit.

Am Nachmittag fuhr das Waldfürstenpaar regelmäßig in Wildbad und in der Umgebung spazieren. Blieb aber der Waldfürst einmal im Hotel zurück, so mußte die Regine mit der Ameisenbüre; denn auch das hatte diese abgeguckt, daß vornehme Damen stets eine Gesellschafterin bei sich haben, wenn sie ausfahren.

Und als sie gemerkt hatte, daß die hohe Saison in Wildbad im August sei, so wurde später regelmäßig dieser Monat zur Badreise bestimmt und der Aufenthalt jeweils auf 4–6 Wochen festgesetzt.

Was sie aber den andern Herrschaften nicht abgelernt hatte, die »reiche Bäuerin«, wie sie in Wildbad allgemein hieß, das war die Noblesse, mit der sie Trinkgelder gab. Sie war durch diese bald so beliebt, daß sich alles, was auf Trinkgelder rechnet, freute, wenn die Waldbüre kam.

Waren Tag und Stunde ihrer Ankunft bekannt, so empfing sie die Kurmusik beim Eingang ins Städtle und geleitete sie bis zum Bären. Kinder und Bettler, angelockt durch die Musik, kamen in Scharen, und nun warf die reiche Bäuerin Hände voll Sechser, Groschen und Kreuzer, die sie schon parat gehalten, unter die fröhliche Menge.

Hatte das Kurorchester die Einfahrt verpaßt, oder dieselbe zu spät erfahren, so erschien es alsbald, nachdem die Herrschaften abgestiegen waren, vor dem Hotel und brachte ein Ständchen.

Für diese Huldigung, die auch bei der Abreise stattfand, bezahlte die Ameisenbüre jeweils 100 Gulden.

Daß Kellner und Zimmermädchen von ihr nicht übersehen wurden, versteht sich von selbst. Sogar die Frau des Hotelbesitzers bekam ihr Präsent, indem die Büre ihr jeweils einige Häfen voll »Anken« (Schmalz) mitbrachte.

Vor der Heimreise wurden große Einkäufe gemacht, um würdige Badgeschenke mitzubringen für Kinder, Freundinnen und Dienstboten. Bis zu tausend Gulden gingen manchmal drauf für diese Kleinigkeiten.

Drum war bei der Ankunft auf dem einsamen Hof immer großer Empfang, weil alles wußte, daß keine Person, welche die Herrschaften zur glücklichen Heimkehr begrüßte, leer ausging.

Natürlich ward für jede neue Badreise auch die Garderobe, welche nur aus Seiden- und den feinsten Wollkleidern bestand, erneuert. Ein Kaufmann in Wolfe hatte so einmal den Auftrag erhalten, der Ameisenbüre einige »gewirkte Schalen« zur Auswahl zu senden. Er schickte ein ganzes Dutzend und noch eine dazu, also dreizehn Stück.

Die Fürstin mustert und »verliest« sie, und siehe da, es hat jede in ihrer Art den Beifall der Ameisenbüre, Drum behielt sie einfach alle dreizehn.

Woher aber das Geld zu den vielen, vielen Ausgaben und dem geradezu fürstlichen Gebaren eines Buren und einer Büre?

Zunächst aus dem Wald, und drum nannte sich der Athanazi mit Recht einen Waldfürsten.

Seine Vorgänger auf dem Ameisenhof, der Vater und der Großvater der Bure, die Fürsten Anton und Simon, waren einfache, sparsame Buren gewesen. Sie hatten hausgehalten auch mit ihren Wäldern, und drum standen, als den Athanazi sein Glücksstern aus der Backstube auf den stattlichen Hof versetzte, Holländer-Tannen in ungezählter Menge das ganze Dollenbachtälchen hinauf.

So konnten jedes Jahr 10–12.000 Gulden aus den Wäldern eingenommen werden. Später, als die Ausgaben sich steigerten, mußte der Wald für 30 und 40.000 Gulden bluten.

Und doch kamen zu diesen Einnahmen noch alljährlich Schulden, besonders als die fünf Buben herangewachsen waren und ihren redlichen Anteil am Fürstenleben auf dem Ameisenhof in Anspruch nahmen.

Den ältesten, den Xaveri, gab der Athanazi ins »Studi« an das Gymnasium in Offenburg, wo er einige Schulen »genoß«. Wenn dann ein oder der andere Bur im Wirtshaus vor Seebach den Ameisenbur fragte, was sein Student werden sollte, meinte der Athanazi: »Mi Xaveri soll a g'studierter Herr were, mehr broucht er vorläufig nit. Später kann er dann immer noch were, was er will. Isch si Vater nit a riche Bur un a Waldfürst?« Aber selbst dem Xaveri leuchtete es ein, daß er doch vorläufig was anderes werden sollte als lediglich ein g'studierter Herr. Und da er einsah, daß er zu einem solchen das Zeug überhaupt nicht habe, so ging er zu einem Kaufmann in Zell am Harmersbach in die Lehre, bis er zu Höherem berufen ward.

Seine Brüder, der Toweis, der Karle, der Konstant und der Engelbert trieben sich im Waldfürstentum herum und übernahmen die Regierung in Wald und Feld, in Haus und Hof. Am liebsten waren sie aber in den Wirtshäusern, wo sie zechten und spielten mit ihren Freunden, deren sie gar viele hatten, besonders beim Trinken.

Manchmal fuhr einer oder der andere mit Sägwaren ins Renchtal und hatte, wenn er heimkam, den ganzen Erlös »vertrunken« und verspielt.

Für solche und ähnliche Streiche hatte der Waldfürst Athanazi nur die Worte: »Es isch doch merkwürdig, was ich für Buawe ha.«

Diese Buben waren aber auch dankbar für die Milde ihres Vaters; denn als dieser 1863 aus dem Leben schied, da setzten sie ihm einen Grabstein und auf diesen die Worte:

Friede sei um diesen Grabstein her,
Sanfter Friede Gottes.
Ach, sie haben einen guten Mann begraben,
Und uns war er mehr.

Sicher ist diese bekannte Inschrift, welche man heute noch auf dem Kirchhof ob dem Dollenbach lesen kann, der Erinnerung des g'studierten Herrn Xaveri entsprungen, und sie macht seinem Studi alle Ehre.

Wie es oft zu gehen pflegt bei wirklichen Fürstentümern, daß die Zustände dem alten Fürsten noch nicht schaden, den jungen aber stürzen, so ging's auf dem Ameisenhof.

Als der Athanazi sich zum Sterben niederlegte, war das Waldfürstentum dem Abgrunde nahe. Wer sollte und wollte es übernehmen?

Der Jüngste, der Engelbert, hatte längst geheiratet und ein Gütchen, das zum Hof gehörte, im Dollenbach erhalten. Der Toweis war ledig gestorben, der Konstant ein Lump, der bald auch hinsiechte, und der Karle schon Bur auf einem andern Hof. So übergab die Fürstin den Ameisenhof dem g'studierten Xaveri, sprach für sich aber ein Leibgeding an, als ob die Herrschaft noch im alten Flor wäre.

Sie bedingte für sich die drei besten, tapezierten Zimmer, Holz, Butter, Milch, Equipage und alljährlich tausend Gulden in Geld.

Der Xaveri wehrte sich, so gut er konnte, diese Last und die Zinsen der Schulden, so Papa Athanazi ihm hinterlassen, zu tragen und aufzubringen. Er holte die letzten Reste des mächtigen Waldbestandes aus den Bergen und schlug sich noch vier Jahre durch mit Hilfe der Juden Isaak und Heinrich von Schmieheim.

Dann aber war's fertig und aus mit dem Waldfürstentum im Dollenbach. Die alte Fürstin krankte sich, wie einst die Apollonia auf dem Seebenhof, zu Tode, und am 10. Juli 1867 haben sie »die reiche Bäuerin von Wildbad« als arme Frau begraben.

Wenige Monate später mußte der Xaveri froh sein, daß die Fürstenberger ihm den Ameisenhof abnahmen um den Betrag der Schuldenlast. Er mußte froh sein, weil ihm ansonst alles infolge richterlichen Spruches genommen worden wäre.

Der neue, echte Waldfürst von Fürstenberg ließ alsbald den Ameisenhof niederreißen. Unter den Arbeitern, die dies besorgten, befand sich auch der Jüngste des Athanazi, der Engelbert.

Als der Giebel sank und das Gebäude in sich zusammenstürzte, stießen die Burschen ein Freudengeschrei aus. Wer am meisten johlte, das war der Engelbert, der bald nachher als abgehauster Gutler nach Amerika zog.

Der Karle verkaufte seinen Hof auch, kaufte eine Mühle droben im Klettgau, und da es ihm schlecht ging, erhängte er sich.

Der Xaveri fing in der Nähe vom Dollenbach einen Kramladen und eine Wirtschaft an; er kam aber nicht fort. Drum schied er aus der Heimat und erwarb sich weit drunten im Kinzigtal sein Brot als Schreiber.

Er starb vor wenig Jahren; sein Studium hatte ihm noch zur letzten Existenz verholfen.

Aus den Glanztagen am Dollenbach lebte 1897 nur noch die Zofe der alten Fürstin, die Regine. Sie amtete später noch einige Jahre als Zimmermädchen oder, wie man sie von der Hauptbeschäftigung, dem Bettmachen, nannte, »Bettmeidle« im Bad Griesbach im benachbarten Renchtal.

Dann heiratete sie einen armen, aber fleißigen Mann auf ein Gütle im Reichenbach, südlich vom Dollenbach. Beide haben in langer, emsiger Arbeit sich freigemacht von Schulden und sehen jetzt im Kreise braver Kinder sorgenlos dem Tod entgegen.

In ihrer malerischen Waldhütte haben der Großherzog Friedrich und die Großherzogin Luise von Baden vom Bad Rippoldsau aus die Regine früher oft besucht und bei ihr »kuhwarme« Milch getrunken, worauf die schneidige Alte besonders stolz war.

Als einstige Zofe und nachheriges Bettmeidle konnte sie mit den hohen Herrschaften aufs beste verkehren.

Vom Ameisenhof ist wie vom Seebenhof kein Stein mehr auf dem andern. Aber die Waldfürsten und Erzbauern am Wildsee leben noch im Volksmund, aus dem auch ich ihre Geschichte gehört habe. Und ich habe sie hier wiedergegeben, weil alle Fürsten, die Kronen- und die Wäldfürsten, es sich gefallen lassen müssen, daß man ihr Leben und ihre Taten beschreibt.

Im Mai 1897 habe ich die Regine aufgesucht, bin durch das einstige Gebiet der Erzbauern unter dem Wildsee gefahren und habe die prachtvollen Waldbestände bewundert, die auf dem Boden der beim Untergang jener Fürsten ausgeschundenen Waldungen sich wieder erhoben haben.

Das ist, wie schon einmal gesagt, der Segen der toten Hand und ein Beweis dafür, daß die echten Fürsten, in der Regel durch ihre Beamten besser hausen als die allein regierenden Bauernfürsten.

Freilich genießen die Fürsten und die übrigen Herren vom Adel das Privilegium der Fideikommisse, und man darf ihnen ihre Stammgüter nicht verkaufen, auch wenn sie noch so viele Schulden haben.

Solchen Privilegs erfreut sich leider der Bauer nicht, und wenn er üppig lebt, kostet's ihm und seinen Nachkommen Haus und Hof.

Drum ist's nicht gut, wenn die Bauern so große Höfe haben, daß sie die Fürsten spielen können. Denn wir haben gesehen, daß alle Erz- und Fürstenbauern an ihrer eigenen Größe zugrunde gingen.

Man lebt eben in alleweg sicherer, ruhiger und zufriedener in der Mitte oder in der Tiefe als auf der Höhe der Menschheit.

Erzählungen der Frühromantik

1799 schreibt Novalis seinen Heinrich von Ofterdingen und schafft mit der blauen Blume, nach der der Jüngling sich sehnt, das Symbol einer der wirkungsmächtigsten Epochen unseres Kulturkreises. Ricarda Huch wird dazu viel später bemerken: »Die blaue Blume ist aber das, was jeder sucht, ohne es selbst zu wissen, nenne man es nun Gott, Ewigkeit oder Liebe.«

Tieck Peter Lebrecht **Günderrode** Geschichte eines Braminen **Novalis** Heinrich von Ofterdingen **Schlegel** Lucinde **Jean Paul** Des Luftschiffers Giannozzo Seebuch **Novalis** Die Lehrlinge zu Sais
ISBN 978-3-8430-1878-4, 416 Seiten, 29,80 €

Erzählungen der Hochromantik

Zwischen 1804 und 1815 ist Heidelberg das intellektuelle Zentrum einer Bewegung, die sich von dort aus in der Welt verbreitet. Individuelles Erleben von Idylle und Harmonie, die Innerlichkeit der Seele sind die zentralen Themen der Hochromantik als Gegenbewegung zur von der Antike inspirierten Klassik und der vernunftgetriebenen Aufklärung.

Chamisso Adelberts Fabel **Jean Paul** Des Feldpredigers Schmelzle Reise nach Flätz **Brentano** Aus der Chronika eines fahrenden Schülers **Motte Fouqué** Undine **Arnim** Isabella von Ägypten **Chamisso** Peter Schlemihls wundersame Geschichte **Hoffmann** Der Sandmann **Hoffmann** Der goldne Topf
ISBN 978-3-8430-1879-1, 408 Seiten, 29,80 €

Erzählungen der Spätromantik

Im nach dem Wiener Kongress neugeordneten Europa entsteht seit 1815 große Literatur der Sehnsucht und der Melancholie. Die Schattenseiten der menschlichen Seele, Leidenschaft und die Hinwendung zum Religiösen sind die Themen der Spätromantik.

Brentano Die drei Nüsse **Brentano** Geschichte vom braven Kasperl und dem schönen Annerl **Hoffmann** Das steinerne Herz **Eichendorff** Das Marmorbild **Arnim** Die Majoratsherren **Hoffmann** Das Fräulein von Scuderi **Tieck** Die Gemälde **Hauff** Phantasien im Bremer Ratskeller **Hauff** Jud Süss **Eichendorff** Viel Lärmen um Nichts **Eichendorff** Die Glücksritter
ISBN 978-3-8430-1880-7, 440 Seiten, 29,80 €

Erzählungen aus dem Biedermeier

Biedermeier - das klingt in heutigen Ohren nach langweiligem Spießertum, nach geschmacklosen rosa Teetässchen in Wohnzimmern, die aussehen wie Puppenstuben und in denen es irgendwie nach »Omma« riecht.

Zu Recht. Aber nicht nur.

Biedermeier ist auch die Zeit einer zarten Literatur der Flucht ins Idyll, des Rückzuges ins private Glück und der Tugenden. Die Menschen im Europa nach Napoleon hatten die Nase voll von großen neuen Ideen, das aufstrebende Bürgertum forderte und entwickelte eine eigene Kunst und Kultur für sich, die unabhängig von feudaler Großmannssucht bestehen sollte.

Georg Büchner Lenz **Karl Gutzkow** Wally, die Zweiflerin **Annette von Droste-Hülshoff** Die Judenbuche **Friedrich Hebbel** Matteo **Jeremias Gotthelf** Elsi, die seltsame Magd **Georg Weerth** Fragment eines Romans **Franz Grillparzer** Der arme Spielmann **Eduard Mörike** Mozart auf der Reise nach Prag **Berthold Auerbach** Der Viereckig oder die amerikanische Kiste

ISBN 978-3-8430-1884-5, 444 Seiten, 29,80 €

Erzählungen aus dem Biedermeier II

Annette von Droste-Hülshoff Ledwina **Franz Grillparzer** Das Kloster bei Sendomir **Friedrich Hebbel** Schnock **Eduard Mörike** Der Schatz **Georg Weerth** Leben und Taten des berühmten Ritters Schnapphahnski **Jeremias Gotthelf** Das Erdbeerimareili **Berthold Auerbach** Lucifer

ISBN 978-3-8430-1885-2, 440 Seiten, 29,80 €

Erzählungen aus dem Biedermeier III

Eduard Mörike Lucie Gelmeroth **Annette von Droste-Hülshoff** Westfälische Schilderungen **Annette von Droste-Hülshoff** Bei uns zulande auf dem Lande **Berthold Auerbach** Brosi und Moni **Jeremias Gotthelf** Die schwarze Spinne **Friedrich Hebbel** Anna **Friedrich Hebbel** Die Kuh **Jeremias Gotthelf** Barthli der Korber **Berthold Auerbach** Barfüßele

ISBN 978-3-8430-1886-9, 452 Seiten, 29,80 €